단두대에서 시작하는 황녀님의 전생 역전 스토리

제국이야기 티어문

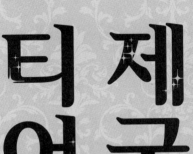

TEARMOON
EMPIRE STORY
WRITTEN BY
NOZOMU MOCHITSUKI

모치츠키 노조무 지음
Gilse 일러스트

X

선크랜드 왕국
SUNKLAND KINGDOM

왕도

기마 왕국
KINGDOM OF
CAVALRY

세인트 노엘
학원

노엘리쥬 호수

공도

왕도

성 베이르가 공국
PRINCIPALITY OF
SAINT VEIRGA

렘노 왕국
REMNO KINGDOM

변경지

N

미개척지

혁명
원수

루돌폰 변경백가

세로

티오나의 남동생. 우수하다.
추위에 강한 밀을 개발했다.

티오나

변경백의 장녀.
미아를 학우로서 좋아한다.
이전 시간축에서는 혁명군을 주도했다.

서제

원수

선크랜드 왕국

키스우드

시온 왕자의 종자.
시니컬한 성격이지만
실력이 좋다.

시온

제1왕자. 문무겸비의 천재.
이전 시간축에선 티오나를 도와
훗날 단죄왕으로 이름을 떨친
미아의 원수.
이번 삶에선 미아를
'제국의 예지'로 인정하고 있다.

[바람 까마귀] 선크랜드 왕국의
첩보대.

[백아(白鴉)] 어떤 계획을 위해 바람 까마귀 내부에
만들어진 팀.

성 베이르가 공국

라피나

공작 영애. 세인트 노엘 학원의
학생회장이자 실질적인 지배자.
이전 시간축에서는 시온과
티오나를 후방에서 지원했다.
필요하다면 웃는 얼굴로 살인할 수 있다.

[세인트 노엘 학원]
인근국의 왕후·귀족 자제가 모이는
엘리트 중의 엘리트 학교.

렘노 왕국

아벨

왕국의 제2왕자.
이전 시간 축에서는
희대의 플레이보이로 유명했다.
이번 삶에선 미아를 만나 진지하게
검 실력을 단련하기 시작했다.

[포크로드 상회]
클로에

여러 나라에서 활동하는
포크로드 상회의 외동딸.
미아의 학우이자 독서 친구.

혼돈의 뱀

성 베이르가 공국과 중앙정교회를 적으로 보며
세계를 혼돈에 빠뜨리려고 하는 파괴자 집단.
역사의 그늘 속에서 암약하지만, 상세는 불명.

지원

지원

티어문 제국

미아

주인공.
제국의 유일한 황녀이자
제멋대로 굴던 황녀.
하지만 사실은 그냥 소심할 뿐.
혁명이 일어나 처형당했지만
12세로 회귀했다.
단두대 회피에 성공했지만,
벨이 나타나서는……?!

→ 손녀와 할머니 →

미아벨

미래에서 시간을 거슬러온
미아의 손녀딸. 통칭 '벨'.

사대 공작가

루비

레드문
공작가의 영애.
남장 미인.

루드비히

젊은 문관. 독설가.
지방으로 좌천될 뻔했으나
미아가 막아준다.
자신이 숭상하는 미아를
황제로 만들 생각이다.

슈트리나

옐로문 공작가의
외동딸.
벨이 사귄
첫 친구.

에메랄다

그린문
공작가의 영애.
자칭 미아의
절친.

안느

미아의 전속 메이드.
가족은 가난한 상가.
회귀 전엔 미아를 도와주었다.
이번 삶에서는
미아에게 충성한다.

사피아스

블루문 공작가의
장남.
미아 덕분에
학생회에 들어간다.

디온

백인대의 대장으로,
제국 최강의 기사.
이전 시간축에서
미아를 처형한 인물.

원수

※ —— 미래 시간축에서의 관계　　※ ………… 이전 시간 축에서의 관계

티어문 제국

니나
에메랄다의 전속 메이드.

발타자르
루드비히와 같은 스승
밑에서 배웠다.

질베르
루드비히와 같은 스승
밑에서 배웠다.

무스타
티어문 제국의
궁정 주방장.

에리스
안느의 동생으로,
리트슈타인가의 차녀.
미아의 전속 소설가.

리오라
티오나의 메이드.
삼림의 소수민족
룰루 족 출신. 활의 명수.

바노스
디온의 부관으로
티어문 제국군
백인대의 부대장.
체격이 좋다.

마티아스
미아의 아버지.
티어문 제국의 왕제.
딸을 극진히 사랑한다.

아델라이드
미아의 어머니. 고인.

갈브
루드비히의 스승.
노현자.

루돌폰 변경백
티오나와 세로의 아버지.

기마 왕국

마롱
미아의 선배.
세인트 노엘 학원에서는 승마부 부장.

황람
월토마. 미아의 애마.

선크랜드 왕국

모니카
백아의 일원. 아벨의 종자로서
렘노 왕국에 잠입해 있었다.

그레이엄
백아의 일원. 모니카의 상사에 해당하는 남자.

상인

마르코
클로에의 아버지. 포크로드 상회의 수장.

샬로크
대륙의 각국에 다양한 상품을 판매하는 대상인.

렘노 왕국

린샤
렘노 왕국의 몰락 귀족의 딸.

란베일
린샤의 오빠.

페르쟝 농업국

라나
페르쟝 농업국의 제3왕녀. 미아의 학우.

아샤
라나의 언니로, 페르쟝 농업국의 제2왕녀.

S T O R Y

붕괴한 티어문 제국에서 이기적인 황녀라 경멸받았던 미아는 처형당한 뒤
눈을 뜨자 12세로 돌아가 있었다. 두 번째 인생에선 단두대를 회피하기 위해
제국을 바로잡고자 동분서주. 과거의 기억과 주위의 착각 덕분에 혁명 회피에 성공한다.
그러나 미래에서 나타난 손녀 벨을 통해 생각지 못한 핏줄의 파멸과 자신이 암살당한다는 사실을 알게 된다.
회피하기 위해서는 제국 최초의 여성 황제가 될 필요가 있는 모양인데……?

제4부
그 달이 인도하는 내일로 Ⅳ
THE TOMORROW THE MOON LEADS

제1화 Knight of MUSHROOM

　제국의 예지, 미아 루나 티어문은 다망한 사람이다.

　자신의 두 어깨에 제국의 미래…… 아니, 이젠 대륙의 명운까지 올라탄 느낌이 안 드는 것도 아닌 요즘……. 미아는 몹시 바쁜 나날을 보내고 있었다. (주 : 미아 기준)

　그런 다망한 미아였으나, 현재는 란프론 백작저의 객실에서 느긋하게 늘어져 있었다.

　당면 목적이었던 시온 암살을 무사히 회피하고, 어째서인지 갑자기 암살당할 뻔한 에이브람 왕도 구하고, 시온의 동생 에샤르의 처형도 회피한 지금에야 찾아온 휴식 시간.

　"극상의 버터와 우유를 위해서라고 해도 라피나 님과 기마왕국까지 여행한다면 역시 방심할 수 없는 시간이 이어지겠죠. 라피나 님께 승마도 가르쳐드려야만 하고……."

　자칫 방심했다가 성녀 라피나가 다치기라도 했다간 대사건이다. 라피나 본인이 뭐라고 말하든 어디선가 발이 달린 단두대가 달려오리라는 건 의심의 여지도 없다.

　따라서 조금도 긴장을 풀 수 없는 여행이 될 것이다.

　"그러니 지금은 푹 쉬어주면서 기운을 비축해둘 필요가 있어요. 침대 위에서 느긋하게 구르며 케이크로 마음에 영양을 보급하기. 음! 바로 선크랜드의 디저트 가게 탐방 계획을 짜서……."

　그런 꿍꿍이를 꾸미기 시작하려는 미아였으나, 안타깝다고 해야 할지 다행이라고 해야 할지 그런 짓을 할 시간은 없었다.

더 시간이 걸릴 거라고 예상했던 라피나와 에이브람 왕의 회담이 의외일 정도로 금방 끝나서(어째서일까……?) 이틀 뒤에는 선크랜드를 떠나게 되었기 때문이다.

귀국 준비는 루드비히와 라피나의 종자가 해주었다.

제국의 마차 세 대와 베이르가의 마차 한 대 앞에서 미아는 루드비히에게 보고를 받았다.

"돌아가는 길은 마차 네 대와 그 주위를 호위하는 방식입니다. 또 호위병은 황녀전속 근위대를 중심으로 조직했습니다."

"……흐음?"

그 보고를 듣고 미아는 작게 고개를 기울였다.

베이르가 공국은 대규모의 군사력을 보유하지 않는다는 제한을 스스로 짊어진 나라이다. 따라서 라피나가 데려온 호위는 최소한의 인원이다.

성녀를 지키는 건 기본적으로 방문한 국가의 군대이거나, 베이르가의 의뢰를 받은 근처 의용병이거나 하는 것이 통례이다. 이번에는 미아의 황녀전속 근위대가 그 역할을 담당하게 된다.

그러니 베이르가 측의 호위가 적은 건 이해하지만…….

"렘노 왕국의 호위는 어떻게 된 거죠?"

선크랜드에 올 때는 그린문 가의 사병과 황녀전속 근위대, 여기에 초대자인 선크랜드의 란프론 백작 사병이라는 혼합부대였기 때문에 그걸 조율한다고 골머리를 썩이던 루드비히였다.

이번에도 베이르가는 그렇다 쳐도, 아벨이 데려왔을 렘노 왕국의 호위병과 조율하려면 고생할 것 같다며 떨떠름한 표정을 짓고 있었는데…….

"그것이, 렘노 왕국의 호위병은 한 명뿐입니다."

루드비히의 답변에 미아의 눈썹이 꿈틀거렸다.

"고작 한 명, 이라고요……?"

"네. 아무래도 아벨 왕자님과 동행한 사람은 그 사람뿐이라고 합니다. 인사를 위해 찾아왔습니다만……."

"네. 알겠습니다. 만나도록 하죠."

고개를 끄덕이면서도 미아는 조금 걱정되었다.

그리고 그 걱정은 아벨의 유일한 호위병을 앞에 두고 한층 강해졌다.

"바쁘신 와중에 만나주셔서 대단히 영광입니다. 미아 황녀 전하. 저는 아벨 전하의 호위를 담당하고 있는 기사 기미마피아스라고 합니다."

무릎을 꿇고 깊이 머리를 숙인 사람은 노령의 기사였다. 오직 그 한 명뿐이었다.

그걸 본 미아는 더욱더 불안해졌다.

──호위가 한 명이라니…… 게다가 이런 노인이라니. 혹시 아벨은 조국에 냉대받고 있는 건가요……?

그런 걱정을 하면서도 미아는 스커트를 살짝 잡고 미소 지었다. 불안한 내면을 조금도 드러내지 않는, 흠잡을 곳 없는 황녀 스마일이었다.

"만나서 반갑습니다, 기미마피아스 경. 제국의 황녀 미아 루나 티어문입니다."

완벽한 인사를 하고…… 얼굴을 들고…… 직후, 미아는 퍼뜩 깨달았다.

기미마피아스의 모습을.

——오…… 이것은…….

무심코 눈을 크게 떴다.

노병이 몸에 걸친 것, 그것은 전신을 덮는 금속 갑옷이었다.

살짝 둥그스름한 금속 갑옷의 표면에 남아있는 무수한 흠집은 노병이 수많은 전장을 헤쳐나온 역전의 기사라는 증거.

더욱 주목할 점은 그 노병의 얼굴이었다.

어마어마하게 무거워 보이는 금속 갑옷을 입었으면서도 그는 산뜻한 얼굴로 웃고 있었다. 그 움직임에도 둔중한 구석이 없어 나이가 느껴지지 않을 만큼 빠릿빠릿했다.

보는 눈이 있는 사람이라면 한눈에 그가 범상치 않은 강자라는 걸 간파할 수 있을 것이다.

…………하지만 뭐, 당연하게도 미아에겐 '보는 눈'이 없다. 미아의 눈은 굳이 따지라면 옹이구멍이고, 다소 완곡하게 표현한다면 유리구슬이고, 과장을 섞어 띄워준다면 푸른 보석이다.

즉 나름대로 예쁜 눈이긴 하지만 상대방의 무력을 간파할 수 있는 능력은 없다…….

따라서 미아가 본 것은 그 점이 아니다.

"그 투구 참 멋지군요. 기미마피아스 경, 괜찮다면 여기서 투구를 써 주실 수 있을까요?"

옆구리에 투구를 끼워서 들고 있던 기미마피아스에게 미아가 요청했다.

"하하하, 제 장비를 칭찬해주시다니 몸 둘 바를 모르겠습니다. 그렇다면······."

그렇게 투구를 쓴 그의 전신 무장 모습을 보고 미아의 예상은 확신으로 바뀌었다. 그것은 바로!

──흠, 이 갑옷은 버섯을 닮았어요!

··········이것이다.

둥그스름하게 적절히 부풀어있는 투구, 마찬가지로 부드러운 곡선을 그리는 갑옷을 봤을 때 미아의 버섯 심미안이 찾아냈다. 그 속에 숨겨진 버섯의 실루엣을.

──흐흥, 제가 아니라면 눈치채지 못했겠죠.

거들먹거리며 고개를 끄덕이는 미아였다.

──들어본 적이 있어요. 기사란 전장에서 상대방을 위압하기 위해, 또는 그 몸에 인간의 지혜가 미치지 못하는 힘을 품기 위해 강력한 환수(幻獸) 등을 모방한 디자인을 추구하기도 한다고······.

미아는 눈앞에 있는 남자의 강철 버섯 같은 갑옷을 보며 생각했다.

──기미마피아스 경은 버섯을 본뜬 갑옷을 입었어요. 즉 버섯에게서 힘을 받은 버섯 기사라는 거겠죠. 무척 든든한데요?

때로는 치명적인 맹독으로 적을 쓰러트리고, 때로는 우아한 유연함으로 적의 공격을 흘려넘긴다.

버섯이란 미아에게 강함의 상징이기도 하다.

그렇게 미아는 고개를 크게 끄덕이고는…….

"그렇군요. 멋진 갑옷이에요. 큰 힘이 되어주실 것 같은 분이라 안심했습니다."

그 중얼거림을 듣고 기미마피아스만이 아니라 아벨마저 놀라서 눈을 크게 떴다.

"역시 미아구나……. 그는 오랫동안 우리 왕가의 일족에게 검술을 가르쳐 준 사람이거든. 형님은 물론이고 나도 어릴 때부터 호되게 훈련받았지."

아벨은 쓴웃음을 지으며 말했다.

"어머나, 그랬군요."

검술 교사라는 걸 보면 역시 상당한 강자임이 틀림없다.

──흠, 역시 버섯 기사. 갑옷을 고르는 센스에서도 실력이 드러난 모양이에요.

미아가 그런 생각을 하는 동안 버섯 기사, 아니 기미마피아스는 디온에게 시선을 주더니 환호했다.

"오오, 오오! 귀공이 그 강철창을 압도했다는 디온 알라이아 경인가."

그러고는 쿵쿵 디온에게 달려가더니 조금 떨어진 곳에 멈춰 섰다.

"흐으음, 그렇군……. 소문대로 무시무시한 양반인 모양이야."

턱에 손을 대고는 디온을 머리부터 발끝까지 훑어보았다.

"아니…… 그쪽이야말로. 설마 당신이 아직 살아있을 줄은 몰랐습니다. 렘노의 검성(劍聖) 기미마피아스 경."

쾌활하게 웃는 디온이었으나…… 그 눈은 노병의 힘을 간파하려는 듯 일절 웃지 않았다.

"그래서 호위는 어떻게 할까? 기미마피아스 경."

"그 강철창을 쓰러트릴 정도의 무용을 자랑하는 사람이라면 아무런 문제도 없소. 전부 디온 경의 지휘를 따르리다."

가볍게 손을 흔드는 노병을 배웅한 뒤 미아는 디온 쪽을 보았다.

"아는 사이인가요?"

"면식은 없지만 유명인이니까요. 렘노 왕국군의 기본적인 검술을 수립한 사람이죠. 달인이라는 둥 검성이라는 둥 거창한 별명은 알고 있었지만……."

디온은 쓴웃음을 지으며 어깨를 으쓱했다.

"황녀님도 아무래도 실력을 눈치채신 모양이지만, 직접 보니 과장된 명성은 아닌 모양입니다. 전성기에 만나지 못한 게 아쉽지만…… 뭐, 어쨌거나 호위는 걱정하지 않아도 되겠군요. 우리 근위대 녀석들을 단련해달라고 부탁하고 싶을 정도입니다."

"흠. 역시 강자였군요……."

자리를 뜨는 버섯 기사를 보며 미아는 자신의 직감이 옳다는 걸 알았다.

역시 버섯은 강하다!

제2화 미아 황녀, 베테랑다운 관록을 보이다!

선크랜드 왕도, 솔 살리엔테를 나와 사흘째 낮.

마차에서 내린 미아는 맑게 갠 하늘을 바라보며 끙차 기지개를 켰다.

"아아, 참으로 좋은 날씨예요. 기분 좋군요."

초원에 부는 상큼한 가을바람에 미아는 저도 모르게 미소 지었다.

"승마하기 딱 좋은 날인데요?"

그때.

"저, 저기, 미아 님?"

목소리가 들린 쪽으로 시선을 돌리자…….

"정말로, 그, 할 거야?"

라피나가 살짝 시선을 위로 올리며 바라보고 있었다.

지금 그녀는 드레스를 입지 않았다. 위에는 승마용 셔츠를 입고 아래엔 움직이기 쉽게 몸에 붙는 바지를 입은, 라피나치고는 무척이나 드문 옷차림이었다.

익숙하지 않기 때문인지 조금 부끄러운 듯 우물쭈물하는 라피나를 보고…….

"흠……."

그 호리호리한 바지를 보고……, 그 후에 자신의 승마용 복장을 보았다. 주로 벨트를 보고…… 평소보다 한 칸 늘린 사이즈를 사용하고 있다는 사실에…… 미아는 충격을 받았다.

──정말 불가사의한 현상이에요. 대체 왜 이렇게나 벨트가 끼는 거죠? 도저히 이해할 수 없어요. 혹시 선크랜드의 날씨 때문일까요?

그렇게 불리한 진실로부터 눈을 돌리면서도 미아는 기합을 넣었다.

아무튼…… 운동하자. 몸을 움직이자.

"물론 해야죠. 승마하기 참 좋은 날인걸요, 라피나 님."

생긋 웃는 미아를 향해 라피나가 조심스럽게 말했다.

"하지만…… 미아 님, 아벨 왕자와 말을 타고 바람 쐬러 가고 싶은 거 아니야? 역시 내가 방해하면 미안한데."

──아벨과 바람 쐬기…… 흠.

그건…… 참으로 감미로운 유혹이었다. 확실히 미아는 아벨과 놀러 가고 싶었고, 기왕이면 마음껏 러브러브하고 싶었다.

뭐 미아 누나의 러브러브는 대체로 러브…… 정도에서 끝나버리긴 하지만 그건 그거고…….

아벨과 달콤한 시간을 보낼 수 있다면 그렇게 하고 싶다는 게 본심이다. 하지만…… 미아는 그 마음을 잘라내듯 조용히 고개를 저었다.

지금 시작할 승마는 즐기기 위한 것이 아니기 때문이다.

미아에게 이 시간은 지극히 금욕적인 것. 즉 자신의 몸 상태를 정비하기 위한 것이다.

무엇을 위한 정비인가. 당연히 기마왕국의 맛있는 음식을 먹기 위해서이다. 그렇게 맛있는 버터가 있는 나라다. 분명 그 외에도 맛있는 게 산더미처럼 있을 것이다.

그런데 이대로 허리가 끼는 상태에서 기마왕국에 간다면 분명 죄책감 때문에 즐기지 못할 게 틀림없다.

이건 말하자면 빵 과잉 섭취로 인한 포화 상태를 해결하기 위해 필요한 운동이다. 아벨과 함께 기마왕국의 맛있는 음식을 즐기기 위한 준비이다.

──게다가 라피나 님과 약속한 것도 있으니까요.

미아는 파자마 파티 때 나눈 약속을 기억하고 있었다.

그때 라피나의 조금 기뻐 보이는 얼굴도…….

──생각해 보면…… 라피나 님께 무언가를 선물했을 때 기뻐해 주시는 건 처음이 아닌가요?

이전 시간축에서 몇 번이나 선물을 가져갔지만 친해지는 건 실패했던 미아이다.

그랬는데 설마 같이 말을 타게 되는 날이 올 줄이야……. 심지어 저렇게나 기뻐해줄 줄이야…….

무심코 성취감마저 느끼는 미아였다.

"라피나 님과 약속했으니까요. 게다가 말을 타고 놀러 가는 것도 다 함께 가는 게 아니면 재미없는걸요. 지금 상태로는 라피나 님을 빼고 가야만 하게 되잖아요."

그런 미아의 말에 라피나는,

"그래……?"

작게 고개를 끄덕이면서도 아직 미묘하게 조심스러운 표정이었다. 그런 라피나를 보고 미아는 감을 잡았다.

──아하. 라피나 님, 사실은 말을 타는 게 무서우신 거군요? 뭐, 확실히 높으니까 무섭다면 무섭지만요…….

그렇게 생각하자 어쩐지 훈훈함을 느끼는 미아였다.

"이 말이라면 얌전하니 처음 타는 사람에게 적절할 듯 싶습니다. 다소 과하게 얌전하다는 게 옥의 티이긴 합니다만……."

근위병이 한 마리의 말을 끌고 왔다.

어딘가 졸려 보이는 듯한 눈과 온화한…… 아니, 굳이 따지라면 맹한 말이었다.

미아는 그 말을 보고…… 어째서인지 친근감을 느꼈다.

──남 같지 않은 얼굴이에요. 음, 좋은 말인 것 같아요!

그러고는 라피나 쪽을 보고 미소 지었다.

"괜찮습니다. 보세요, 이 말은 어디의 어떤 말과는 다르게 재채기를 날리지도 않고 온순해 보이는걸요."

"그…… 그래, 그렇네."

고개를 끄덕이는 라피나는 역시나 조금 조심스러운 태도였다.

──흐음, 라피나 님도 의외로 겁이 많으시네요. 후후후, 제가 처음 말을 탔을 때는 여유가 넘쳤는데 말이죠.

여기선 자신이 리드해줘야 한다는 생각에 미아는 '으랏차차!' 하며 위풍당당하게 말에 올라탔다!

미아가 위풍당당하게 올라탈 수 있을 만큼 맹한 말이었다…….

"자, 라피나 님. 제 앞에 타시면 됩니다."

그렇게 라피나의 손을 잡아당겼다.

근위병의 도움도 받아 어떻게든 말에 올라탄 라피나를 향해 미아는 참으로 거만하게 말했다.

"라피나 님, 단단히 붙잡으셔야 해요. 아는 사람이나 친한 종자를 발견해도 절대 두 손을 놓고 흔들거나 하시면 안 됩니다. 균형이 흐트러져서 떨어지면 큰일이거든요."

…………뭐, 그건 그렇다 치고.

"괜찮습니다. 제대로 잡고 있으면 어지간한 일로는 떨어지지 않으니까요."

승마가 무서워서 말수가 적어진 것으로 보이는 라피나에게 다정하게 말을 건네는 미아였다. 눈의 착각인지 그 몸에서는 베테랑다운 관록 같은 분위기가 감돌고 있었다.

……미아는 눈치채지 못했다. 상상조차 하지 못했다.

설마 라피나가 난데없이 친구와의 합승 체험에 긴장해서 위축되어 있었다니…….

그렇게 두근두근 승마 체험이 시작되었다.

그러고 보면 미아가 눈치채지 못한 게 하나 더 있었다.

멀리 언덕 너머에서 울리는 말발굽 소리……. 자신들을 향해 접근하는 수상한 기마 집단……. 안타깝게도 미아의 위기감지능력은 그것을 포착하지 못했다.

……다양한 의미로 두근거리는 승마 체험이 이렇게 시작되었다.

"와아……."

말 위에서 라피나가 환호성을 질렀다.

"의외로 높구나, 미아 님. 게다가 신기한 풍경⋯⋯. 학원에 있는 별 관찰 탑에서 내려다보는 것과도 조금 다른, 뭐라 말할 수 없는 높이야."

앞에 앉은 라피나가 돌아보더니 기쁘다는 듯 웃었다. 그걸 본 미아는 고개를 갸웃거렸다.

──묘하네요. 왜 이렇게 여유로운 거죠?

예상했던 것보다 훨씬 침착한 라피나의 모습에 연신 고개를 갸우뚱거리는 미아였다.

예전에 자신이 탔을 때는 더 여유가 없었는데⋯⋯.

무서워하는 라피나에게 우쭐거리면서 승마의 묘미를 설파하고 승마술을 착착 가르쳐주겠다는 미아의 금욕적인 승마 계획은 빠르게도 무너지고 있었다.

──흐음, 어째서일까요⋯⋯? 계획을 다시 세워야겠어요. 여기선 역시⋯⋯.

"아, 둘 다 잘 타고 있네."

그때 상큼한 목소리가 울렸다. 그쪽으로 시선을 돌리자 그곳에는 아벨이 서 있었다. 승마용 옷으로 갈아입은 아벨을 본 미아는 저도 모르게 가냘픈 한숨을 뱉었다.

──여기에 나왔다는 건 같이 승마를 즐기려는 건가요⋯⋯? 아벨과 함께 승마⋯⋯.

미아는 아벨의 단정한 복장을 보고는⋯⋯.

──으음! 기대돼요!

금욕적인 승마 계획은 산산조각으로 부서졌다.

"혹시 도와주러 오신 건가요?"

"뭐 그렇지. 미아 혼자서도 괜찮을 테지만, 나도 몸을 조금 움직이고 싶어서."

그러더니 아벨은 라피나에게 시선을 돌리며 작게 고개를 기울였다.

"실례지만 라피나 님은 말을 타는 게 처음입니까?"

"맞아. 이동은 전부 마차니까……."

"그렇군요. 그럼 숙녀분들의 말을 인도하는 영예를 주시겠습니까?"

아벨은 그렇게 말하고는 미아 쪽으로 시선을 돌렸다.

"그래도 괜찮을까?"

"어쩐지 아벨에게 그런 일을 맡기는 건 면목이 없는 느낌이 들지만요……."

"하하하. 신경 쓰지 마. 나도 미아 옆에 있고 싶거든."

산뜻하게 윙크하는 아벨을 보고 하으으 한숨을 쉬는 미아였다.

그렇게 평화로운 승마 체험이 시작되었다.

따그닥, 따그닥, 느긋한 발소리를 내며 말이 걸어갔다.

근위병의 말대로 이 말은 온화한 기질인 모양이다. 흔들림도 거의 느껴지지 않고 난동을 부릴 기색도 전혀 없었다.

——흠, 참으로 순종적이군요. 이 말이라면 라피나 님도 무서워하지 않고 즐기실 수 있지 않을까요?

그런 생각을 하던 미아였으나…….

"저기, 미아 님. 미아 님이 말을 달릴 때는 어떤 느낌으로 달려?"

라피나가 반짝반짝 눈을 빛내며 물어보았다. 뭔가, 좀…… 처음 장난감을 받은 어린아이처럼 어마어마하게 즐거워 보였다.

참고로…… 기본적으로 미아는 경솔하다. 따라서 자신의 행동에 상대방이 기뻐해 주면 그만 의욕이 앞서버리는 구석이 있으며…….

"글쎄요…… 평소엔……, 흐음."

미아는 자신들을 지키기 위해 옆에 대기하고 있던 근위병에게 물었다.

"저기, 이 앞은 계속 평원이 이어져 있나요? 갑자기 낭떠러지가 나타나거나 하진 않고요?"

"이대로 평탄한 지형이 이어져 있는 모양입니다. 낭떠러지 같은 위험한 지형은 없는 것으로 압니다."

"그렇군요……. 그럼 라피나 님, 잠깐 말을 달려볼까요?"

"어…… 하지만."

순간 주저하는 기색을 보이는 라피나에게 미아는 미소 지었다.

"승마의 참맛은 역시 달리는 거죠. 말과 하나가 되어 마치 바람이 된 것 같은 기분을 맛볼 수 있는 건 승마뿐이랍니다. 부디 라피나 님도 체험해주셨으면 좋겠어요."

그러더니 미아는 아벨에게 시선을 돌렸다.

그러자 아벨도 어깨를 으쓱하고는,

"알았어. 바로 말을 준비해서 쫓아갈게."

"정해졌네요! 그럼 갑니다."

"잠깐만요, 미아 황녀 전하. 그렇게 갑자기……."

당황하는 근위병에게 장난기 어린 미소를 짓고는,

"괜찮답니다. 그렇게 멀리 가는 건 아니니까요. 자, 라피나 님. 갈까요?"

낭랑하게 대답했다.

이때…… 미아는 완전히 우쭐해져 있었다.

승마 대회 우승과 늑대술사로부터 도망친 경험이 그녀의 자만심을 크게 키워놓았다.

그렇게 미아는 말에게 지시를 내렸다.

자신의 발밑에 커다란 구멍이 입을 벌리고 있다는 것도 눈치채지 못하고…….

미아의 지시를 따라 말이 달린다. 쭉쭉 속도가 올라갈수록 불어닥치는 바람이 강해졌다.

"와아……."

라피나가 청량한 머리카락을 바람에 흩날리며 환호성을 질렀다. 그 탄성을 듣고 미아도 몹시 만족스러웠다.

"후후후. 이 정도로 만족하시면 곤란하죠. 더욱더 빨라질 거랍니다. 자! 실버문!"

무심코 흐뭇해하는 목소리로 외치는 미아였다.

……참고로 미아가 탄 말의 이름은 실버문이 아니다.

그렇게 초원을 달리기를 잠시. 어느새 두 사람은 마차에서 상당히 떨어진 장소에 와 있었다. 저 멀리 마차가 콩알만 한 크기로 보였다.

──흠. 이쯤에서 한 번 돌아가는 게 좋을까요……?

그렇게 생각한 미아가 말을 멈추고 왔던 방향으로 말머리를 돌린 바로 그때였다.

"어라……? 미아 님, 저건 뭐지?"

라피나가 작은 목소리로 물었다.

"어……? 흐음……?"

미아는 라피나가 가리키는 방향으로 시선을 주었다가………… 잠시 말없이 생각에 잠겼다가…… 직후, 창백해졌다.

평원의 잡초를 박차고 사나운 소리를 내면서 마차 쪽으로 돌진하는 집단. 미아는 그들을 본 적이 있었다!

"저건 설마 기마도적단?!"

선크랜드로 오는 길에 마주쳤던 도적단이 다시 공격한 것이다!

"미아 님…….."

미아는 불안해하며 돌아본 라피나를 달래듯 천천히 고개를 끄덕였다.

"괘, 괜찮습니다. 마차에는 디온 씨도 있고, 황녀전속 근위대는 다들 실력자니까요. 저 정도의 도적단은 바로 쫓아낼 거예요."

순간 도적단을 보고 당황할 뻔했던 미아였으나 바로 평정을 되찾았다.

아무튼 마차에는 그 디온 알라이아가 있기 때문이다.

선크랜드에 갈 때도 괜찮았으니까 분명 이번에도…… 같은 생각을 하던 미아였으나…… 바로 자신의 실수를 깨달았다. 마차를 향하던 도적단이 갑자기 발을 멈추더니…… 이쪽을 향했다!

──앗, 큰일이에요……. 들켰어요!

괜히 자극하지 않으면 괜찮을 거라고 생각하던 미아였기에 이 사태에 당황했다.

미아는 반쯤 패닉에 빠지면서도 말머리를 돌렸다. 도적에게서 도망치는 그 방향은…… 마차로부터 멀어지는 방향이기도 했다.

"큭, 라피나 님. 꽉 붙잡으세요!"

미아가 소리친 그때였다.

"잠깐, 미아 님. 자리를 바꾸자."

말을 마치자마자 라피나는 빠르게 미아의 등 뒤로 이동했다.

"네……? 라피나 님, 하지만……."

"내가 더 키가 크니까 앞을 보기 힘들지? 자, 도적이 다가오고 있어. 서둘러."

"네…… 알겠습니다."

라피나가 재촉하는 대로 미아는 말에게 지시를 보냈다.

──괜찮아요. 도망칠 수 있어요!

미아에겐 어느 정도 자신감이 있었다.

자신은 세인트 노엘의 승마 대회에서 루비에게 이겼다. 게다가 그 늑대술사에게서도 도망쳤다.

그렇다면 평범한 도적쯤은 따돌리기 쉬울 터. 무엇보다 미아의 보험은…….

──계, 계속 도망치다 보면 언젠가 디온 씨가 와 줄 거예요. 그 남자라면 저 정도의 도적단은 혼자서도 물리칠 수 있는걸요! 그리고 쫓기고 있다고는 해도 아직 이만큼 거리가 벌어져 있으니

까 계속 도망가는 것뿐이라면 어렵지 않겠죠!

그렇게 확신하는 미아였으나, 한가지 머릿속에서 빠진 게 있었다.

그건…… 황람은………… 미아가 생각하는 것보다 더 우수한 말이라는 점이다!

"가라! 적을 뿌리치고 아군에게 돌아가는 거예요. 이랴!"

용맹하게 말에게 지시를 내렸다. 그러면 말은 언제나 대답해주었고…… 언제나 미아는 바람이 될 수 있었다.

질풍처럼 적을 떨치고 도망칠 수 있다고…… 그렇게 확신하던 미아였으나…….

"……어라?"

문득 고개를 갸웃거렸다.

아무리 시간이 지나도…… 바람이 되지 못하네? 말의 속도가 조금도 빨라지지 않았다!

──이, 이상하네요. 전혀 빠르지 않아요!

순식간에 후방에 있는 도적단이 따라잡았다. 다들 얼굴을 복면으로 가리고 있어 표정을 살필 수 없는 게 참으로 으스스했다.

──어, 어째서 이렇게 느린 거죠? 이 말은…….

미아는 말의 얼굴을 살피고…… 경악했다!

──패, 패기가 하나도 없잖아요!

멍하니 앞을 바라보는 눈, 흐물흐물한 입, 맹한 얼굴에선 긴장감은 전혀 없었다. 마치 나뭇잎을 세면서 시간을 때우는 미아 같은 얼굴이었다!

미아의 승마술 '누워뜨기의 극의'는 말이 우수하다는 것이 대전

제다. 말이 100의 힘을 지녔을 때 미아가 마이너스 50의 승마술로 발목을 잡으면 안 된다며 자신을 완전히 지우는 것이 그 본질이다.

하지만 이 말은, 말 버전 미아와도 같은 이 말은…… 애초에 힘이 별로 없다. 의욕 없는 미아가 두 명 모여봤자 아무것도 태어나지 않듯이 이 말에는 누워뜨기의 극의는 쓸 수 없다.

미아는 저도 모르는 사이에 스스로 힘을 쓰지 않으면 안 되는 상황에 몰렸던 것이다.

"큭, 크으윽. 어, 어쩔 수 없군요."

미아는 어깨너머로 라피나에게 말을 걸었다.

"라피나 님……."

라피나의 어깨가 움찔 떨렸다. 미아는 그런 라피나에게 조용한 목소리로 말했다.

"절대로 손을 놓지 말고, 저를 단단히 붙잡아주세요."

결연하게 말했다.

──지금 라피나 님이 떨어지면 큰일이에요!

미아는 상상하고 부르르 떨었다.

이 상황에서 자신만 살아남는다면 자칫 미아가 살기 위해 라피나를 떨어트렸다는 의심을 받을지도 모른다. 미아의 등에 식은땀이 줄줄 흘렀다.

게다가 미아의 뇌리에는 조금 전의 기뻐 보이던 라피나의 얼굴이 떠올랐다.

그 얼굴을 떠올릴 때마다 소심한 심장이 바들거렸다.

——크윽, 전처럼 무가치한 것을 보는 듯한 눈이었다면 저의 지극히 섬세한 양심도 조금은 아프지 않았을 텐데요.

자신이 살기 위해서라면 타인을 버려도 어쩔 수 없다는 폭군의 자질이 미아에게는 압도적으로 부족했다.

그렇다면…… 미아는 무슨 일이 있어도 라피나와 함께 살아야만 한다.

따라서 베테랑인 미아가 전력으로 라피나가 낙마하지 않도록 도와주어야 하는데…….

——지금은 여유가 없어요. 저도 버거운 상태인걸요.

어떻게든 이 말의 의욕을 끌어내며 제대로 도주 경로를 확보해야 한다…….

누군가가 구하러 올 때까지 도망치는 건 불가능하다. 그렇다면 어떻게든 자력으로 마차에 돌아가야 한다.

그러니 라피나도 낙마하지 않도록 제대로 붙잡고 있어야만 한다. 미아는 자신의 배에 감긴 라피나의 팔에 살며시 손을 올리고는…….

"무사히, 모두가 있는 곳으로 돌아가겠어요!"

"미아 님…….."

라피나의 목소리는 희미하게 떨리고 있었다.

제3화 어쩌지…… 어쩌지……♡

"무사히, 모두가 있는 곳으로 돌아가겠어요!"

"미아 님……."

라피나는 입술을 깨물며 떨리는 목소리를 필사적으로 참았다.

──어쩌지……, 어쩌지…….

조금 전부터 라피나는 머릿속으로 그 말만을 반복하고 있었다.

뒤에서 쫓아오는 도적단…….

필사적으로 말을 달리는 미아. 그걸 바라보며 라피나는 진심으로 당혹스러워했다.

──어쩌지………… 너무…… 즐거워!

슬쩍 확인할 필요도 없이…… 딱히 술에 취했다거나 하는 건 아니다.

그렇다. 라피나는 이런 상황인데도…… 가슴속에서 끓어오르는 두근거림을 억누르지 못하고 있었다.

왜냐하면…… 이런 건 처음이니까…….

렘노 왕국 때도 그랬다. 지난번 황야 사건 때도 그랬다.

라피나만이 홀로 뒤에 남았다.

특히 성야제 사건은 라피나에게 호된 타격을 주었다.

아벨도 시온도 키스우드도…… 티오나도 리오라도 안느도……

다들 미아를 구하기 위해 협력하고 목숨을 걸어 싸웠다.

　라피나의 친구인 미아를 구하기 위해 미아와 함께 모두 힘을 모아 싸웠다.

　하지만 그 모두 사이에 라피나의 자리는 없었다.

　그녀만이…… 홀로 남겨졌다.

　물론 입장이 있다는 건 안다. 자신은 베이르가 공작 영애. 가볍게 목숨을 위기에 노출할 수는 없다.

　하지만…… 속상했다.

　혼자만 친구를 위해 아무것도 하지 못했다는 게……. 다른 사람들과 함께 싸우지 못했다는 게…… 자신만이 홀로 남겨졌다는 게…… 서러웠다.

　그랬는데 지금은?

　선크랜드에 와서 미아가 에샤르를 구하는 자리에 입회했다. 옆에서 조언을 주고, 미아와 함께 소년의 목숨을 구했다.

　그리고 이번에는 미아와 함께 도적에게서 도망치고 있다.

　첫 승마 체험이 업그레이드해서 친구와 같이 목숨의 위기에 맞서는 경험이 되어버렸다.

　이 현란한 상황 변화가 라피나를 혼란시켰고…… 두근거리게 했다!

　──왜 이런 위험한 상황인데…… 이렇게 즐거운 거지?

　당황하면서도 라피나는 고개를 저었다.

　──아니, 안 돼……. 이런 일로 기뻐하다니……. 미아 님은 나를 위해 호위에게서 떨어진 장소로 말을 달려주었잖아. 말하자면

이 상황은 내가 만들어냈다고 해도 과언이 아닌데…….

이성으로는 잘 알고 있지만…… 그래도 가슴은 계속 두근거렸다.

든든한 친구와 함께 위기에 처하고, 소중한 친구와 힘을 합쳐 위험에서 벗어나야 한다……. 그런 상황은 라피나가 계속 동경했던 것이니까.

게다가 그 친구는 신뢰할 수 있는, 자랑스러운 사람이다.

조금 전 라피나는 순간 미아를 의심했다. 미아가 라피나를 떨어트려서 말을 가볍게 만들거나…… 혹은 자신이 희생해서 라피나를 구하려 한다고…….

실제로 라피나는 그럴 생각이었다. 그래서 미아의 뒤로 이동한 것이다.

이 위치라면 미아를 화살에서 지킬 수 있고, 여차할 때 손을 놓으면…… 자신만 희생하면 그만큼 가벼워져서 도망칠 가능성도 올라갈 것이라고.

하지만 미아는 아니었다.

미아가 선택한 건 둘 다 살아남는 것. 둘이서 무사히 돌아가는 것이었다.

이토록 신뢰할 만한 사람이 있을까?

그런 친구와 함께 위험에 임한다는 게, 라피나는 역시 기뻐서 견딜 수 없었다.

"아아…….”

그때 불현듯 미아의 절망적인 한숨이 들렸다.

퍼뜩 고개를 든 라피나는…… 봤다.

눈앞에 또 다른 기마 집단이 나타난 것을…….

──안 돼, 포위당하겠어!

그 순간 라피나는 서둘러 주변으로 시선을 굴렸다. 그 시야 구석에 짙은 녹색이 비쳤다.

그건 나무가 우거진 작은 숲이었다.

"미아 님! 저쪽, 저 숲!"

그 목소리에 응한 미아가 말머리를 돌렸다.

"역시 라피나 님이세요!"

말이 크게 방향을 틀어 숲을 향해 일직선으로 달렸다.

라피나가 봤을 때 이 말로는 평범하게 달려선 도망칠 수 없다. 말의 능력 자체도 도적단 쪽이 뛰어나고, 이쪽은 두 명이 한 말에 타고 있다. 명백하게 불리하다.

하지만 저런 숲이 우거진 장소라면 어떨까?

미아의 탁월한 승마술이라면 장해물을 이용해 도망칠 수 있지 않을까?

……치명적인 오해가 존재하지만…… 안타깝게도 승마 첫 체험인 라피나의 눈에 미아의 승마술은 모오오옵시 고도의 기술로 보였다. 불행한 오해다.

──하지만 숲까지 도망칠 수 있을까……?

라피나는 불안해하면서 뒤를 돌아보았다. 그러자 그곳에는 신기한 일이 일어나 있었다.

"어라…… 어째서……?"

쫓아오던 도적단의 기세가 순식간에 약해진 것이다.

아무래도 조금 전에 본 다른 집단과 충돌한 모양이다.

——연계에 문제가 있나? 아니면 혹시, 저건 도적단의 별동대가 아니었던 걸까……?

고개를 갸웃거리던 때 미아가 혀를 차는 게 들렸다.

"큭, 집요한 사람이 있네요! 이제 그만 포기하면 좋을 텐데!"

미아의 시선을 따라가자 정말로 한 기의 도적이 여전히 쫓아오고 있었다.

다른 도적단에 비하면 조금 왜소해 보이지만…… 그만큼 속도는 적이 훨씬 빠르다.

"——윽! 숲에 들어갑니다! 라피나 님, 머리 숙이고 계세요."

미아의 목소리. 직후, 말이 파사사삭 나뭇가지를 가르며 숲으로 돌입했다.

녹색 이파리가 드리운 커튼을 뚫자 바로 좁은 샛길이 나왔다.

나무와 나무 사이를 누비듯 미아는 말을 달렸다.

라피나는 몸을 숙이며 뒤를 돌아봤다. 그러자 적이 맹렬하게 쫓아오는 게 보였다.

"큭, 끄응, 뿌리칠 수 없을 것 같네요. 이렇게 되면 숲을 크게 돌아서 아군과 합류를……."

미아가 중얼거린 바로 그때였다. 불현듯 적의 모습이 사라졌다.

"어라……?"

라피나는 녹색 숲속을 열심히 응시했다. 하지만 도적의 모습은 전혀 보이지 않았다.

미아도 그걸 눈치챈 건지 말의 속도를 줄이고 돌아보았다.

"……안 쫓아오네요……?"

의아한 듯 중얼거리고는…….

"어떻게든 도망치는 데 성공한 모양이네요! ……흐억!"

직후, 미아의 비명이 터졌다.

"미아 님?!"

라피나는 깜짝 놀라서 미아에게 시선을 돌렸다. 그리고 보았
다! 미아가…………, 나뭇가지에 머리를 박고…… 천천히 쓰러지
는 모습을.

허둥지둥 그 몸을 잡아 안간힘을 써서 땅바닥에 내려놓았다.

무심코 안도의 숨을 흘린 그때…… 그 귀에 절망적인 소리가 들
렸다.

말…… 그것도 여러 마리의…… 발소리가.

──아아, 틀렸어……. 도적단이…….

라피나는 미아를 수풀 속으로 밀어 넣은 뒤 의연하게 일어났다.

이미 숨을 시간도 없다. 할 수 있는 건 기껏해야 시간 벌이 정
도…….

──미아 님을 못 찾으면 좋을 텐데…….

이윽고…… 모습을 드러낸 한 마리의 백마. 그리고 그 위에 탄
사람은…….

"어라……? 아가씨들, 이런 곳에서 뭐 하고 있어?"

괴이쩍은 얼굴로 고개를 기울인 린 마롱이었다.

제4화 시작된다! 말로 보는 인생 상담!

"이런 곳에서 만나다니 대단한 우연인데."

마롱은 호쾌한 미소를 지으며 말에서 내렸다. '으랏차차!' 같은 소리는 당연히 없이 상큼한 동작이었다.

"혹시 조금 전의 도적단에게 공격받은 게 아가씨들이었어?"

그렇게 자연스러운 발걸음으로 다가오는 마롱. 라피나는 여느 때와 같은 성녀의 미소를 지으며 완벽한 예를 갖추려다가…….

"어…… 라?"

실패했다. 눈앞이 하얗게 물들더니 순간적으로 마롱의 얼굴이 보이지 않았다. 휘청휘청 몸이 기울어졌다.

"이런……."

직후 바로 옆에서 들린 목소리. 다시 시선을 들자 그곳에는 희게 흐릿한 마롱의 얼굴이 있었다.

그렇게 깨달았다. 아무래도 쓰러지던 걸 마롱이 안아서 부축한 모양이었다.

"……어라?"

궁지에서 벗어났는데 어째서인지 가슴이 계속 두근거린다며 의아해하는 사이에 마롱이 라피나를 나무에 기대듯 앉혔다.

"조심해. 라피나 아가씨는 귀한 몸이잖아?"

"그…… 그래. 고마…… 워. 앗!"

허둥지둥 일어나려고 했다가 다시 엉덩방아를 찧었다.

"이봐, 너무 갑자기 움직이면⋯⋯."

"그보다 미아 님이, 저기 덤불 속에⋯⋯."

다급히 말하는 라피나의 호소에 마롱은 고개를 끄덕였다.

"아하, 그렇구나. 이쪽은 미아 아가씨였군."

마롱은 성큼성큼 덤불 쪽으로 가더니 그대로 미아를 끌어냈다.

"도적에게서 도망치던 도중에 나뭇가지에 머리를 부딪쳐서⋯⋯."

"뭐? 설마 낙마한 거야?"

그 순간 마롱의 얼굴이 심각하게 바뀌었다.

"아니, 저기 있는 나뭇가지에 부딪혀서 그대로⋯⋯ 의식을 잃어버렸어. 그래서 내가 내려놨는데⋯⋯."

"가지⋯⋯ 아, 저거."

마롱이 그 나무를 올려다보고는 가볍게 점프해서 가지를 잡았다. 가지는 마롱의 체중에 쑤욱 휘었다. 아무래도 탄력이 있는 나뭇가지인 모양이다.

그 후 마롱은 눕혀놓은 미아의 이마와 머리를 살폈다.

"미아 님, 괜찮을까⋯⋯? 머리를 부딪쳐서 크게 다치기라도 했다면⋯⋯."

라피나가 울상이 되어 미아의 얼굴을 들여다보았다. 그때였다.

"으⋯⋯ 으응⋯⋯ 버섯⋯⋯ 버터⋯⋯ 맛있어."

그런 잠꼬대가 들리더니⋯⋯ 동시에 미아의 입매가 흐물흐물 풀어졌다.

라피나와 마롱은 서로 얼굴을 마주 보고는⋯⋯.

"⋯⋯뭐, 괜찮겠지. 상처도 없어 보이고, 나뭇가지에 머리를 부딫쳐도 낙마하지 않았다는 건 그렇게 세게 부딪친 건 아니었거나…… 가지가 그리 단단하지 않았거나……. 어쨌거나 놀라서 기절한 것뿐이라고 봐. 하지만……."

말하던 도중 마롱의 얼굴이 불현듯 진지해졌다.

"말을 탔을 때 한눈팔면 위험하다고 가르쳐줬는데. 게다가 호위도 없이 도적단을 만나다니……. 아마 라피나 아가씨를 기쁘게 해주려다가 경솔해진 거겠지. 나 원, 혼내야겠어."

"앗, 기다려. 마이 님은 나쁘지 않아. 내가 승마하고 싶다고 말한 게 잘못인걸."

그 말을 듣고 마롱은 의심하듯 눈을 가늘게 떴다.

"그래? 미아 아가씨도 의외로 경솔한 구석이 있거든. 제대로 혼나야 할 때는 혼나는 게 본인을 위한 일이야."

"아니! 미아 님은 나를 위해 노력한 것뿐이야. 미아 님은 하나도 잘못하지 않았어."

라피나는 마치 미아를 감싸듯 마롱을 노려보았다.

"흐응……. 뭔가…… 평소와 느낌이 다른데?"

마롱은 흥미로운 듯 라피나의 얼굴을 바라보았다.

"어……?"

허를 찔린 듯 라피나가 눈을 깜빡였다.

"평소라고 해야 하나 옛날이라고 해야 하나……. 당신은 더 냉정하고 언제나 웃는다는 인상이었거든……."

그 말에 라피나는 자각했다.

확실히 지금 자신은 발끈해서…… 냉정을 잃고 감정적으로 행동했다는 걸······.

"하지만 말을 탔을 땐 조심해야 해. 안 그러면 위험하거든. 방심하면 큰일나. 그러니까 내가 혼내는 대신 아가씨가 말해줘. 소중한 친구라면 더욱."

그 설득에 라피나는 고개를 끄덕였다. 어마어마하게 순한 얼굴로······.

──미아 님을 위해서도 제대로 주의를 줘야 해······.

뭐 이런 아주아주 확고한! 신념을 가슴에 품고.

이렇게 미아를 혼내는 인간이 마롱에서 라피나로 업그레이드되었다!

"으······ 으응······?"

타이밍 좋게 미아가 미간을 찌푸리며 신음을 흘렸지만······ 그건 그렇다 치고.

"그나저나 뭐, 당신은 그 정도가 더 좋네."

마롱은 그제야 표정을 풀었다. 부드럽게 웃는 마롱을 보고 라피나는 의아한 얼굴이 되었다.

"무슨 소리야?"

"말 그대로야. 친구를 지키기 위해 화내는 것도, 논리적이지 않아도 친구를 감싸는 것도 자연스러운 감정이지. 당신은 조금 그걸 너무 억누르고 있는 느낌이었는데, 억지로 눌러둘 필요도 없지 않나 해서."

"······그런 건······ 아닌데."

라피나는 뺨에 살짝 바람을 넣었다.

왜 그렇지 않았는가. 그건 단순히 라피나에게 친구가 없었기 때문이다. 이런 식으로, 마음이 가는 대로 지키고 싶은 사람이 없었기 때문이다.

그때 문득 라피나의 가슴에 두려움이 태어났다.

그건 조금 전에 느낀 고양감과 닮은 작은 죄책감.

친구와 함께 위기에 맞서는 것, 절대적인 위험을 두고 기쁨을 느낀 것⋯⋯. 그에 어딘가 배덕감을 느끼는 자신⋯⋯.

──베이르가 공작 영애로서⋯⋯ 이러면 안 되는 거 아닐까? 더 냉정하게 대국을 봐야⋯⋯.

"마침 눈앞에 말이 있으면 타고 싶어지는 것과 비슷한 거지."

순간 고민의 늪에 빠질 뻔한 라피나였으나 별안간 귀에 들어온 마롱의 말에 정신을 차렸다.

뭔지 잘 모르겠지만 말 이야기였다!

"⋯⋯⋯⋯으응?"

이야기를 따라잡지 못한 라피나는 어리둥절해서 고개를 갸웃거렸다.

하지만 그런 라피나의 반응을 알아채지 못한 채 마롱은 말을 이었다.

"말은 훌륭해! 우리 인간을 있는 그대로 받아들여 주지. 게다가 말과 함께 땅을 박차고 달리면 인간의 작은 고민이나 갈등 같은 건 아무래도 상관 없는 게 돼. 분명 말이 우리의 고민을 헤아려주기 때문이겠지. 그리고 미아 아가씨는 그걸 아는 사람이야. 말의 마음을 아는 거야. 그러니 라피나 아가씨에게 승마를 권한 거겠지."

"…………어, 그렇…… 겠네."

애매모호하게 고개를 끄덕인 뒤 라피나는 화제를 바꾸기로 했다.

"그런데 마롱 씨는 예의 도적단을 잡으러 온 거야?"

"그래. 이 근방엔 마침 우리 수풀 부족이 와 있었거든. 도적단의 정보를 듣고선 잘 됐다고 잡으러 왔는데……. 상대가 상대라 제법 고전하고 있어."

마롱은 한 번 웃은 뒤 자신의 말에게 시선을 돌렸다.

"물론 아무런 수확도 없었던 건 아니지만."

그제야 라피나는 깨달았다. 마롱의 백마가 등에 뭘 올려놓고 있는지…….

제5화 도적 소녀와 미아의 예감

"으…… 으응……?"

어딘가 멀리서 대화가 들린 것 같아 미아는 천천히 눈을 떴다. 뭔가 무서운 꿈을 꾼 것 같은데……?

라피나가 어마어마하게 무서운 얼굴로 설교하는, 그런 꿈을 꾼 것 같은 느낌이 든다.

——무시무시한 꿈이었어요. 버섯 버터 볶음을 맛보는 꿈이었는데, 너무 많이 먹는다고 그렇게 화낼 줄은……. 뭐, 하지만 어차피 꿈이니까요…….

악몽을 털어내듯 고개를 가볍게 흔들며 일어나려고 한 미아는…….

"어라…… 여기는……? 아야."

직후 통증을 느끼고 얼굴을 찌푸렸다. 아픈 부위는 머리——가 아니라 몸이었다. 뭔가 가느다란 바늘로 쿡쿡 찌르는 듯한…….

그쪽을 보자 옷 군데군데에 잔가지가 꽂혀 있었다. 그 광경에 미아의 기억이 급격히 되살아났다.

——그, 그랬죠. 저는 나뭇가지에 머리를 부딪쳐서……. 그래서 말에서 떨어졌——?!

미아는 아슬아슬하게 목소리를 삼켰다.

자신들을 쫓아오던 도적이 바로 근처까지 와 있을지도 모른다. 깜빡 큰 소리를 냈다가 들키면 큰일이다.

숨을 죽이고 눈만 움직여 주변을 살폈다. 아무래도 여기는 숲속의 조금 트인 장소인 모양이었다.

──아무래도 어딘가에 숨어있는 상태는 아닌 것 같네요…….

영락없이 말에서 떨어져 라피나와 함께 어딘가에 숨은 상태인 줄 알았으나…….

──딱히 숨었다는 느낌도 아닌 모양이고, 애초에 라피나 님이 안 계세요.

어쩌면 라피나가 자신을 버리고 혼자 도망친 건지도 모른다고 상상했으나 바로 부정했다.

──그것만은 아닐 것 같아요. 라피나 님께서 가장 싫어할 법한 일인걸요. 오히려 저를 숲속에 숨기고 혼자 도움을 청하러 갔다거나, 아니면 자신이 미끼가 되었다는 게 더 가능성이 있죠. 으음, 판단하기 어렵네요…….

바로 일어나서 도움을 요청하러 가야 하는가. 아니면 여기서 조금 더 몸을 숨기고 있어야 하는가…….

앞으로를 좌우할 궁극의 선택지를 앞에 두고 미아가 정신없이 고민하고 있을 때…….

"아, 깼어?"

별안간 남자의 목소리가 들렸다.

──큭, 늦었어요. 지금부터 잠든 척하는 건 불가능해요…….

미아가 포기하고 몸을 일으키려 하자…….

"앗, 미아 님. 아직 움직이지 않는 게 좋지 않을까?"

"어머……? 라피나 님?"

목소리가 들린 쪽으로 시선을 주자 라피나가 걸어오는 게 보였다. 미아의 이마에 올려놨던 천을 치우고 새로 젖은 천을 올려주었다.

서늘한 천이 미아의 지혜열을 사르르 식혀주었다.

"아아…… 기분 좋네요."

멍하니 그런 말을 중얼거리고 있을 때…….

"아가씨, 승마 도중에 한눈팔면 안 된다고 했지?"

한 번 더 조금 전의 남자 목소리가 들렸다. 하지만 미아는 그 목소리가 아는 목소리임을 눈치챘다.

"어라……? 혹시 마롱 선배? 왜 이런 곳에……?"

"하하하, 그건 내가 할 말이야."

시선을 굴리자 마롱이 호쾌한 미소를 짓고 있었다.

그건, 그래……. 지극히 부자연스러울 정도로……. 마치…… 무언가를 숨기려는 듯, 미아의 눈에는 그렇게 보여서…….

——헛! 서, 설마 조금 전에 쫓아온 건 마롱 선배였던 건가요……?

명탐정 미아의 천재적인 두뇌가 지금 막 믿기 힘든 가설에 도달하려고 한다——!

——아니, 그럴 리 없죠. 만약 마롱 선배라면 숲에 들어가기 전에 따라잡혔을 테니까요. 게다가 조금 전의 도적은 더 체구가 작았던 것 같아요.

결론을 내리고 다시 쳐다보자 마롱의 미소는 평소와 다를 게 없는 평범한 미소였다.

——그럼 이건 무슨 상황일까요……? 왜 마롱 선배가 이런 곳에?

'흐음……' 하고 한 번 신음한 뒤 팔짱을 끼는 미아. 말없이 생각에 잠기길 몇 초. 그 후 라피나 쪽으로 시선을 돌렸다.

……딱히 추리하는 게 귀찮아졌다거나 하는 건 아니다. 아는 사람에게 물어보는 게 빠르다는, 제국의 예지의 합리적 판단에 기반한 행동이다.

미아의 시선을 받은 라피나가 작게 고개를 끄덕였다.

"사실은 조금 전에 도망칠 때 정면에서 온 건 도적단이 아니었대. 기마왕국의 전사들이었어. 그리고 그 지휘자가 마롱 씨였지."

"요즘 선크랜드의 국경 부근 마을을 덮치는 기마도적단의 보고가 들어왔거든. 일족의 용사를 이끌고 순찰하고 있었는데…… 아가씨들 덕분에 드디어 잡을 수 있었어."

그렇게 마롱은 옆에 있는 나무로 시선을 옮겼다.

그 시선을 따라가자 그곳에는 한 명의 소녀가 나무에 기대듯 앉아 있었다. 아무래도 손이 뒤로 묶인 건지 소녀의 두 팔은 등 뒤로 돌아가 있었다.

나이는 미아와 같거나 조금 연상일까.

머리에 감은 붉은 터번 아래로 아름다운 검은색 머리카락이 보였다.

특징적인 것은 그 눈. 보라색 눈동자에 깃든 날카로운 빛은 사냥감을 노리는 룰루 족의 사냥꾼을 방불케 했다. 그리고 그 눈은 마롱을 똑바로 노려보고 있었다.

"저 아이가…… 도적단의 일원인가요?"

"그래, 맞아. 아가씨들을 쫓아온 도적이야."

마롱의 표정이 아주 조금 딱딱해졌다.

"그리고…… 우리 기마왕국 백성의 먼 동포지."

조용한 목소리가 말했다.

"동포……? 그건 대체."

"농담하지 마라. 수풀 부족의 전사여. 그 입으로 우리와 동포임을 말하는가?"

그때 계속 침묵하던 도적 소녀가 처음으로 입을 열었다.

증오가 담긴 눈으로 마롱을 노려본 소녀는 한층 더 무언가를 말하고자 입을 벌렸으나…….

"꼬륵…… ."

참으로 애처로운 소리에 말이 끊어졌다.

순간적으로 자신의 배를 누른 미아였으나 바로 자신이 아님을 깨닫고 도적 소녀 쪽으로 시선을 주었다가…… 민망하다는 듯 눈을 돌리는 소녀를 보고…….

──아, 왠지 이 아이와는 친해질 수 있을 것 같네요…….

그런 확신을 품었다.

미아와 라피나는 무사히 마차로 돌아왔다.

참고로 마롱이 인솔하는 수풀 부족의 전사가 호위로 따라왔다.

10기 정도의 기마를 이끌고 개선한 미아는…… 뭐라고 할까……

기분이 몹시 좋았다!

──그렇군요. 미남 호위를 거느리고 싶어 하는 에메랄다 양의

마음을 조금 알겠어요. 뭐, 제 경우는 그…… 우람한 거구의 남자

를 거느려보고 싶지만요. 아아, 그리고 역시 갑옷은 그거죠. 그 버섯 같은 갑옷을 입히고…….

남몰래 장대한 야망을 가슴에 품는 미아였다.

"미아 님!"

마차 앞에선 이미 연락을 받은 일행이 기다리고 있었다.

미아가 모습을 드러내자마자 안느가 달려왔다.

"무사하십니까? 다친 곳은 없으세요?"

한눈에 봐도 걱정이 가득 담긴 얼굴로 자신을 바라보는 안느.

이번에 안느는 미아와 라피나를 배려해 승마에 참가하지 않았다. 벨과 슈트리나와 함께 있었는데…… 어쩌면 위험한 때에 곁에 있지 못했다는 걸 신경 쓰는 건지도 모른다…….

그렇게 추리한 미아는 안느를 안심시켜주듯 고래를 끄덕였다.

"고마워요. 괜찮습니다, 아무 문제 없어요."

참고로 가지에 부딪친 머리에는 상처 하나 남지 않았다.

미아의 다이아몬드 헤드는 이 정도로는 흠집 하나 낼 수 없다.

미아의 드라이 표고 머쉬룸 헤드(Dry Shiitake Mushroom Head)는 말린 버섯과도 같은 강도를 자랑한다.

"딱히 말에서 떨어진 것도 아니고, 아무런 문제도 없었답니다. 그렇죠? 라피나 님."

미아는 라피나 쪽으로 시선을 주었다.

"어, 으응. 그랬지."

라피나가 조금 당황한 듯 고개를 끄덕였다.

속으로는…… '그래, 제국의 예지라는 허상은 이렇게 만들어진 거구나……'라며 한심해…… 하지 않았다! 오히려 '안느 양에게 괜한 걱정을 끼치지 않기 위한 배려구나. 역시 미아 님이야!'라는 존경심으로 가득했다!

제국의 예지라는 허상은 이렇게 만들어지는 것이다.

뭐, 그건 그렇다 치고…….

"그래서, 도적단에 의한 피해는 어떤가요?"

미아는 안느에 이어 다가온 루드비히와 디온에게 시선을 주었다.

그 시선을 받고 디온이 어깨를 작게 으쓱했다.

"황녀전속 근위대와 충돌은 없었습니다. 기마왕국의 기병과 소규모 전투가 있었던 정도 아닐까요."

"그렇군요…… 소규모 전투……."

미아는 수긍하며 고개를 끄덕였다.

동포라고 말한 걸 보아, 아마도 기마왕국의 기병이 그리 큰 피해를 내지 않도록 움직였으리라. 아니면 마롱의 지시가 있었던 건지도 모르고…….

──상대도 약탈이 목적인 도적단이니까요. 무리해서 전투할 생각은 없었겠죠.

이전에 공격을 받았을 때도 선크랜드의 병단이 오자 바로 물러났다는 걸 떠올린 미아였다. 그 깔끔함이 없었다면 이번에도 큰 피해가 생겼을 것이다. 주로 도적단 측에.

──이쪽에는 디온 씨가 있으니까요……. 승리가 확정된 건 상관없지만, 조금 자중하지 않으면 제 마음의 안정에 영향이 올 것 같아요.

미아에겐 적의 시산혈해 속에서 승리의 함성을 지를 만한 강심장은 없다. 오히려 그 글자만 봐도 조금 등골이 서늘해지는 미아였다.

"그런데 미아 님, 그쪽의 남성과 아가씨는 누구입니까?"

루드비히는 미아의 뒤쪽, 마롱과 그가 데리고 있는 소녀에게 시선을 주었다.

"아아, 그녀는 도적단의 일원입니다. 그리고 소개한 적은 없던 것 같지만, 이 남성이 제가 승마부에서 신세 졌던……."

"린 마롱이야. 잘 부탁해."

"아아…… 자기소개 감사합니다. 저는 루드비히 휴이트입니다. 미아 님께서 신세 지고 있습니다."

루드비히는 조용한 미소를 머금은 후 깊게 허리를 굽혔다.

"당신께서 미아 님께 가르쳐주신 승마술로 미아 님께선 목숨을 건지셨습니다. 아무리 감사드려도 모자랍니다."

한편 디온은…….

"흐음, 도적단의 일원이라……."

도적 소녀를 관찰했다.

그 시선을 알아차린 소녀는 고개를 홱 돌렸으나…….

"디온 씨, 너무 위협하지 마세요. 당신의 살기는 심장에 안 좋으니까요……."

그런 미아의 말에 소녀의 어깨가 흠칫 떨렸다.

"디온…… 설마, 디온 알라이아……?"

눈을 부릅뜨고 디온을 응시하는 소녀. 그 얼굴에서 핏기가 삭

가셨다.

"어라? 날 알고 계신가?"

고개를 갸웃거리며 싱긋 웃는 디온을 보고 소녀는 작게 히익 비명을 지르고는 마롱의 뒤로 살짝 숨었다.

"디온 씨……."

"……웃은 것뿐인데요."

"당신의 미소는 너무 공격적이에요."

과거 웃는 디온에게 의식이 날아간 적도 있고 목이 날아간 적도 있는 미아는 길게 한숨을 쉬었다.

"아무튼, 그녀에게 잠시 사정을 들어보려고 합니다."

"그렇군요……. 그런 것이라면 부디 제게 맡겨주시길……."

고지식한 얼굴로 자청하는 루드비히에게 미아는 고상하게 미소 지었다.

"후후후, 당신의 손을 번거롭게 할 필요는 없습니다. 제가 직접 이야기를 듣도록 하죠."

그 대답에 디온이 재미있다는 듯 눈을 빛냈다.

"오, 황녀님이……? 손수 고문을 하시겠다?"

도적 소녀 쪽으로 힐끗 시선을 주자…… 소녀는 작게 히이이이익 비명을 질렀다.

미아는 역시 이 아이와는 마음이 맞을 것 같다는 확신을 가졌다.

"아가씨, 아까도 말했지만 이 녀석들은……."

중재에 들어간 마롱에게 미아는 안심시키듯 웃어 주었다.

"괜찮습니다. 고문이라니, 그런 야만적인 짓은…… 할 필요가 전혀 없으니까요."

작게 고개를 저은 뒤 안느를 향해 시선을 돌렸다.

"안느……. 제 비장의 그것을 가져와 줄 수 있을까요? 선크랜드에서 입수한 그것이요."

"앗, 네. 알겠습니다."

안느는 순간 주저했으나, 바로 고개를 끄덕인 뒤 마차로 달려갔다.

그후 미아는 도적 소녀에게 시선을 주었다.

"지금부터 즐거운 다과회랍니다. 기대해주세요."

그러고는 생긋 웃었다.

미아 황녀의 명령으로 급히 마차 근처 평원에 즉석 테이블과 의자가 설치되었다. 테이블 위에는 미아가 선크랜드에서 입수한 색색의 쿠키가 놓여있다.

더욱이 찻잔에는 갓 우려낸 홍차가 찰랑거렸다.

마을에서 떨어진 이런 장소에서 뜨거운 차를 마실 수 있다는 사치에 미아는 만족스러운 한숨을 내쉬었다.

──어디서든 차와 맛있는 과자를 즐길 수 있다는 것……. 이보다 더한 행복이 있을까요……? 아뇨, 없어요!

그렇다. 때때로 잊을락 말락 하게 되지만 미아는 대제국의 황녀님이다.

으랏차차 말에 탄다고 해도, 빵을 흡입하듯 삼키며 극상의 기쁨을 느끼든, 미아는 사치가 허락된 고귀한 신분이다.

따라서 여행 도중에 이런 소소한 다과회를 여는 것도 가능하다.

극상의 행복(미아 기준)을 반추하며 무심코 감동에 젖는 미아였다.

테이블에는 미아 말고도 마롱, 라피나, 아벨, 벨, 슈트리나……그리고.

"……무슨 생각이지?"

미아를 빤히 노려보는 도적 소녀의 모습이 있었다.

등 뒤로 손이 묶인 소녀를 향해 미아는 생긋 미소 지었다.

"누가 저분의 밧줄을 풀어주세요."

"그건……!"

근처에 있던 근위병이 경악했지만…….

"걱정할 필요 없습니다. 당신도 도망치지 않을 거죠?"

물어보는 미아에게 도적 소녀는 조롱하듯 웃었다.

"후후후, 소문대로 무르군. 제국의 예지. 내 구속을 풀겠다니……."

"아, 일단 말씀드리지만 괜한 짓은 안 하는 게 낫습니다. 자세한 이야기는 생략하지만, 저기에 있는 분은 디온 씨라고 해서 조금 위험한 사람이거든요. 당신이 승마가 특기라고 해도 땅끝까지라도 쫓아가서 순식간에 목을 날려버릴 거예요."

미아의 말을 들은 도적 소녀는 디온에게 힐끔 시선을 주고는 침을 꿀꺽 삼켰다. 그러고는 작게 헛기침한 뒤 엄숙한 얼굴로 말했다.

"……물론 무용한 저항은 하지 않겠다. 나는 긍지 높은 백성. 자랑스러운 전사다. 포로의 신분이 된 이상 꼴사나운 모습은 보일 수 없지. 그렇다고 한들 양보도 하지 않겠다. 동료에 대해서는 물론이요, 너희들에게는 내 이름조차 가르쳐줄 마음이 없다!"

——아아, 역시 이 사람 친해질 수 있는 사람이네요.

대충 파악해버린 미아였다.

"뭐, 그런 셈입니다. 무슨 일이 있어도 디온 씨가 옆에 있으니 문제 없어요."

미아의 뒤에 선 디온은 고개를 절레절레 내저었다.

"자…… 그럼 본격적으로 다과회를 시작할까요."

그렇게 선언하자 도적 소녀가 고개를 홱 돌렸다.

"기마왕국 관계자의 적선은 받지 않는다."

"어머? 저는 딱히 기마왕국 관계자는 아닌걸요. 그렇죠? 루드비히."

"네. 적어도 우리나라와 기마왕국 사이에는 직접적인 관련이 없습니다. 군사적인 동맹 관계도 맺지 않았고, 상품 유통도 없습니다."

담담하게 대답하는 루드비히. 미아는 만족스럽게 고개를 끄덕인 뒤 도적 소녀에게 시선을 돌렸다.

"마롱 선배는 승마부 선배일 뿐, 티어문의 황녀인 제가 기마왕국의 관계자라는 건 큰 오류입니다."

"그……, 그런 건가? 하지만…… 어, 어차피 마, 맛있는 과자를 먹고 싶다면 정보를 불라거나, 비열한 소릴 하겠지……?"

미아의 쿠키에 슬금슬금 시선을 주면서 이를 까드득 가는 도적 소녀. 그런 그녀에게 미아는 재미있다는 듯 웃었다.

"어머, 그런 말은 안 한답니다. 자, 골치 아픈 이야기를 하기 전에 맛있는 쿠키를 같이 먹죠."

"……어? 저, 정말? 하지만……."

무의식인 듯 바라보는 소녀. 미아는 생긋 미소 지으며 고개를 끄덕였다.

"물론이죠. 이 쿠키는 무척이나 달콤하고 맛있답니다."

"다…… 달다고? 무척……?"

중얼거리는 소녀를 향해 접시를 밀어주면서…… 미아는 내심 회심의 미소를 지었다.

——후, 쉽군요.

그렇다……. 미아는 알고 있다.

음식의 원한은 깊고 무겁다. 하지만…… 바꿔 말하자면, 음식의 은혜도 사실 상당히 무겁다.

굶주렸을 때 음식을 나눠준다면…… 그 은혜는 쉽게 사라지지 않는다. 그런 은혜를 입은 상대의 부탁은 아무래도 거절하기 어려워진다.

만약 미아가 심문을 받는 입장이었다면…….

"이걸 먹고 싶다면 비밀을 말해라!"

이런 식의 말을 들었다면 조금은 저항했을 테지만.

"자, 이걸 드세요. 맛있죠? 그런데 이걸 대접한 저에게 비밀을 조금 가르쳐주실 수 있을까요?"

이런 식의 말을 들으면…… 분명 그리 거부감을 느끼지 않고 말해버릴 것이다.

그러니 먹을 것을 협박에 사용하면 안 된다. 먹을 것은 오히려 은혜를 베푸는 용도로 써야 한다.

따라서 미아는 이 쿠키에 직접적인 보답을 요구하지 않는다. 그저 쿠키를 같이 먹고 즐기면 된다.

그렇게 친해지고 나면…… 그다음부터는 쉽다.

같은 쿠키를 먹고 같은 홍차를 마신 동지로서 비밀을 물어보는 것쯤은 식은 죽 먹기라고 확신하고 있다. 미아의 안이한 인식으로는 그랬다.

사실 세상은 그렇게 쉽지 않지만……. 쉽지 않지만……!

"그래서, 으음. 당신을 뭐라고 불러야 할까요?"

미아의 질문에 소녀는 쿠키를 오도독 오도독 먹은 뒤…….

"……후이마(慧馬)."

중얼거리듯이 말하고는…… 바로 덧붙였다.

"훠(火) 후이마……. 내 이름은 훠 후이마다. 후이마라고 불러. 은혜를 입었으니……. 이름 정도는 가르쳐주지."

부루퉁한 얼굴로 대답하는 소녀, 후이마를 향해 미아는 만족스럽게 고개를 끄덕였다.

──흠! 예상대로예요!

세상은 그렇게 쉽지 않지만…… 소녀는 참으로 쉬운 성격인 모양이었다.

"훠…… 그렇다면 역시 잃어버린 불꽃 부족의 후손인가?"

후이마의 이름에 반응을 보인 마롱…… 이었으나, 당사자인 후이마는 도도하게 고개를 돌릴 뿐이었다.

"으음, 후이마 양? 당신은 기마왕국의 잃어버린 일족? 인 불꽃 부족 사람인가요?"

어쩔 수 없이 미아가 대신 물었다.

"그래, 맞다. 나는 기마왕국 제1부족, 불꽃 부족의 족장 휘 싱 마(火星馬)의 후손이지."

우쭐거리며 가슴을 펴는 후이마. 그러고는 쿠키를 하나 더 집어 먹었다.

"하지만 그 긍지 높은 불꽃 일족이 왜 도적질을 하는 건데?"

"그건⋯⋯!"

다시 날아온 마롱의 질문에 순간 대답할 뻔한 후이마였으나, 바로 말을 삼키고 홱 고개를 돌렸다.

마롱이 힐끔 던지는 시선을 받은 미아는,

──흐음, 이거⋯⋯ 제법 귀찮은데요. 그리고 이 쿠키, 제법 맛있어요.

먹고 있던 쿠키를 와삭와삭 삼키고는⋯⋯. 혀 위로 퍼지는 진하고 크리미한 단맛⋯⋯ 감칠맛 나는 우유 냄새에 무심코 만족스럽게 '으으음' 하고 신음을 흘린 뒤⋯⋯. 으음! 하나 더! 와삭와삭⋯⋯. 으음!

그런 무한 루프에 들어갈 뻔했다가⋯⋯ 등 뒤에서 느껴지는 디온의 미적지근한 시선에 퍼뜩 정신을 차리고 헛기침했다.

"⋯⋯왜 당신처럼 긍지 높은 분이 도적 같은 일을 하시는 거죠?"

"우리를 도적이라는 후안무치한 집단과 동일시하지 마라. 우리는 필요에 의해 어쩔 수 없이 하는 것뿐이니."

후이마가 기다렸다는 듯 대답했다.

……그렇게 반박하고 싶었다면 고집부리지 말지……. 그런 생각을 하면서 미아는 쿠키에 또 손을 뻗…… 으려 했으나…….

"미아 님, 너무 많이 드셨습니다. 벌써 10개는 드셨어요."

안느가 엄한 얼굴로 접시를 빼앗았다.

"아아……."

"애초에 이번 승마는 선크랜드에서 과식하신 게 원인이었잖아요. 또 위험한 일을 겪지 않기 위해서라도 조금은 참으셔야 합니다."

"으으……."

여느 때보다 더 엄한 안느. 그 얼굴을 보고 미아는 꾹 인내했다.

──오늘은 안느에게도 걱정 끼쳤으니까요……. 큭, 어쩔 수 없죠.

충신의 뜨거운, 활활 타오르는 배려에 마음속으로 눈물을 흘리면서 미아는 후이마 쪽으로 시선을 돌렸다.

"올해는 전에 없는 흉작으로 식량이 부족해졌다. 이대로 굶주리다 보면 어린아이나 노인들이 죽을 테지. 그래서 내가 싸울 수 있는 자들을 이끌고 먹을 것을 조달하기 위해 행하였다. 흔한 악당과 똑같다고 생각하지 말도록."

후이마는 죄책감을 느끼는 기색도 없이 당당하게 가슴을 폈다.

"……에이브람 폐하와 회담할 때 들은 바로는 기마도적단 중엔 마을 사람을 폭행하지도 않고, 당연히 집이나 논밭을 태우지도 않고 그저 식량만을 빼앗아간 자들이 있다던데."

라피나가 진지한 얼굴로 말했다. 그에 고개를 끄덕인 후이마가 말을 이었다.

"우리는 전사다. 따라서 싸울 의사가 없는 자들을 해치지 않지. 논밭을 태운다니 언어도단. 식량을 수확하지 못하게 되지 않나."

후이마는 흐흥 코웃음을 치며 팔짱을 꼈다.

"가만히 앉아 죽음을 기다리는 걸 고결하다고 볼 수 없어. 우리는 목숨을 걸고 싸우고, 빼앗는 걸 택했다. 그뿐이지."

"그뿐이라고 해도 말이야⋯⋯."

마롱이 뭐라 말할 수 없는 얼굴로 머리를 거칠게 긁었다.

어떤 이유가 있든 약탈은 약탈. 마을 사람에게 폭력을 가하지 않았다고 해도 그게 악행이라는 건 달라지지 않는다. 달라지지 않지만⋯⋯.

"흠⋯⋯, 그렇군요."

한편으로 미아는 이해했다는 듯 고개를 끄덕였다.

확실히 먹을 게 없고 싸울 힘이 있다면 그런 선택을 취하는 것도 충분히 가능하다고⋯⋯, 제국의 황녀인 미아는 그렇게 생각했다.

실제로 제국 말기에 타국을 침략하여 식량을 빼앗는 것도 검토된 적이 있었다.

하지만 이런저런 사정으로 그게 실행되는 일은 결국 없었다⋯⋯.

당초 파병을 검토할 때 목적지는 페르쟝 농업국이었다. 하지만 군대가 없는 무저항국을 침공하는 건 베이르가 공국을 비롯한 각국의 반감을 산다. 그렇게까지 할 가치가 있는 거냐며 일부 문관이 간언했다.

⋯⋯그 무렵에는 아직 여유가 있었다.

가누도스 항만국도 그린문 공작가를 대신해 새 담당자가 잘 교섭한다면 식량 공급을 재개할 터. 그렇게 어느 정도 병참을 확보한 뒤에 행동해도 문제는 없다. 오히려 그러는 사이에 페르쟝이 개심해서 식량 공급이 회복될지도……?

그런 안이한 환상에 사로잡힌 사이에 내전이 극심해지며 군대가 조직적인 행동을 하지 못하게 되었다.

지금까지도 계속 잘해왔으니 또 원래대로 돌아갈 게 틀림없다. 지금 위기만 극복하면……. 그렇게 변화를 일시적인 것으로 간주하고 경시하여 대책을 소홀히 했다.

그 결과 군사적인 선택지를 취할 수 없게 되었다.

——지금 생각해 보면 완전히 뱀의 손바닥 위에서 놀아났군요. 뱀에 손은 없지만요…….

그렇게 사수(蛇手)…… 가 아니고 사족(蛇足) 같은 생각을 해버리는 미아였다.

아무튼. 어차피 베이르가나 선크랜드와의 관계가 악화한다면 움직일 수 있을 때 군을 움직여야 했다. 국내의 분쟁으로 피폐해지기 전에 움직여놔야 했었지만…….

——아, 하지만 레드문 가도 파병을 반대하는 입장이었죠……. 루비 공녀도 아군이 아니었으니까요……. 그렇다면 군을 움직여서 어떻게 해보는 것도 어려웠으려나요……?

정말 제국은 어떻게 할 수 없는 상황이었음을 깨닫는 미아였다.

——하지만…… 사태가 퍽 복잡하네요.

다시금 불꽃 부족의 문제를 생각해 본 미아는 라피나, 아벨, 그리고 마롱에게 시선을 옮겼다.

상황을 이해한 건지 세 사람 모두 무척 심각한 얼굴이었다.

——이게 불꽃 부족이냐 어느 나라의 백성이냐……. 그에 따라 책임 소재가 달라져요…….

불꽃 부족은 원래 기마왕국의 일부였다. 하지만 먼 옛날 그 관계는 단절되었다. 오히려 적대적이라고 해도 될 정도다. 그렇다면 기마왕국의 책임이라고 할 수 있을지 애매하다.

그렇다면 선크랜드, 렘노, 베이르가의 백성이냐고 하기에도 아마 아니다.

불꽃 부족…… 그들은 어느 나라에도 속하지 않은 독립된 백성이다.

만약 그들이 어느 한 국가에 소속되었다면 책임 소재는 명백하다. 그들 자신도 죄가 있지만, 그들을 굶주리게 한 통치자에게도 죄가 있다.

혹은 그들을 소국으로 간주한다면 불꽃 부족 그 자체에 죄를 묻게 된다.

하지만 그들이 '국가'로서 책임을 질 수 있냐고 따진다면, 아마그것도 어렵고…….

——흠, 어떻게 문제를 해결하죠……. 뭐, 저와는 상관없지만요.

미아는 태평하게 홍차를 한 모금 마셨다.

그렇다……. 이번 일에서 미아는 참으로 완벽하게, 완전무결한 외부인이었다.

아예 관할이 다르다. 귀찮은 일에 머리를 싸맬 입장이 아니다.

느긋하게 차를 즐길 만도 했다.

──뭐, 나머지는 마롱 선배가 어떻게든 하겠죠. 저는 빨리 양 버터 정보를 수집해서 돌아가기로 할까요.

그렇게 방심하고 있었는데…….

다과회가 끝나자 마롱이 조용히 다가오는 게 보였다.

"미아 아가씨, 잠깐 괜찮을까?"

"어머? 마롱 선배, 무슨 일이시죠?"

전에 없이 진지한 얼굴인 마롱을 보고 고개를 갸웃거리는 미아 였으나…….

"미안하지만 아가씨. 후이마와 함께 우리 족장님을 만나줄 수 있어?"

그 제안에 눈썹을 살짝 찌푸렸다.

"수풀 부족의 족장님을요?"

"그래. 저 상태로 봐서 저 녀석은 족장님과 대화하려 들지 않을 테지만…… 이건 좀, 내버려 둘 수 없는 문제인 것 같으니까."

그렇게 말하는 마롱이었으나…… 솔직히…… 미아는 몹시 내 키지 않았다.

미아는 양 버터만 입수하면 기마왕국에 가는 메리트가 별로 없 으니……. 어떻게 거절할까 고민하던 그때였다.

"그런데 아가씨, 단 거 좋아해?"

불현듯 미아의 귀를 간질이는 악마의 속삭임이 들렸다.

"만약 와 준다면 대가로 아주 달고 맛있는 비장의 양젖 우유를 대접하려고 하는데…… 버터도 치즈도 신선한 게 있거든. 만약 와 준다면 보답할게."

"호오…… 자세히 들려주시겠어요?"

'……뭐, 아벨이 부름을 받은 것도 신경 쓰이니까요……'라며 마음속으로 변명하면서.

'오호호! 기마왕국의 맛있는 우유가 저를 부르고 있나 보군요!'라며…… 배 속으로는 미식 망상을 무럭무럭 키워나가는 미아였다.

제6화 제국 최강과 검정 버섯 기사

미아는 마롱과 잠시 상담한 후 바로 기마왕국행을 결단했다.

용감하고 과감한 그 자세에 루드비히는 새삼 감명을 받으며, 그 결정을 따라 엄숙히 준비를 진행했다.

본래 짧은 시간이나마 들를 예정이긴 했으나, 조금 오래 걸릴지도 모른다.

"이거 참, 다음엔 기마왕국에 가게 될 줄이야. 어디, 우리 황녀님은 어떻게 결판을 낼 생각인 거려나?"

기가 막힌다는 듯 어깨를 으쓱하는 디온을 보고 루드비히는 쓴웃음을 지었다.

"글쎄. 그분께선 우리에게 그리 내면을 밝혀주시지 않으니까. 다만…… 확실히 기마왕국이 불안정해지는 건 우리 제국에게, 아니, 미아 님의 계획에 썩 좋은 일이 아니야."

미아의 장대한 계획인 미아넷. 그 실현에 기마왕국은 중요한 위치를 차지했다. 베이르가와 선크랜드, 더불어 렘노와의 사이에 자리한 이 나라는 말하자면 커다란 완충지대라고 할 수 있다.

국경이라는 개념이 느슨한 그들이 지배함으로써 초원 지대에 일정한 평화와 치안이 확보되고 있다고 해도 과언이 아니다. 렘노 왕국이든 선크랜드 왕국이든 기마왕국과 인접한 지역에 사는 사람들에게 그들은 가까운 이웃이다.

또 초원을 이동하며 사는 그들에게 대규모 침공이라면 모를까,

가벼운 국경침범 정도는 사소한 일. 자신들이 기르는 동물들이 멋대로 국경을 넘어가 버리는 일도 있다. 그래서 서로 묵인하고 있다. 애초에 초원은 어딘가에 선이 그어져 있는 것도 아니다.

나라와 나라를 가르는 세세한 선은 그리 중요하다고 생각하지 않는다.

만약 그들이 없다면 렘노 왕국과 선크랜드 왕국 사이에는 적잖은 경쟁이 일어났을 것이다. 군사력을 증강하는 나라가 이웃 나라였다면 분명 선크랜드는 내버려 두지 않았으리라.

한편으로 렘노 왕국도 선크랜드의 힘을 억제하고자 이런저런 핑계로 툭툭 건드려댔으리라는 건 상상하기 어렵지 않다.

그런데 이 기마왕국이 사이에 있었기에 그런 일은 거의 일어나지 않았다. 그들의 머리 위에서 전투를 벌이는 건 불가능하고, 그들의 기마전력은 결코 얕잡아볼 수 없기 때문이다.

"기마왕국의 불안정화는 경우에 따라선 대륙 전체의 안정을 무너트리게 될지도 몰라. 그들의 힘이 쇠퇴하면 선크랜드, 베이르가, 렘노를 이어주는 순례가도의 치안도 악화할 테고, 그러면 상단 유지에도 지장을 주지. 그건 혼돈의 뱀이 기뻐할 법한 상황 아닌가?"

"만약 황녀님이 국가 간의 식량 공급을 원활하게 진행시키고 싶다면 방치할 수 없다는 건가. 뭐, 황녀님이라면 그럴 테지만, 그래서 어떻게 할 생각인 건지……."

그러더니 무언가 떠올린 건지 디온은 짓궂은 미소를 지었다.

"아니면 기마왕국의 맛있는 음식 말고는 머릿속에 없다거나……?"

"하하하. 뭐, 처음 목적은 양 버터였으니까. 미아 님이라면 겸사겸사 이번 문제도 해결해버리자고 생각하신 건지도 모르지."

디온의 농담에 가볍게 대꾸하는 루드비히. 그렇게 두 남자는 미소를 주고받았다. 그건 과거 제국의 중앙귀족들에게 부려 먹히던 시절에는 절대로 짓지 않았던 쾌활한 미소였다.

루드비히와 헤어진 뒤 디온이 향한 곳은 도적 소녀, 후이마를 가둬둔 마차였다.

그녀는 지금 황녀 전속 근위대 두 명의 감시하에 놓여있다.

"이상은 없나?"

"앗…… 디온 대장니…… 아니, 디온 님."

"하하하. 뭐 어떻게 부르든 상관없어. 그래서, 별일 없고?"

"네. 딱히 도망치는 기색도 없고 잠든 모양입니다."

"흐음. 그거 제법 배짱이 두둑한데."

감탄한 듯 고개를 주억거린 후 불현듯 디온이 시선을 굴렸다.

철그럭, 철그럭. 무거운 금속 소리를 내며 다가오는 사람이 있었기 때문이다.

렘노 왕국 유일의 호위 기사, 기미마피아스였다.

그는 디온을 보며 가볍게 손을 들어 올렸다.

"열심히 하고 있구려. 디온 알라이아 경."

"기미마피아스 경. 이런 장소에 무슨 일로?"

이번 여행은 티어문 제국의 병사가 중심이 되어 호위를 분담하고 있다. 그리고 기미마피아스도 그 경비계획 안에 포함되어있긴 하지만……. 나이도 있다 보니 최대한 아벨 주변에 배치해놓았다.

기미마피아스는 머리를 툭툭 두드렸다.

"아니, 만에 하나라도 도적이 도망치면 안 될 것 같아서 말이
오. 어디, 나도 감시에 손 좀 거들어 볼까 하고 나와봤소. 게다가
경도 황녀 전하의 호위로 바쁘지 않소?"

"신경 쓸 정도는 아니야. 황녀 전하 주변은 근위대가 엄중히 호
위하고 있으니까. 게다가 귀국의 왕자 전하도 곁에 계시지."

현재 미아와 같이 있는 건 라피나, 아벨, 그리고 슈트리나 등이다.

주요 인물이 한곳에 모여있는 형태이다. 자연스럽게 근위 병력
도 그쪽에 집중되었고, 기마왕국 사람들도 그쪽을 중점적으로 지
킬 것이다.

그렇다면……. 디온의 직감은 오히려 이쪽이 위험하다고 알렸다.

지금 목숨을 노려질 가능성은 후이마라는 도적 소녀가 더 크다고.

"기미마피아스 경도 아벨 전하의 호위로 바쁘실 테지. 여기는
나에게 맡기고, 아벨 전하를 지켜주지 않겠어?"

"그래……, 그렇구려. 그렇다면 여기선 제국 최강의 기사님께
맡기도록 하리다."

기미마피아스는 머리를 깊이 숙였다.

"하지만 귀국의 미아 황녀 전하는 참으로 독특한 분이시구려.
설마 갑자기 도적과 한 테이블에 앉으시다니……."

"아하하. 응, 그건 영 부정할 여지가 없겠네."

대답하면서도 디온은 기미마피아스를 샅샅이 관찰했다. 그의
일거수일투족에 시선을 보내며 내심 혀를 둘렀다.

——놀라워. 역시 렘노의 검성. 기습으로 처리하는 이미지가 전혀 안 떠올라. 어떻게 달려들든 받아넘길 것 같은데.

평범하게 싸웠다간 금속 갑옷에 칼날을 대는 것도 어려울 것이라고 디온의 직감이 고했다. 만약 싸우게 된다면 분명…………즐거울 것 같다!

그런 디온의 속내를 아는지 모르는지 기미마피아스는 딱히 의식하는 기색도 없이.

"그럼 이 자리는 맡기겠소, 디온 경."

깊게 허리를 굽힌 뒤 떠나갔다.

제7화 다가오는 (기시·위기)감

마롱이 이끄는 수풀 부족의 전사들이 선두에 서서 초원을 나아가길 하루 반나절.

덜커덩덜커덩 마차 바퀴 소리를 들으며 미아는 멍하니 졸린 눈으로 밖을 바라보고 있었다.

하늘은 푸르고 참으로 기분 좋은 햇살이 쏟아진다. 승마하기 딱 좋은 날인데도 미아는 마차 밖으로 나가는 게 금지되었다.

지난번에 저지른 작은 말썽이 발목을 잡았기 때문이다.

──기분 전환으로 말을 달리면 개운해질 것 같은데, 아쉬워요.

우울한 기분에 잠겨있던 미아였으나, 눈앞에 불쑥 펼쳐진 풍경에 무심코 환호성을 질렀다.

"아아…… 이건……, 상당한 장관이로군요."

일면 가득 펼쳐진 산뜻한 녹색 카펫. 바람이 그 위를 지나갈 때마다 바스락바스락 풀이 흔들리는 소리가 들렸다.

그 풀을 느긋하게 뜯고 있는 하얀 털이 달린 동물…… 폭신폭신한 털로 덮인 양이었다. 몹시 평화롭고 목가적인 광경에 미아는 저도 모르게 미소 지었다.

"저것이 기마왕국의 양……. 참으로 맛있…… 아니. 근사해요."

동글동글 털이 자란 양을 보며 미아는 무의식중에 혀를 내밀어 입술을 핥았다. 미아의 눈에는 저 하얀 덩어리가 생크림 덩어리로 보였다!

"굉장히 귀여워요, 미아 언니! 아, 저쪽, 리나! 저기에 새끼 양이 있어요."

"정말이네. 리나, 양 보는 거 처음이야."

슈트리나가 생글거리며 말했다.

"와, 그랬어요? 박식한 리나도 처음 보는 게 있었군요."

완전히 관광 모드인 연소자 두 명. 그 광경을 뒤로 미아는 열심히 양을 관찰했다.

"흐음……, 이만큼 많이 있으니 아예 한두 마리쯤 데리고 돌아가고 싶어요……. 어라?"

그때였다. 미아의 눈이 한 마리의 양을 포착했다.

"어머……. 저 양은 색이 다른데요? 뭔가 살짝 황금색으로 빛나는 듯한……."

포근한 햇빛을 받아 희미하게 금색으로 빛나는 양. 그것은 다른 양보다 훨씬 크고 참으로 멋들어진 양이었다.

미아의 목소리를 들은 건지 마차로 마롱이 탄 말이 다가왔다.

"하하하, 역시 미아 아가씨야. 보는 눈이 있잖아? 저건 제호양(醍醐羊)이라고 해서, 극상의 양젖을 만들어."

"극상의……?"

꿀꺽……. 미아가 침을 삼켰다.

"그렇군요. 평범한 양이 아닌 거였어요……. 즉 그게 기마왕국산 버터가 맛있는 비밀…… 인 거죠?"

미아의 질문에 마롱은 의아한 듯 눈썹을 찡그렸다.

"아니, 타국에 파는 건 평범한 밀크야. 제호양은 수가 적어서 생산하는 양젖도 적거든."

"……뭐…… 라고요?"

경악한 나머지 미아의 눈이 휘둥그레졌다.

"그 버터가…… 평범?"

뇌리에 라피나의 여관에서 먹었던 그 맛있는 버터의 맛이 되살아났다. 혀 위에서 사르르 퍼지는 양젖의 감칠맛. 농축된 밀크의 달콤한 풍미, 노릇노릇하게 구운 빵에 부드러운 맛을 더해주는 그 극상의 향…….

그토록 근사한 버터가 설마 평범한 버터였을 줄이야!

미아는 까무러칠 듯 놀랐으나, 다음 순간 마롱을 힐끗 살폈다.

"참고로, 설마 그 제호양의 우유를 주신다거나 하는……?"

"응. 여기까지 따라와 준 보답이니까. 배불리 먹게 해줄게."

든든하면서 믿음직한 마롱의 대답에 미아는 환하게 웃었다.

"후후후, 역시 기마왕국에 따라오길 잘했어요!"

그때였다.

미아는 전방에서 다가오는 기마 집단을 발견했다.

혹여 도적단이 후이마를 구하러 온 건지도 모른다는 생각에 긴장하는 미아였으나, 마롱은 당황하지 않았다. 오히려 친근하게 손을 들었다.

"아, 걱정하지 않아도 돼. 수풀 부족의 전사들이야. 아무래도 마중 나온 모양이야."

집단은 마차에서 조금 떨어진 장소에서 멈췄다. 그 선두에 있는 말에 탄, 아마도 집단의 인솔자로 추정되는 인물과 마롱이 인사하는 걸 뒤로 미아는 사냥감을 노리는 눈빛이 되어 양들을 바라보았다.

"흐음, 저 크기……. 역시 한 마리 정도라면 마차에 태워서 데리고 돌아갈 수 있을 것 같아요. 아니, 하지만 역시 한 쌍으로 받는 게 제일 좋으려나요? 흐음, 루드비히에게 부탁해서 교섭을……."

그렇게 중얼거리며 마차에서 몸을 내밀고 있을 때…… 불현듯 목 부근에 스윽 바람이 닿는 것을 느꼈다.

"어머……?"

그쪽으로 시선을 돌린 미아는 어느새 한 마리의 말이 다가와 있다는 걸 깨달았다. 어디서 나타난 걸까? 그 말은 미아를 흥미진진하다는 듯 쳐다보고 있었다.

그 말의 얼굴에서 미아는 묘한 기시감을 느꼈다.

"……흐음? 뭘까요? 왠지 어디선가 본 것 같은……."

기시감과…… 위기감을!

그 말의 콧구멍이 움찔움찔 움직이는 걸 본 미아는 간신히 기시감의 정체를 알아차렸다.

"아, 그래요! 이 말, 조금 심술궂어 보이는 눈매 같은 게 황람을 빼닮았…… 으허억!"

푸엣췌이이이이!

우렁찬 재채기 소리를 들으며 미아는…….

──어쩐지 조금 반갑네요. 황람은 잘 지내고 있을까요?

그런 생각에 조금 아득한 눈빛을 던졌다.

제8화 늑대와 소녀

수풀 부족의 주거지에 도착하자마자 미아 일행은 근처의 강으로 몸을 씻으러 갔다.

말의 재채기를 뒤집어쓴 미아를 위한 배려였다.

"이쪽입니다, 미아 황녀 전하."

안내해준 사람은 호위도 겸한 수풀 부족의 여성 전사 두 명이었다. 허리에 찬 곡도가 늠름해 보이는 그녀들이었으나, 제국의 황녀인 미아 앞에서는 긴장을 숨기지 못하는 기색이었다.

"이곳은 하루를 마친 여자들이 멱을 감을 때 사용하는 장소로……."

그런 설명과 함께 데려다준 곳은 숲속을 흐르는 잔잔한 강이었다.

폭은 제법 넓었지만 바닥은 그리 깊지 않았다. 손으로 퍼 올린 물은 다소 차가웠으나 해가 뜬 시간대라면 오히려 기분 좋은 정도였다.

"멋진 장소로군요. 우후후, 감사합니다. 아무리 그래도 말의 재채기를 뒤집어쓴 채로는 조금 불편했으니까요……."

"아뇨. 죄송합니다. 저희 말이……. 이것으로 용서해달라는 것은 아니오나……."

"후후, 전혀 신경 쓰지 않습니다. 익숙하니까요. 게다가 기마왕국에선 그런 일도 일상다반사죠?"

참으로 도량이 넓은 미소를 짓는 미아였다.

"네······? 아······ 그게, 아, 네. 그렇습니다. 저희도 종종 뒤집어쓰곤 합니다."

반면 기마왕국의 여성들은 살짝 경직된 미소를 지었다.

그게 약간 신경 쓰이긴 했으나, 곧바로 '뭐, 됐어요' 하고 마음을 바꿨다.

아무튼 미아는 마롱과의 약속을 잊지 않았으니까.

──나중에 극상의 양젖 우유를 맛볼 수 있다면······. 게다가 버터도······ 분명 근사한 만남이 저를 기다리고 있을 거예요!

그걸 생각하면 자연스럽게 웃음이 새어 나왔다.

참고로 멱감기에 동행한 사람은 안느와 라피나와 라피나의 여성 종자. 그리고 또 한 명······.

"좋은 장소로군. 전투로 흘린 땀을 씻기에 딱 좋아."

어째서인지 거만하게 팔짱을 낀 후이마였다.

"나는 기마왕국 사람에게 붙잡힌다는 굴욕을 감수하지 않는다. 나는 제국의 예지, 나의 친구 미아 황녀의 설득에 응해 포로의 신분을 감수하고 얌전히 동행했을 뿐. 그렇다면 멱감기에도 당연히 동행해야······."

이런 말을 투덜투덜 늘어놓고 있는데······ 아무래도 미아가 없는 곳에서 디온과 같이 있는 게 무서운 모양이었다.

마차를 타고 이동할 때도 디온이 감시했기 때문에 대단히 무서웠던 건지······ 마차에서 내리자 바로 미아를 찾아왔다.

뭐, 디온이 무서운 건 미아도 뼈저리게 이해하고 있으므로 동정해서 데려왔지만······ 문제는······.

"……저렇게 쉽게 미아 님을 친구라 부르다니……."

이런 소리를 중얼거리는 라피나 쪽이었다. 뺨이 불룩해진 라피나를 보고 미아는 허둥지둥 권유해야 했다.

"저, 저기, 라피나 님도 괜찮으시다면 같이 어떠신가요? 오랜만에 친구끼리 목욕하는 게……."

배려심의 화신 미아의 재간이 빛나는 순간이었다. 이렇게 미아는 황제에게 필요한 눈치와 인심 장악술을 갈고닦게 되었다.

황제 수업인 셈이다.

여차저차해서 샤샥 수영복으로 갈아입은 미아는 바로 강변으로 향했다.

적당한 바위에 앉자 기마왕국의 여성이 쭈뼛거리며 다가왔다.

"저기, 죄송합니다. 미아 황녀 전하. 저희가 머리카락을 감을 때 사용하는 건 이것입니다만……."

그걸 본 미아는 무심코 미소를 지었다.

──오오! 기마왕국에도 침투해 있었다니……. 역시 아벨, 좋은 물건을 알고 있군요.

그런 생각을 했기에.

"실례일지도 모르지만, 그래도 이게, 굉장히 좋은 샴푸입니다. 그러니까, 그게……."

이 말에 무심코 고개를 갸웃거렸다.

"어머? 실례라니, 전혀 그렇지 않은걸요. 품질이 좋아 저도 애용하고 있답니다."

"네……?"

경악한 표정이 된 그녀를 향해 미아는 미소 지었다.

"고마워요. 이거라면 아무런 불만도 없어요."

그 후 미아는 안느 쪽을 보았다. 안느는 잘 알았다는 듯 고개를 크게 끄덕인 뒤 힘차게 소매를 걷어붙이고 기합을 잔뜩 불어넣은 후 미아의 머리카락을 감기기 시작했다.

"미아 님, 머리카락이 조금 상하셨어요."

"아, 요즘은 이렇게 여유롭게 당신의 손질을 받지 못했으니까요."

미아는 안느 쪽을 보며 웃었다.

"늘 고마워요, 안느. 많이 의지하고 있답니다."

"과분한 말씀입니다. 미아 님."

그렇게 실컷 안느와 우후후 아하하한 뒤…….

"자…… 그럼 슬슬……."

미아가 일어났다. 다소 물이 차갑지만 강에 들어가기 위해서다.

그때였다. 별안간 등 뒤의 수풀이 부스럭부스럭 흔들렸다!

엿보기? 혹은 자신의 목숨을 노리는 암살자? 경계하는 미아였으나…… 수풀 너머에서 나타난 건 예상하지 못한 존재였다.

울창한 수풀을 가르고 나타난 것. 처음에 보인 건 검은 색의 코였다. 그게 주변을 확인하듯 움찔거린 뒤…… 느릿느릿 드러낸 모습은…….

"늑대?! 이런 곳에?!"

기마왕국의 여성이 작게 비명을 질렀다.

그들의 눈앞에 나타난 건 한 마리의 검은 늑대였다.

곡도를 빼들고 경계하는 전사들. 하지만 그 얼굴에 바로 초조함이 퍼졌다.

왜냐하면 처음 한 마리에 이어 두 마리가 더 나타났기 때문이다.

"손님, 도망쳐주세요. 여기는 저희가……."

미아 일행을 등 뒤로 감싸며 임전태세에 들어가는 그녀들이었으나…….

"……필요 없다."

대답한 사람은 손님…… 이 아니라 후이마였다. 그녀는 용맹하게 웃었다.

"저 정도의 늑대는…… 별것 아니지."

그렇게 그녀는 손가락을 입에 물더니 '삐이이이익' 하는 손피리를 불었다.

"와라!"

날카로운 외침이 이어졌다. 부스럭부스럭. 멀리 떨어진 곳에서 땅을 짓밟는 소리가 가까워지더니…… 그것이 나타났다.

마치 검은 질풍과도 같이 늑대들의 등 뒤에 나타난 것……. 그건 칠흑의 털을 지닌 거대한 늑대였다!

"저, 저것…… 은……."

기마왕국 사람들은 말문이 막혔다.

그건 미아도 마찬가지였다. 왜냐하면 미아는 저런 늑대를 본 적이 있기 때문이다.

──저 늑대는…… 예전에 공격받은 늑대와 같은 녀석 아닌가요……?

그 늑대는 과거 미아가 만난 늑대술사가 데리고 있던 늑대와 똑같이 생겼다.

등 뒤로 식은땀을 주르륵 흘리는 미아를 뒤로 거대한 늑대는 앞에 있던 세 마리의 늑대들을 노려보았다. 그 순간 흠칫 움츠러드는 늑대들. 직후 꼬리를 말더니 쏜살같이 도망쳤다.

그 등을 향해 굵직한 울음소리를 던진 뒤 거대한 늑대가 미아 일행 쪽을 보았다.

"흐흥, 평범한 야생 늑대에겐 우리 불꽃 일족의 전투 늑대를 상대하는 건 짐이 무겁겠지."

그렇게 후이마는 기뻐하는 얼굴로 늑대의 목덜미를 어루만졌다.

"설마 그 늑대를 써서 도망치려는 건……."

떨리는 목소리로 묻는 기마왕국의 전사를 향해 후이마는 씩 공격적인 미소를 지었다.

"그럴 마음이 있다면 이미 했다. 게다가 아쉽게도 디온 알라이아를 쓰러트리는 건 불가능할 테지."

후이마는 당당히 가슴을 폈다.

"무엇보다 나는 전사다. 한 번 붙잡힌 이상 추태를 보일 수 없다."

그러고는 엄숙한 얼굴로 그렇게 선언했다.

제9화 양치기의 후손

"오…… 이건…….”

미아는 조심조심 후이마에게 걸어갔다.

후이마가 목덜미를 벅벅벅 긁어줘서 기분이 좋아진 늑대를 가까이서 관찰하기 위해서다. 그렇다. 가까이서 보기 위해 접근한 것이다! …………앞으로 스무 걸음 정도의 거리까지!

접근했다. ……미아 나름대로.

이 정도 떨어진 수준으로는 늑대가 마음만 먹는다면 미아 쯤은 꿀꺽해버릴 테지만…… 그건 그거고. 용기를 쥐어짜서 다가간 미아는 다시금 늑대를 관찰했다. 미아의 시력은 비교적 좋은 편이다.

──흐음…… 굉장히 잘 따르네요. 전에도 생각한 거지만, 늑대가 이런 식으로 길들일 수 있는 동물이던가요?

고개를 갸웃거리면서 바라보자…….

"음? 왜 그러지? 관심 있나?”

후이마는 미아의 시선을 눈치챈 건지 살짝 표정을 풀었다.

"그 아이…… 덮치거나 하진 않나요?”

"그래. 이 녀석은 내 가족이니까. 어릴 때부터 내가 키웠어. 이름은 우투(羽透)라고 한다.”

그 후 후이마는 늑대, 우투에게 말했다.

"여기 있는 자들은 널 무서워해. 숨어있어라.”

후이마의 말에 콧소리를 내며 대답한 우투는 숲속으로 떠나갔다.

"그렇군요. 대단하네요. 늑대가 저렇게나 말을 잘 듣기도 하는 군요……. 음?"

그때 미아는 불현듯 깨달았다. 기마왕국 여성들의 표정이 묘하게 딱딱하다는 걸…….

──어라? 어째서죠……? 뭔가 유독 표정이 굳은 것 같은데……. 아직 조금 전 늑대들을 경계하는 걸가요?

하지만 그녀들은 늑대가 떠나간 쪽을 보지 않았다. 두 사람이 경계하는 시선을 보내는 건 후이마 쪽이었다.

미아가 그 사실에 의문을 느꼈을 때.

"슬슬 돌아갑시다. 또 늑대들이 돌아올지도 모릅니다."

호위 여성들이 말했다.

"네? 그래요. 그렇게 하죠."

고개를 갸웃거리면서도 미아는 강에서 나와 옷을 갈아입었다.

그 후에는 딱히 별다른 일 없이 숲을 빠져나와 수풀 부족의 부락으로 돌아왔다.

"그나저나 새삼 보니 장엄한 광경이네요."

미아의 시선 너머, 초원에는 수많은 천막이 세워져 있었다. 옆에서 보면 사각형이고 하늘에서 보면 원형인 하얀 천막. 그걸 보고 미아는 생각했다.

"마치 치즈 같아요. 치즈 천막이에요."

페르쟝에는 케이크 성이 있고, 기미왕국에는 치즈 천막이 있다…….

미아 머릿속의 외국은 아주 맛있어 보인다!

그런 치즈 천막들이 모인 부락의 규모는…… 조금 큼직한 마을 정도는 됐다. 물론 제국의 규모에는 미치지 못하지만, 이만한 인원이 이동하며 생활하는 걸 생각하고 큰 감명을 받는 미아였다.

하지만 그 이상으로 놀란 것이 그들이 보유한 가축의 수였다.

무수히 세워진 천막 군집에서 조금 떨어진 장소에는 나무로 만든 간이 울타리가 세워져 있었다. 말을 탄 자들이 양을 몰아서 그 안으로 쑥쑥 들여보냈다. 동글동글 폭신폭신한 양이 무리지어 움직이는 게 마치 하늘에 뜬 구름 같았다.

그 어마어마한, 말 그대로 은하와도 같은 수를 앞에 둔 미아는…….

──이거 세는 맛이 있겠는데요. 움직이니까 전부 세려면 이삼 일은 걸릴 거예요. 지루함을 달래기에 딱 좋겠어요.

무언가가 많이 있는 걸 보면 무심코 심심풀이로 수를 세고 싶어지는 게 미아의 서글픈 습성이었다.

게다가 가축은 양만 있는 게 아니었다.

다른 울타리에는 멋들어진 뿔이 달린 대왕 염소도 있었다. 이쪽의 머릿수도 몹시 많았다.

염소에서도 젖을 짤 수 있을까? 어떤 맛이 날까? 같은 생각에 미아의 가슴은 끊임없이 두근두근 콩닥콩닥거렸다.

"그나저나 말에 양에 염소까지……. 기마왕국 분들은 동물과 함께 살아가는군요."

티어문 제국에도 가축은 있으나 동물 무리와 함께 이동하며 생활한다는 이야기는 거의 들어본 적이 없다.

하물며 부족 단위, 국가 단위로 그러한 생활을 한다는 건 미아에겐 상상할 수 없는 세계였다.

그건 아무래도 라피나도 마찬가지였던 건지…….

"이런 삶의 방식도 있구나…… 그런 생각이 들어. 그들은 신성전에 나오는 양치기 일족의 후손이라고 들었어."

"오호라. 그런 거로군요."

신성전에서 묘사하는 양치기는 제법 중요한 역할을 맡은 사람들이다.

그들은 신이 지상에 현현했을 때 가장 먼저 그곳으로 달려가 산제물을 바치고 받들었기에 거대한 축복을 받은 자들이라고 적혀있다.

기마왕국에서는 여기에 더해 양치기였던 그들의 시조가 신의 사자와 혼인하여 자신들의 나라가 만들어졌다며, 신성전에 자신들의 건국 전승을 관련지어 가르치고 있다. 또한, 신의 사자가 말을 타고 있었기에 말을 중시하는 전통이 시작되었다.

"그리고…… 그런 양치기들의 천적이 늑대야."

불현듯 라피나의 말투가 진지해졌다.

"네……?"

미아는 되물으려고 했지만, 그 기회를 놓쳐버렸다.

"미아 님, 수풀 부족의 족장님께서 기다리십니다."

미아를 찾아온 루드비히가 꾸벅 인사한 뒤 그렇게 알렸다.

"네, 알겠습니다. 가죠."

미아는 후이마 쪽으로 살짝 시선을 보냈다.
후이마는 입을 꾹 다문 채 작게 고개를 끄덕였다.

제10화 약속……

미아 일행이 목욕하러 간 사이 벨과 슈트리나는 부락 안을 견학했다. 그건 '모험'도 '탐험'도 아닌…… 굳이 따지라면 '체험'이었다.

그러니까…….

"우와, 굉장해라. 귀여워요!"

복실복실한 새끼 양을 안아 들고 무의식중에 환호성을 지르는 벨. 품속의 따끈한 온기가 뭐라 말할 수 없이 기분 좋았다.

"와아. 털이 폭신폭신해요."

웃음을 머금고 머리를 쓰다듬었다. 그러자 새끼 양은 귀를 쫑긋쫑긋 움직이더니 작게 울었다.

"흐아아…….'

너무나도 귀여워서 벨은 흐물흐물 녹은 미소를 지었다.

"그건 이제 막 태어난 애야."

"후후후. 그렇군요. 너무 귀여워요!"

그 후 벨은 슈트리나에게 시선을 주었다.

"자요, 리나도. 귀여워요."

그렇게 말을 걸자…….

"그래…… 그러게."

슈트리나는 어째서인지 유독 떨어진 곳에 있었다.

"리나?"

“응, 괜찮아. 벨, 리나는 보기만 해도 돼…….”

생글생글 꽃이 살랑이는 듯한 가련한 미소를 지은 슈트리나에게서 벨은 위화감을 느꼈다.

“혹시…… 리나, 새끼 양이 무섭다거나……?”

“그, 그렇지 않아. 응, 그 정도는 아무렇지도 않아. 그런, 새끼 양이 무섭다니, 말도 안 되잖아! 그냥…….”

거기까지 말한 슈트리나는 살짝 복잡한 표정을 지었다.

“그냥…… 그렇게 작은데 리나가 만지면 죽어버리는 게 아닌가 해서…….”

“리나…….”

그 말에 벨의 표정이 어두워졌다.

일반적으로 태어난 지 얼마 되지 않은 어린 동물이란 힘이 없는 존재다. 벨이 안고 있는 새끼 양도 작고 연약하고……. 그래서 조금이라도 힘을 잘못 줬다간 부러지는 게 아닌지……. 그런 생각이 드는 건 벨도 이해할 수 있는 점이었다.

하물며 어릴 때부터 독을 다루는 법을 배웠던 슈트리나다. 어쩌면 자신의 손에 독이 스며들어있는 건 아닐까? 그게 새끼 양에게 영향을 줘서 죽여버리는 건 아닐까……? 그런 불만이 치민다고 해도 이상하지 않을지도 모른다.

그걸 알아차린 벨은 부드럽게 웃었다.

“괜찮아요, 리나. 리나가 독을 다룰 일은 이제 다시는 없어요. 미아 언니가 절대 그렇게 두지 않을 테니까요.”

그러고는 벨은 슈트리나에게 걸어가 손을 뻗었다. 주저하듯 허

공을 배회하던 슈트리나의 손을 단단히 붙잡고…….

"리나의 이 손은 다정한 일을 하기 위해 있어요. 그러니까 이 아이를 안아도 괜찮아요."

벨은 슈트리나의 눈을 바라보며 말했다. 그 곧은 시선에 슈트리나는 순간 난처한 듯한 표정을 지었다가…… 굳게 결심한 듯 입술을 꾹 깨물고 쭈뼛쭈뼛 손을 뻗었다.

벨이 내민 새끼 양을 품에 안고…… 그 폭신폭신한 털을 쓰다듬었다. 한 번 쓰다듬을 때마다 굳어있던 얼굴이 점점 풀어지더니…….

"……부드러워라. 게다가 무척 귀여워……!"

직후, 새끼 양이 쭉 내민 혀가…… 슈트리나의 뺨을 핥았다.

"꺅……."

미아에게는 불가능할 법한, 참으로 사랑스러운 비명을 지르는 슈트리나. 그걸 보고 벨은 저도 모르게 웃음을 터트렸다.

"으, 으으, 벨……. 웃다니 너무해."

그런 벨의 반응에 뺨을 부풀리는 슈트리나였으나, 바로 자신도 웃어버렸다.

"에헤헤. 왠지…… 즐겁네요, 리나."

벨은 그렇게 중얼거리며 주변을 둘러보았다.

태평하게 울타리 안에서 뭉쳐있는 양들, 느릿느릿 차분하게 걸어 다니는 말 떼…….

신월지구에 숨어 햇빛에서도 몸을 숨겨야만 했던, 어둡고 침울한 나날을 보낼 때는 상상도 못 한 세계가 펼쳐져 있었다.

"저는 여기가 좋아요."

생긋 웃는 벨. 그 얼굴에 대답하듯 슈트리나도 웃었다. 그건 화사하지도 가련하지도 않은, 그저 순수하게 기쁨을 머금은 미소여서…….

"응, 리나도…… 왠지 무척 행복해. 있지, 벨. 또 언젠가…… 어른이 되면 같이 기마왕국에 오자. 약속!"

즐겁다는 듯 들뜬 목소리로 그렇게 말했다.

"약속……."

벨은…… 순간 말을 삼켰다.

약속……. 또 같이 온다는 약속. 다시 만나자는 약속…….

수도 없이 나눴던 그 약속이 벨은 싫었다.

왜냐하면 그 약속은 매번 깨졌으니까…….

다시 만나자면서 벨을 보낸 사람은 죽어버렸고…… 언젠가 가자고 했던 장소에 선 사람은 벨 혼자였으니까…….

언제 꿈이 끝나버릴지 모른다. 그렇다면 그런 약속은 하지 말아야 한다고…… 벨은 그렇게 생각했으니까.

하지만…….

"응. 약속……."

벨은 작게 고개를 끄덕였다.

그건 적지 않은 용기를 쥐어짠 말. 어쩌면 이뤄지지 않을지도 모르지만…… 그래도…….

"약속이에요. 리나. 반드시 한 번 더 여기에 와요."

벨은 결의를 담아 그렇게 말하고는 천진난만하게 웃었다.

"슈트리나 님, 벨 님. 미아 님께서 돌아오셨습니다."

근위병이 부르러 오자 벨은 일어났다.

……이날의 약속을 두 사람은 잊지 않았다.

제11화 미아 황녀, 마침내 말 샴푸의 진상에 도달하다!

"이쪽입니다. 미아 황녀 전하."

기마왕국의 사람에게 안내받은 곳은 조금 커다란 천막이었다.

전체적으로 선명한 색실로 자수를 놓은 천막은 명백하게 다른 천막과는 차원을 달리하는 것처럼 보였다.

"흐음……. 근사하군요. 솜씨가 좋아요."

미아는 저도 모르게 감탄하며 팔짱을 꼈다.

"이건 하얀 말 자수인 건가요?"

그렇게 말하며 미아는 뒤에 선 마롱을 보았는데…….

"어라? 마롱 선배?"

"응? 아아. 그건 기마왕국의 건국 전승을 수놓은 거야."

무언가 생각에 잠겨있었던 건지 반응이 느렸다.

——흐음……. 마롱 선배의 이 반응, 별일이네요……. 설마……?!

미아는 어떠한 가능성을 깨달았다. 그건…….

——마롱 선배의 아버지는…… 사실 무서운 사람인 건가요?

아무튼 상대는 기마왕국의 최대부족, 수풀 부족의 수장이다. 그에 맞는 권위와 박력을 갖춘 인물일 것이 틀림없다…….

——그리고 보면 마롱 선배는 디온 씨를 보고도 그리 두려워하지 않았어요!

그 디온 알라이아를 앞에 두고 떨지 않는 사람은 없다. 상식이다.

도적이라는 거친 일을 하는 후이마조차 그렇게 두려워했으니까.

──이건…… 상당히 각오하고 임해야만 하겠군요.

그런 생각을 하면서도 미아는 도망치지 않았다.

그렇다. 그녀의 소심한 심장도 다양한 경험을 거쳐 성장했다……
는 건 아니다. 당연히 아니다.

이번에 그녀는 방관자! 완전한 외부인, 상관없는 사람이다.

만약 상대방이 아무런 관련이 없는 미아에게도 적개심을 보이
는 위험한 사람이었을 경우…… 그때도 미아에게 든든한 친구가
붙어있다.

미아의 친구 라피나는 그런 방약무인한 상대를 묵인하는 사람
이 아니다.

마치 사자의 권위를 빌린 새끼고양이처럼 평온한 마음으로 천
막에 들어갔…… 는데…….

"오오, 제국의 황녀 전하. 먼 길을 잘 와 주었다. 그리고 성녀님
도…… 우리 기마왕국을 위해 직접 걸음하게 하여 면목이 없군."

조용한 목소리로 미아 일행을 맞은 사람은 예상치 못한 풍모의
인물이었다.

뭐라고 해야 할까…….

──상당히 나긋해 보이는데요. 딱히 살기도 느껴지지 않고,
올려다봐야 할 만큼 거구도 아니고요.

미아가 맥이 풀리거나 말거나 남자는 온화한 미소를 지은 채 머
리를 숙였다. 그 동작에 맞춰 허리 부근까지 기른 검은 머리카락
이 사르륵 흔들렸다. 아름답고 매끄러운 머리카락에 미아는 무심

코 넋을 잃고 쳐다볼 뻔했다.

"만나서 반갑습니다. 수풀 일족의 족장, 린 마요입니다."

그 청량한 목소리는 일류 가수의 노랫소리처럼…… 귀가 취해 버릴 만큼 우아했다.

"반갑습니다. 저는 미아 루나 티어문. 제국의 황녀입니다."

"오랜만입니다. 마요 님."

미아에 이어 라피나가 친근하게 말을 건넸다.

성녀로서 다양한 땅을 찾아가야만 하는 라피나이다. 아마도 마요와도 구면인 모양이다.

라피나와 짧은 인사를 나눈 뒤, 마요는 다시금 미아에게 시선을 돌렸다.

"내 아들, 마롱의 요청에 응해 이 먼 곳까지 와 준 것에 감사합니다."

"그리 대단한 일은 아닙니다. 마롱 선배에겐 신세 지고 있으니까요. 게다가 원래 귀국의 버터…… 식재에 흥미가 있었기에 들를 예정이었답니다."

"흠…… 버터 말인가요. 실례지만 다망한 제국의 황녀가 굳이 그것만을 위해 올 생각이었단 겁니까? 고작 버터를 위해?"

괴이쩍은 듯한 표정이 된 마요. 그러더니 그는 가만히 미아의 눈을 응시했다.

깊은 시정이 엿보이는 검은 눈동자, 그 곧은 시선을 앞에 두고 미아는…….

──이건…… 시험하는 것이군요.

예리하게 알아차렸다. 하이퍼 아이 프린세스 미아는 타인의 안력(眼力)에 민감하다.

그럼 대체 뭘 시험하고 있는 것일까?

——간단해요. 기마왕국의 버터는 평범한 버터가 아니죠……. 무척 맛있는 버터, 특별한 버터임을 알고 있는지…… 그걸 시험하는 거예요! 직접 발을 옮길 가치가 있는 버터라는 걸 아는지 시험하는 거죠. 이분, 제법이잖아요!

미아는 방심할 수 없는 상대를 앞에 두고 마음을 가다듬으면서도 우아하게 미소 지었다.

"네……. 기마왕국의 버터는 무척 맛있죠. 그러한 버터를 만들어내는 기마왕국 또한 특별한, 그리고 소중한 나라라고 할 수 있습니다. 직접 찾아올 가치는 충분하지 않나요?"

"……그렇군. 소문대로 총명한 사람인 모양입니다."

잠시 미아를 바라보던 마요는 깊이 고개를 끄덕였다.

다시 찰랑이는 머리카락…… 잘 손질된 머리카락에 미아의 시선이 멈췄다.

경국지색……. 동쪽 나라에는 그런 말이 있다고 들었는데, 마치 그 말을 연상하게 만드는 아름다운 머리카락이었다. 그리고 미아는 그 머리카락에…… 조금 친근감을 느꼈다!

"저기, 그런데 마요 님……. 갑작스러운 질문이지만…… 혹시 말 그림이 특징적인 샴푸를 사용하고 계시진 않나요?"

"음? 용케 아셨군요."

놀라서 눈을 크게 뜬 마요를 향해 미아는 살짝 우쭐거리는 표정을 지었다.

"그건 물론……."

그 순간 미아는 깨달았다. 뒤에 서 있는 아벨의 존재를…….

──당신에게 받은 걸 애용하고 있다는 말을 굳이 본인 앞에서 말하는 건 다소 노골적으로 보이려나요?

아벨 앞에서 적나라하게 말하는 걸 피하기 위해 미아는 살그머니 마요에게 다가가 목소리를 죽이고 말했다.

"실은 저도 애용하고 있답니다. 무척 좋은 샴푸더군요."

그러자 마요는 또다시 놀란 표정을 지었다.

"……그렇군. 당신은…… 사물의 표면에 사로잡히지 않고 진리를 간파하는 눈을 지닌 모양입니다."

그러고는 감탄한 듯 고개를 끄덕였다.

──으음? 진리를 간파하는 눈……?

머리를 갸우뚱 기울인 미아였으나…….

──그렇군요. 확실히 진리를 간파하는 눈을 갖고 있을지도 모르겠어요…….

속으로 고개를 크게 끄덕였다. 겸손을 부리진 않는다. 왜냐하면 미아는 마요와 대화한 덕분에 마침내 말 샴푸의 진실에 도달해버렸기 때문이다!

전부터 의문이기는 했다. 왜 용기에 말 그림이 그려져 있는지. 샴푸에 그 그림은 안 어울리지 않는가.

하지만 드디어 이해했다. 미아는 깊이 만족하면서…… 생각했다.

즉, 요컨대, 그 이유는……!

──그래요. 기마왕국 사람들이 애용하기 때문에……. 그래서 그들이 좋아하는 그림을 사용한 것이군요?

이것이다! 고객이 좋아하는 그림을 사용한다. 확실히 참으로 전략적이라며 미아는 크게 감탄했다.

──속과는 동떨어진 것이라고 해도 상품을 많이 팔기 위해서는 유효한 수단이라고 할 수 있을지도 모르죠…… 음? 그렇다면 혹시 라피나 님의 초상화를 넣은 샴푸를 팔면 라피나 님의 팬들에게 아주 잘 팔리지 않을까요……? 제국의 재정 개선을 위해 부탁해보는 건…….

그런 음흉한 꿍꿍이로 달려가던 그때…….

"샴푸하니 말인데, 성녀님. 예전에 부군이 성녀님의 초상화가 들어간 샴푸를 판매한다는 계획을 세웠다고 들었는데 그건 어떻게 되었습니까?"

"……글쎄, 무슨 말씀이신지? 저는 그런 계획은 모르는데요. 후후후."

라피나는 산속을 흐르는 계곡물처럼 깨끗한, 맑디맑은…… 생물이 한 마리도 없는 청정수 같은 미소를 지었다. 그 미소를 유지한 채 미아 쪽을 보고는 사랑스럽게 고개를 갸웃 기울였다.

"어머, 왜 그래? 미아 님……. 안색이 조금 나쁜 것 같은데……."

그 환상적인 사자의 미소를 앞에 둔 새끼고양이 미아는…….

"아 뇨. 아 무 것 도 아 닙 니 다."

힘없이 꼬리를 말고는 어색한 미소를 지었다.

이리하여 평화로운 분위기 속에서 회담이 시작되었다.

제12화 베테랑 전령과 따끈한 밀크

"그래서, 그쪽이 불꽃 부족의……."

마요의 시선을 받은 후이마는 고개를 도도하게 돌렸다.

"마, 맞아. 그랬었죠. 으음, 후이마 양……. 그녀의 이름은 훠 후이마로, 기마왕국 사람과는 대화하고 싶지 않다고…… 틀린 점은 없을까요?"

미아의 질문에 후이마는 고개를 끄덕였다.

"기마왕국 사람과는 죽어도 대화하지 않을 거다."

그렇게 말한 직후, 퍼뜩 그녀는 주위를 둘러보았다. 막사에 들어와 있는 사람은 미아와 라피나, 아벨, 슈트리나, 벨 뿐……. 후이마가 무서워하는 인간은 밖에서 대기하고 있으나…….

잠시 생각에 잠긴 뒤.

"……기마왕국의 사람과는 적극적으로 대화하고 싶진 않다."

──상당히 타협했군요!

보이지 않는 디온의 살기에 겁먹은 모양이다. 그런 그녀를 보고 미아는 '참 귀찮네요……'라며 마음속으로 성대하게 한숨을 쉬… 지 않았다!

그렇다. 미아는 떠올렸다.

자신이 누구였는지…….

미아 루나 티어문이란 누구인가? 전령이다. 그것도 실력이 좋은!

미아만큼 뛰어난 실력을 지녔다면 굳이 전장에서 승리 보고를 가져오기 위해 죽도록 먼 거리를 달릴 필요도 없다.

그 자리에서 스윽 시선을 움직이면 된다. 해야 할 일은 그저 그게 전부다.

이렇게나 편한 일이 있을까? 이렇게나 편하면서 이득은 이득대로 본다. 여기에 불평하는 게 허락될까?

아니, 허락될 리 없다.

──나중에 아주아주 맛있는 양젖 우유를 준다고 했으니, 지금은 제대로 일한다고 어필할 필요가 있겠군요. 흠, 열심히 해야겠어요!

귀중한 양젖 우유를 보수로 받기로 했다. 그런데 아무것도 하지 않고, 혹은 대충대충 일해서 받는 건…… 미아의 소심한 심장이 용납하지 않는다.

민망함을 느끼지 않고, 극상의 양젖 우유를 진심으로 맛있게 음미하기 위해 기합을 넣는 미아였다.

뭐, 그건 그렇다 치고…….

"이유는 설명할 필요도 없을 터. 너희가 무슨 짓을 했는지 생각하면 알 수 있겠지……."

거기까지 말한 후이마는 미아 쪽을 보고 물었다.

"그렇게 생각하지 않나? 미아 황녀."

미아는 고개를 끄덕였다.

"흠, 대화하지 않는 정당한 이유가 있지 않나? 라고 말하고 있습니다."

딱히 필요 없을지도 모르지만 그냥 요약을 추가해봤다.

열심히 일한다는 느낌을 내기 위한 연출에 여념이 없는 미아였다.

"그렇군. 하지만 그건 견해 차이라고 할 수 있지. 우리는 너희가 제 발로 조국을 떠난 자들이라고 생각했는데."

"뭣……!"

무언가 하고 싶은 말이 있는 듯한 후이마였지만 바로 입을 다물고는 까드득 이를 갈며 미아를 쳐다봤다.

──으음……. 역시 조금 귀찮아요…….

미아, 빠르게도 좌절을 앞두다. 미아의 의욕은 풍전등화다!

그 의욕의 불꽃이 사라지려던…… 바로 그 순간…….

"실례합니다. 족장님, 손님께 마실 것을 가져왔습니다."

몇 명의 여성이 천막으로 들어와 미아 일행 앞에 도자기 컵을 내려놨다.

"호오…… 이건……."

모락모락 김이 올라오는 도자기 식기. 그 안에 든 하얀 액체에 미아의 작은 코가 움찔거렸다.

"갓 짜낸 양젖을 데운 겁니다. 내 입으로 말하기는 그렇지만, 신선한 녀석은 극상의 맛이죠. 한번 맛보시길."

마요의 추천을 들으며 미아는 컵을 손에 들었다. 후후 입김을 불어 식힌 뒤 가볍게 한 모금.

입 안에 열기가 확 퍼졌지만 참았다. 직후 혀 위에 맛의 꽃이 피어났다.

"오오…… 이건."

그건 참으로 기분 좋은 단맛. 첫맛은 벌꿀처럼 진하지만, 목을 넘어가는 순간 스윽 녹으며 사라진다. 상쾌할 정도로 뒷맛이 깔끔하다.

지금까지 맛본 적 없는 극상의 감칠맛에 미아는 저도 모르게 후우 한숨을 쉬었다. 그러고는 한 모금 더.

"그렇군요…… 이게 기마왕국 양젖 우유의 맛. 참으로 진하고…… 깊이 있는 풍미예요……. 혀 위에서 올리면 은은한 단맛도 느껴져요……."

그러더니 미아는 살며시 가슴에 손을 올렸다.

"아아……. 설마 우유를 먹고 이렇게까지 감동하는 날이 올 줄은…… 생각지도 못했어요. 근사해요……."

칼로리라는 이름의 감동이 미아의 뇌에 활력을 주었다.

천천히 움직이기 시작한 미아의 뇌는 이대로 두 사람이 말씨름하게 두는 건 시간 낭비임을 깨달았고…….

"그런데 대체 불꽃 부족과 무슨 일이 있었던 건지 여쭤봐도 괜찮을까요?"

제안했다. 애초에 후이마는 왜 이렇게까지 기마왕국을 싫어하는지…….

그걸 알면 이 귀찮은 상황을 해결할 수 있지 않을까?

"확실히 그렇군요. 이러한 형태이긴 하나 말려들게 했으니…… 이야기하는 게 예의일 테죠……. 아, 그래."

그때 마요가 미소 지었다.

"어떻습니까? 모처럼이니…… 류트의 선율에 맞춰서 들어본다는 건……."

"잠깐. 아버지. 딱히 여기서 악기를 꺼낼 필요는…….."

어째서인지 마롱이 떨떠름한 표정으로 막으려고 했으나…….

"무슨 소리야. 그냥 설명하기엔 재미없잖아? 이렇게 여기에 수풀 부족 최고의 가수가 있으니 환대의 의미로도 들려드려야지."

마요는 생글생글 밝게 웃으면서 근처에 놓아두었던 둥근 현악기를 들었다.

"이것은 우리 기마왕국 열세 부족의 시작의 이야기."

그렇게 마요는 읊조렸다.

디리링, 디리링, 애틋하게 울리는 현악기 소리에 맞춰서.

제13화 역사가 「우리나라의 시작」~꿀꺽······ 꿀꺽~

『그것은 옛날. 머나먼 옛날, 우리나라의 시작의 이야기.

이 땅에 사는 양치기 청년 구앙롱(光龍)은 어느 날 신의 사자를 아내로 맞이했노라.』

마요는 디링디링 현을 뜯으며 노래했다.

"역사가(歷史歌)야. 우리 기마왕국의 백성은 문서의 형태로 기록을 남기는 문화가 없으니까 이렇게 노래로 일족의 역사를 남겨놓았지."

마롱의 설명을 들으며 미아는 떠올렸다.

──흐음. 이 이야기는 예전에 들은 적이 있어요. 이 구앙롱 씨와 맺어졌다는 신의 사자가 말을 데리고 있었기에 '기마(騎馬)' 왕국의 역사가 시작되었다는, 뭐 그런 이야기 아니었던가요?

원래 양치기였던 그들이 기마민족으로 변모한 것은 바로 이때였다····· 고 예전에 마롱에게 들은 적이 있었다.

양젖 우유를 마시며 미아가 기억을 우물우물 곱씹는 사이에도 노래는 이어졌다.

『구앙롱에게서 태어난 아이들, 그 수는 열셋. 이가 우리 기마왕국 열세 부족의 위대한 선조로다. 첫째 아이는 펑롱(風龍). 수풀과도 같은 깊은 통찰력과 바람과도 같이 어떠한 것에도 사로잡히지 않는 사고로 일족을 이끌었도다. 둘째 아이······.』

'수풀'과도 같은 깊은 통찰력……. 그게 아마도 수풀 부족의 선조라는 건 눈치챘다. 그리고.

『셋째 아이, 싱마는 현명한 지혜를 지닌 아이. 초원을 태우는 무시무시한 불꽃마저 부리며 일족에 번영을 불러왔도다.』

──불꽃마저 부린다……. 훠(火) 싱마라고 했으니, 그렇다면 이게 불꽃 일족의 선조겠네요. 셋째였군요…….

아무래도 아이들에게는 제각기 그 기질을 드러내는 단어가 이름에 들어가고, 그게 훗날 부족명이 된 모양이었다.

『이윽고 구앙롱의 생명이 다했나니. 그 해가 삼백하고도 육십. 그자는 사랑하는 아내가 잠든 묘소에 매장되었도다. 이리하여 기마왕국 열세 부족의 새로운 시대가 시작되었노라.』

구앙롱에게서 태어난 열세 명의 아이들도 각자 200살을 넘겼고, 손주와 증손주만이 아니라 그 이후 세대를 다스리는 일족의 족장이 되었다.

"하지만 몇백 살이라……. 옛날 사람은 아주 오래 살았군요."

"신성전에 의하면 태초의 인간은 천 년이나 되는 시간을 살았다고 적혀있어. 당시와 지금의 1년이 같은 기간인지 아닌지는 의논의 대상인 모양이지만……."

라피나가 속삭이는 목소리에 고개를 끄덕인 미아는 마요 쪽으로 시선을 옮겼다.

노래는 드디어 클라이맥스에 들어가 문제의 불꽃 부족과의 앙금 부분이 되었다.

『첫째 아이, 수풀의 펑롱은 이렇게 말했더라. 우리 형제는 함께 손을 잡고 이 축복의 땅에 거할지니. 이 땅에 우리의 행복이 충만하도다. 형제들은 다들 찬동했더라.』

평원에서 평화롭게 살던 기마왕국의 백성. 그도 그렇다. 전부 피가 이어진 형제. 외부의 피도 물론 들어오긴 했을 테지만, 거슬러 올라가면 전부 한 아버지와 어머니로 이어진다.

따라서 싸움은 일어나도 그게 심각한 수준까지 발전하지 않는다.

그렇게 여겼으나…….

퉁, 현을 두드리듯 뜯기 시작하는 마요. 공기가 떨리며 긴장감이 고조된다.

미아는 아무 말도 하지 않은 채…… 한잔 더 따라 달라고 한 우유를 꿀꺽 마셨다. 달콤한 것이 무척 맛있었다!

『하나 오직 한 명, 그에 반대하는 자가 나타나니. 불꽃의 싱마가 첫째 아이 펑롱에게 말했도다. 우리는 더 높은 목적을 가져야 하노라. 타오르는 불꽃은 바람을 넘어 별에 손을 뻗기를 원하노라. 야심에 사로잡힌 그자가 말을 이었도다. 우리의 적 늑대를 거느리는 법을 배웠나니. 늑대를 거느리고 그 힘으로 이 땅의 패권을 차지하리라.』

──흐음……, 늑대를 거느리는 법……. 아무래도 수상한 냄새가 나요……. 그…… 우리 쪽의 얼간이 선조님과 비슷한 것 같은 느낌이 들어요…….

미아는 노래를 들으며 막연히 불길한 예감을 받았다.

"'땅을 기어가는 자의 서'에 '국가 붕괴'가 있었던 것처럼, 늑대를 거느리는 방법이 적혀있었다고 해도 신기하지 않은…… 그런 느낌이야."

아무래도 라피나도 같은 생각인지 미아를 향해 시선을 주며 진지한 얼굴로 말했다.

"리나가 같이 있을 때 늑대술사가 그런 것을 읽은 적은 없었지만…… 있어도 이상하진 않습니다. 그 늑대들은 무척 똑똑해서 전투에도 쓸 수 있겠지만…… 신으로서 숭상하기에도 좋은 존재일지도 몰라요."

슈트리나가 고지식한 얼굴로 고개를 끄덕였다.

중앙정교회가 퍼트린 통일된 질서, 그것을 파괴하기 위해 중앙정교회와는 다른 신을 창작하여 그 신을 믿게 해 질서를 파괴하려는 발상.

보통 그건 새로운 질서의 형성일 뿐이다. 사신(邪神)을 섬기는 자에겐 그 사신의 가르침이라는…… 설령 일그러져있다고 해도 새로운 질서가 존재하기 때문이다.

하지만 질서를 파괴하기 위해 거짓 신을 만들어낸 것이라면 사정은 달라진다.

거기에는 확고한 신학이 존재하지 않는다. 처음부터 거짓으로 만들어진 것이니, 신자의 수가 많이 늘어난 후에 거짓이었음을 밝히면 그만이다.

자신들이 중앙정교회에서 이탈하여 매달린 새로운 가르침이 완전히 무가치한 창작물이었다는 걸 알았을 때…… 과연 사람은 어떤 혼돈으로 추락하는가…….

그것은 늑대를 전투에 부리는 것보다도 훨씬 흉악한 발상이었다. 그리고 참으로 현실미가 있는 상상이었다.

　꿀꺽……. 누군가가 목을 울리는 소리가 들렸다.

　긴장한 나머지 벨이…… 그 벨마저! 군침을 삼키는 소리였다.

　벨만이 아니다. 다들 그 위험성을 깨닫고 얼굴이 딱딱해졌다.

　꿀꺽……, 꿀꺽. 다시 누군가의 목이 울리는 소리가 들렸다.

　……미아가……, 다름 아닌 미아가! 한잔 더 달라고 요구하기 위해 남아있던 양젖 우유를 모조리 마신 소리였다…….

제14화 미아 황녀, 분노의 개입!

"자, 조금 더 들려주고 싶지만, 이번 기회엔 이 정도면 될까요. 이다음은 각 부족의 역사로 이어지니까요."

그렇게 말한 뒤 마요는 류트를 옆에 두었다.

그러더니…… 한 번 심호흡을 하고…….

"그래서…… 어땠습니까? 내 노래는……."

생글생글 감상을 요구했다!

하지만 돌아온 건 침묵이었다.

희미하게 느껴지는 혼돈의 뱀의 수상한 잔향에 곤혹스러워하는 일동과, 희미하게 느껴지는 양젖 우유의 맛있는 잔향을 만끽하는 미아.

양측이 입을 여는 걸 망설이고 있자…….

"흠……. 아버지가 손님에게 노래를 들려주고 싶어 하는 걸 골칫거리로만 여겼는데, 때로는 도움이 되네."

"……아니, 아들. 네게 물어본 게 아니야."

아들의 매정한 태도에 조금 섭섭해하는 마요. 그런 그를 격려하듯 벨이 입을 열었다.

"기마왕국의 역사를 알게 되어서 무척 즐거웠습니다! 역사 공부는 이런 식으로 노래로 들으면 졸리지 않아서 좋은 것 같습니다. 현악기의 음색도 노랫소리도 아주 멋있었습니다!"

그건…… 뭐, 약간 좀 그런 느낌이 드는 감상이긴 했지만…….

"그래? 그거 다행이군! 다음에 시간이 있을 때라도 또 들으러 와요."

방긋방긋 웃는 마요가 흡족해하며 말했다. 기쁜 모양이다.

한편 그런 벨을 보고 있던 슈트리나는,

"……노래……. 그렇구나……. 작사·작곡을 배우고 싶다고 아버지께 부탁드리면…… 응."

문어가 작은 목소리로 중얼거리고 있었지만……. 뭐, 그건 그렇다 치고.

"감사합니다. 마요 님. 덕분에 기마왕국의 사정을 쉽게 이해할 수 있었어요."

무난한 감상을 늘어놓은 후 미아는 재차 방금 들은 노래를 돌아보았다.

그건 천적인 늑대를 장악하여 패권을 잡겠다고 주장한 야심가의 이야기.

피가 이어진 형제들에게 동의받지 못하고 실의에 빠져 아버지의 땅을 떠난 남자, 불꽃의 싱마. 과연 그와 그의 일족은 그 후 어떤 운명을 걸었을지…….

미아가 팔짱을 끼고 생각에 잠겨있을 때였다.

"상당히 자기중심적으로 정리한 노래군. 비겁한 기마왕국에게는 잘 어울려."

후이마가 씹어뱉듯이 말했다.

"흠. 그렇다면 불꽃 부족에선 어떻게 전해지고 있지?"

온화한 미소를 지으며 후이마 쪽을 보는 마요. 그건 반항기인 딸을 앞둔 아버지와도 같은, 조금 난처한 얼굴이었다.

"당연하지 않나. 기마왕국에 남은 자들은 다들 지금 있는 것에만 얽매인 겁쟁이들이라고 전해지고 있지. 변화를 두려워하는 나태한 자들이라고."

후이마는 마요를 노려보았다가 이어 마롱에게도 날카로운 시선을 보냈다.

"결과가 모든 것을 말하고 있지 않나. 지금의 기마왕국을 봐라. 아직도 아무것도 변하지 못하고 늑대에게서 지금 가진 재화를 지키는 것에 급급하지. 선크랜드는커녕 렘노 왕국에마저 뒤처지는 형국이다."

그 말에 렘노 왕국의 왕자인 아벨은 무의식인 듯 쓴웃음을 지었다.

"그때 늑대의 힘을 수중에 넣었더라면 그 힘으로 대륙의 패권을 잡을 수 있었을 터. 선크랜드에 뒤지지 않는 나라도 될 수 있었을 텐데 금기네 뭐네 하며 변화를 두려워하고, 싸우는 걸 두려워하고, 힘을 두려워하고…… 그렇기에 지금 상황이 된 게 아닌가!"

거기까지 말한 후이마는 퍼뜩 깨달았다는 얼굴로 미아 쪽을 봤다.

"그렇게 생각하지? 미아 황녀."

하지만 마요는 미아가 입을 여는 걸 기다리지 않고 말했다.

"너는 늑대를 이끌고 렘노나 선크랜드와 전쟁을 치러야 했다고 말하는 건가?"

"우리는 긍지 높은 전사의 후손이다. 재산인 양을, 가족을 싸워서 지켜왔다. 필요하다면 힘을 써야지. 동료를 위해, 일족을 위해 힘을 쓰는 건 당연하다. 하물며 늑대의 힘은 강력해. 전투에 익숙한 너희들도 알 터. 늑대의 힘을 얻을 수 있다면 그걸 거부할 이유는 없었다. 너희들 기마왕국의 백성은 전쟁을 두려워하고, 힘을 두려워하고, 변화를 두려워했어. 그건 겁쟁이의 소행이다."

"변화는 반드시 좋은 게 아니지. 나쁜 방향으로 향하려 할 때 멈춰 서는 것 또한 중요해."

온화한 목소리로 말하는 마요를 향해 후이마는 코웃음쳤다.

"흥, 수풀처럼 움직이지 않고 바람이 불면 흔들리기만 할 뿐. 우둔한 펑룽의 후손에게 어울리는 말이군."

"흠을 지니는 것이 옳다는 보장은 없지. 실제로 힘을 써서 식량을 빼앗으려고 한 너는 이렇게 우리 손아귀에 떨어졌어. 커다란 힘을 다루는 방법을 배워도 그걸 사용해서 무엇을 하는지까진 생각하지 못한 거야. 그런 어리석음으로 큰 힘을 지니는 건 파멸을 부를 뿐이지. 불꽃을 다루는 법을 알고 오만해져서 별에 손을 뻗은, 생각이 짧은 싱마의 후손아."

마요를 날카롭게 노려본 후이마가 입을 열려고 한…… 바로 그때였다.

"정말이지……, 그런 부질없는 짓을 언제까지 논쟁하실 생각이시죠?"

불쑥 그런 목소리가 들렸다.

"뭐라고?!"

무심코 언성을 높인 후이마였으나, 그 직후에 보았다!

미아가…… 도적으로서 나타난 그녀에게 쿠키를 나눠준, 온화한 제국의 예지가…… 분노로 파르르 떠는 모습을.

"그런…… 이득 없는 논쟁을 언제까지 지속해야 후련하실 거냐고…… 물었습니다."

미아는 후이마와 마요의 얼굴을 번갈아 바라보고…… 입을 뗐다.

"이미 끝나버린 일을, 먼 옛날에 지나가 버린 일을 두고 당신들이 말다툼해서 뭐가 달라지는 거죠?"

작게 고개를 저으며…….

"그건 이미 끝난 일이 아닌가요?"

기가 막히다는 듯, 미아는 그렇게 말했다.

제15화 미아 황녀, 혀를 차다

——이 흐름……, 다소 위험해요.

미아는 후이마와 마요 사이에서 오가는 대화의 위험도를 민감하게 감지했다.

그렇다. 그들 사이에서 오가는 대화는 미아에게 매우 불리한…… 참으로 반길 수 없는 대화였다.

——선조 간의 형제싸움이 현대에까지 영향을 미치는 건…… 그러한 사실은 인정해선 안 돼요.

과거의 선조가 저지른 일에 현재의 인간이 책임을 져야만 하는 상황……. 그건 어떠한 것을 연상시켰다.

바로…… 다름 아닌 미아의 선조, 초대 황제다.

심지어 후이마의 선조인 싱마는 뱀의 유혹에 넘어가 '늑대를 쓰면 어떨까?'라는 말을 꺼냈다는 의혹마저 있다. 뱀이 꼬드겨서 티어문 제국을 만들어버린 초대 황제와 흡사한 상황이다.

물론 실제로 어땠는지는 모르지만, 그건 큰 문제가 아니다.

——초대 황제를 연상하게 만드는 것만으로도 문제예요.

미아에게 초대 황제는 없었던 것으로 치부하고 싶은 과거다. 어둠 속에 매장하고 싶은 역사…… 가능하다면 햇빛을 보는 일 없이 이대로 파묻어버리고 싶다.

사실 옐로문가 사건 때 그렇게 했었는데…….

——정말이지. 우리 선조님이지만 귀찮은 일을 저질러줬다니

까요…….

투덜거리면서도 미아는 열심히 머리를 굴렸다. 지금 미아의 뇌는 우유로 활성화된 상태다. 사고력을 팽팽 회전시킨 결과 재빠르게 생각을 정리한 미아가 고개를 끄덕였다.

──아무튼 필요한 건 '지금'에 주목하게 만드는 거예요!

과거의 문제에서 눈을 돌리게 하고 현재의 문제로 화제를 옮길 필요가 있었다. 그것도 '과거의 선조님이 사고를 쳐버린 동지인 제국의 황녀 미아 전하의 생각은?' 같은 말이 날아오기 전에 해야 한다.

그렇게 미아는 조용히 입을 열고…… 개입했다!

"정말이지……, 그런 부질없는 짓을 언제까지 논쟁하실 생각이시죠?"

일부러 무시하는 듯한 말투로 말했다. 과거의 일을 돌아보는 건 바보 같은 짓이거든요? 그런 걸 계속 논의해봤자 아무런 의미도 없는 바보 같은 짓이거든요? 뉘앙스로 그런 감정을 실었다.

화를 내며 돌아본 후이마를 미아는 단호하게 마주 보았다.

"그런…… 이득 없는 논쟁을 언제까지 지속해야 후련하실 거냐고…… 물었습니다."

길게 논쟁을 이어갈수록 자신에게 불똥이 튈 우려가 있다. 그렇다면 당장 논쟁을 멈추게 해야 한다며 마음을 담아 말했다. 겸사겸사 멍청한 선조님에게 느끼는 분노도 실어줬다.

"이미 끝나버린 일을, 먼 옛날에 지나가 버린 일을 두고 당신들이 말다툼해서 뭐가 달라지는 거죠?"

그건 이미 끝난 일이라고…… 그러니 싸워봤자 아무런 의미도 없다고 강조했다. 이미 끝난 일임을 강조에 강조를 덧칠하며 강조했다!

그 후 실익이 있는, '지금' 해야 할 이야기를 제시했다.

바로 논점 바꿔치기다. 즉…….

"후이마 양, 불꽃 일족은 식량난에 빠졌다고 하지 않았나요?"

목하 가장 큰 문제는 이것이다.

그 점만 해결되면 후이마는 약탈을 하지 않을 테고, 타국과 기마왕국의 관계가 삐걱거릴 일도 없다.

그렇다면 우선 골치 아픈 과거의 문제는 제쳐두고……, 대증치료적으로 지금 생긴 문제를 우선 해결하는 게 어떨까? 그것이야말로 진정 의미 있는 일이라고 미아는 외쳤다!

마롱이 무슨 생각으로 자신의 아버지와 후이마를 만나게 한 건지, 그 진의는 알 바 아니었다. 아무튼 건드리면 곤란한 문제에서 눈을 돌리게 하는 것이야말로 중요하다.

미아는 주먹을 불끈 쥐고 호소했다!

"지금 이 순간에도 굶주림에 고통스러워하는 아이가 있습니다. 힘없는 노인이 있습니다. 그런데 이런 식으로 시간을 낭비해도 될 리가 없어요."

진심으로 그렇게 생각했다.

배고픔은 서두를 수 있는 한 서둘러서 해결해야 하는 문제다. 배가 고프다는 게 얼마나 고통스러운지 미아는 잘 알고 있다. 그걸 가장 먼저 해결해야 한다는 건 아무도 반대하지 않을 것이다.

게다가 배가 고프면 짜증이 치밀어서 잘 풀릴 일도 꼬여버리기 마련이다.

대화는 배부르게 식사한 뒤에 해야 한다.

맛있는 버섯 냄비 요리를 실컷 먹어서 배도 부르고 마음도 풍족해지면 사람은 졸려진다. 적어도 미아는 졸려진다.

그리고 졸리면 골치 아픈 이야기나 과거의 응어리 같은 건 아무래도 상관 없어진다.

머리를 별로 쓰고 싶지 않게 되니까 고집을 버리고 가장 효율적으로 생각할 수 있다.

이것이야말로 미아의 외교 전술 '상대를 배불리 먹여 졸리게 해소로 만들어버리면 어지간한 일은 용서해준다' 계책, 줄여서 '소용' 전술이다.

……지극히 일부 인간에게만 효과가 있으나, 지극히 일부의 인간에게는 아주아주 잘 먹히는 전술이다.

구체적으로는 미아라거나 벨이라거나 후이마에게 효과가 좋은 전술이다.

"아버지…… 미아 아가씨의 말이 맞아. 이제 됐잖아?"

가만히 듣고 있던 마롱이 여기서 입을 뗐다.

"됐다니, 무슨 의미지? 마롱."

"언제까지고 과거에 사로잡히는 건 어리석은 일……. 이제 그 응어리에서 빠져나와도 되는 거 아니냐는 소리야."

마롱이 편승했다!

설마 그가 편승할 줄은 생각지도 못했던 미아였으나…… 이 정도의 돌발 사태에 멈춰서지는 않는다. 오히려 마롱이 만들어낸 흐름에 한층 더 편승한다! 미아의 해파리처럼 유연한 사고력은 어떤 것에도 사로잡히지 않고 흘러간다!

"식량난은 불행이죠. 굶주리고 목마른 백성이 있다는 건 위에서는 자로서 가슴 아픈 사태예요……. 하지만 그걸 계기로 갈라졌던 백성이 다시 서로를 도울 수 있게 된다면, 그건 나쁜 일이라고만 할 수는 없지 않겠습니까?"

어쨌거나 불꽃 부족의 식량은 어디서든 끌어내야 한다.

미아는 알고 있다. 기근은 전염병의 온상지이며, 전염병에는 국경이 존재하지 않는다는 것을…….

따라서 불꽃 부족을 기근에서 구하는 건 이미 정해진 노선이라 할 수 있다. 하지만 제국에서 보내려고 해도 그들이 어디에 있는지 알 수 없는 데다 운송비도 마음에 걸린다. 만약 기마왕국에서 돌봐주게 된다면 그게 제일이다.

여기서는 기마왕국이 불꽃 부족을 돕는다는 형태로 끌고 가는 게 베스트!

그런 고로 한층 기합을 넣어 흐름을 타는 미아였다.

"나는 계속 생각했어. 불꽃 부족에 대해……. 만약 피가 단절되지 않고 이어져 있다면, 그때는 화해의 길을 찾아야만 하는 게 아닌지……. 지금이 그 기회가 아닐까?"

──오오, 역시 마롱 선배예요! 이거 생각 외로 잘 되겠는데요!

마음속으로 쾌재를 부르는 미아였으나…….

"그쪽이 뭐라고 말하든 상관없지만, 우리가 쉽게 그걸 받아들일 것이라 생각하지 마라."

마치 찬물을 끼얹는 듯한 목소리.

부루퉁한 얼굴로 그렇게 발언한 후이마를 향해 미아는 마음속으로 혀를 찼다.

그 후 다시금 후이마를 설득하기 위해…… 이론을 짜맞추기 시작했다!

후이마를 잘 구슬릴 수단은 없을지…….

찰나의 묵고 끝에 제국의 예지가 내놓은 대답은!

"후이마 양……. 제가 드린 쿠키, 맛있었죠?"

이것이다.

미아는 상대방의 약점을 적확하게 간파했다.

──흐흥, 후이마 양은 쿠키로 입을 막으면 아무 말도 못 하게 되는 타입이에요. 우후후, 벨과 똑같다니까요. 아주 호락호락하죠. 아아, 이 우유 참 맛있네요. 정말 이 한잔을 위해 노력해보자는 마음이 들어요.

참으로 호락호락한 미아였다.

"그걸 또 먹고 싶진 않은가요? 그 진한 단맛이 근사하고, 바삭바삭하고, 무척이나 맛있는 쿠키를……."

그렇게 묻자 후이마의 목이 꿀꺽 울었다. 입술 가장자리에 살짝 침이 보이자 미아는 손맛을 느꼈다. 조금만 더!

"그 맛있는 쿠키를 다 함께 먹고 싶지는 않은가요?"

미아는 탄생제 때를 떠올리며 말했다.

맛있는 것을 다 함께 맛있게 먹는 것……. 그건 무엇보다 행복한 시간이다. 그 행복은 사소한 고집 같은 건 쉽게 녹여버릴 터…….

미아는 확신하며 말했다.

"그걸 모두와 함께 즐겁게 먹을 수 있는 길이 지금 눈앞에 있잖아요?"

"그, 그 정도의 쿠키는…… 우리 약탈대가 어떻게든 하면…….."

"어떻게든 되나요? 어떻게 되었다고 해도 언제까지 계속할 생각이시죠? 후이마 양, 당신이 자랑스러운 전사라는 건 이해했습니다. 선조님을 존경하는 것도 느꼈어요. 하지만…… 안이하게 무력에 의지하는 건 현명하다고 볼 수 없네요."

무력으로 인한 약탈이 선택지 중 하나라는 건 미아도 인정하는 바였다. 하지만 더 쉽게 식량을 얻을 수단이 있다면 그걸 선택해야 하지 않을까?

더 빠르게 백성을 배불릴 수 있다면 그쪽이 더 낫지 않은가? 미아는 그렇게 호소했다.

"단련한 병사를 잃는 건 국가의 손실이기도 하지. 네 부족도 그건 마찬가지 아니야?"

옆에서 아벨도 지원에 나섰다.

금강보병단을 보유한 렘노 왕국은 알고 있다.

우수한 병사는 그리 쉽게 늘릴 수 있는 게 아니다. 육성하려면 돈이 들어간다. 말 그대로 황금 같은 가치를 지닌 병사가 존재한다.

그리고 불꽃 일족의 정예병도 그건 예외가 아니다.

"약탈이 매번, 언제까지고 성공한다는 보장은 없지. 선크랜드의 수비병은 우수하고, 우리 렘노 왕국도 마찬가지야. 만약 베이르가 공국의 마을을 습격한다면 그야말로 다른 수많은 나라를 적으로 돌리게 되지. 그건 그리 좋은 계책이 아니야."

아벨의 말에 후이마는 입을 다물었다.

"평화롭게 문제를 해결할 수 있잖아요. 부족의 일원을 위험에 빠트리지 않고 식량난을 해결할 수 있을지도 모릅니다. 그렇다면 그쪽이 올바른 선택이 아닐까요?"

최후의 일격이라는 듯 말을 덧붙인 미아는 살며시 눈을 감았다.

——훌륭하구나……, 제국의 미아 황녀는.

마요는 불꽃 부족의 소녀를 설득하는 미아를 보고 무심코 혀를 내둘렀다.

본래 아들인 마롱에게서 어느 정도 그 됨됨이를 듣기는 했다.

말에 조예가 깊고 진리를 꿰뚫는 눈을 지녔다고…….

말을 단순한 가축이 아니라, 전쟁의 도구가 아니라 자신을 자유로 해방시켜주는 존재라고 했다고……. 마롱에게서 그 이야기를 들었을 때는 신선한 충격을 받았다.

왜냐하면 그건 마요의 아버지가 자주 입에 담았던 말이기 때문이다.

그렇기에 사실 미아와 만나는 걸 기대하고 있었는데…….

——이 시기에 기마왕국에 오는 것 자체가 부자연스러워. 버터를 위해 황녀가 굳이 발걸음한다니, 그야말로 말이 안 돼.

어디까지나 버터를 위해서라고 주장하는 건 기마왕국의 주권을 존중하기 위함일까.

불꽃 부족의 문제는 기마왕국이 해결해야 한다고. 거기에 지나치게 간섭하면 긍지를 훼손하게 되니까. 그렇게 배려해서 한 말임이 틀림없다.

더욱이 미아의 소탈한 자세도 마요를 놀라게 했다.

──설마 말 샴푸를 애용하고 있다니…….

확실히 말의 털은 인간보다 섬세하다. 따라서 더 질이 좋은 샴푸를 사용한다. 그걸 아는 사람은 본인의 머리카락을 감을 때 쓰기도 한다.

하지만 말을 사람과 동등하게 아끼는 기마왕국이라면 모를까, 타국의 황녀가 설마 말을 위한 제품을 사용하다니…….

──표면적인 부분에 사로잡히지 않고 그 속의 질이라는 진리를 간파하는 눈. 어떠한 것에도 얽매이지 않는 자유로운 사고방식. 그것이야말로 제국의 예지라는 건가.

그 제국의 예지가 지금 막 달콤한 과자를 미끼로 불꽃 부족의 소녀를 농락하고는, 그 기세를 이어 마요에게 물었다.

"마요 님. 기마왕국은 이 문제를 어떻게 해결하실 생각이신가요?"

"어떻게…… 라뇨?"

되물어보기는 했지만, 마요는 이미 잘 알고 있었다.

불꽃 부족은 기마왕국이 계속 해결하지 못하고 버려둬 온 문제다.

아마도 티어문 제국은 마음만 먹는다면 쉽게 불꽃 부족을 받아들일 수 있다. 미아의 한마디로 전부 해결해버릴 수 있을 것이다.

하지만…… 그녀는 그렇게 하지 않았다.

피가 이어진, 같은 선조를 지닌 자를 이대로 버려도 괜찮겠냐고.

과거의 잘못에 속박되어 지금 내리는 판단도 그르칠 것이냐고.

조금 난처해하는 미소를 짓는 미아. 그 맑은 눈동자가 그렇게 묻고 있는 것처럼 느껴졌다.

"아버지……."

목소리가 들린 쪽으로 시선을 돌리자 그의 아들, 마롱이 바라보고 있었다. 그 눈에 깃든 빛은 제국의 예지를 닮아 무척이나 강인해 보였다. ……물론 착각이지만…….

제16화 미아 황녀, ○○를 마시고 상황을 지켜보다!

"······그 쿠키를 모두와 함께······. 크윽, 하지만······. 으으윽······."

두 손으로 머리를 부여잡고 끙끙 앓는 후이마.

그 반응을 보고 미아는 승리를 확신했다.

──흐흥. 이거 넘어오는 것도 시간 문제군요.

아무래도 이쪽은 괜찮은 것 같으니, 이번에는 마롱과 마요에게 시선을 돌렸다.

그곳에는 다시 마요를 설득하려는 마롱의 모습이 있었다. 그리고 마요는 그런 아들의 말에 조용히 귀를 기울이고 있었다.

가만히 진의를 가늠하려는 듯 마롱을 바라보는 얼굴. 미아는 저런 얼굴을 본 적이 있었다.

──망할 안경이 자주 저런 표정을 지었죠······.

이미 가장 좋은 답을 알고 있으면서도 일부러 그걸 입 밖에 내지 않고 미아가 생각하는 걸 기다렸다. 그래서 미아가 안간힘을 써서 생각한 의견을 가차없이 첨삭했다.

그건 망할 안경 루드비히의 상투수단이었다.

──그때는 굉장히 화가 났지만······ 그건 저를 성장시키려는 거였겠죠. 네, 그때는 화났지만 지금 와서는 고맙네요······. 아뇨, 아니죠. 고맙긴 고맙지만 역시 화가 나는 건 마찬가지예요!

아무튼, 머릿속 망할 안경에게 두세 방 정도 비실이 킥을 날린 뒤 다시 생각했다.

──여하간 저 모습을 보아 마요 씨는 딱히 불꽃 부족을 지원하는 걸 반대하진 않나 보네요.

과거의 루드비히와 겹쳐본 바에 의하면 그렇다.

젊은이의 성장을 위해 일부러 악역을 맡거나, 반대 의견을 말해서 생각을 정리하게 돕거나, 혹은 당사자의 의견을 확인하려고 하거나……. 그런 효과를 노리는 언동이다.

마요의 태도에서는 무언가를 타이르는 듯한 어른의 여유가 느껴졌다.

이러면 내버려 둬도 문제가 잘 해결되지 않을까.

──그리고 남은 문제는 뱀 관계자로군요……. 그 늑대술사는 아마 후이마 양과 아는 사이이기도 할 텐데……. 물어본다고 솔직하게 말해줄까요……?

미아는 후이마의 얼굴을 빤히 관찰한 뒤…….

──흠, 의외로 쉽게 말해줄 것 같네요! 쿠키를 10개 정도 먹이면 이러니저러니 해도 말해줄 것 같아요!

그렇게 결론을 내렸다! 동류에 대한 미아의 관찰력은 비교적 예리했다.

아무튼, 그걸 물어볼 타이밍은 적어도 지금이 아니다. 그럼 어떻게 화제를 꺼낼지 미아가 고민하는 사이에도 대화가 진행되었다.

"그래. 불꽃 일족을 돕는 건 나도 이견이 없어."

드디어 마롱의 말을 받아들인 걸까. 온화한 얼굴로 고개를 끄덕이는 마요였으나…….

"하지만 과거의 응어리라는 건 그리 쉽게 정리할 수 없는 법이지. 화해하는 건 그리 쉽지 않아. 그렇지? 후이마 양."

"응? 아, 어, 음……. 그래. 물론 당연하지. 나는 쿠키 따위에 낚이지 않는다."

후이마가 엄숙한 얼굴로 말했다. 그걸 본 미아는 조금 훈훈한 기분이 들었다.

──우후후, 후이마 양은 자기 인식이 물렁물렁하네요. 자기가 먹을 것에 아주 약하다는 걸 눈치채지 못했다니. 아직 멀었어요. 뭐, 사람은 스스로를 평가할 때 물러지는 법이니 어쩔 수 없죠.

동류에 대한 미아의 관찰력은 비교적 예리하다!

"이쪽도 늑대를 다루는 등 저주받은 방식은 간과할 수 없어. 분명 불꽃 일족의 처우에 대해서는 의견이 갈리겠지……. 하지만 문제의 긴급성을 생각하면 느긋하게 임할 수도 없고. 그래서 후이마 양이 불꽃 부족에게 안내해줬으면 해. 우리 수풀 부족에서 시급히 식량을 보낼 테니 당장은 그걸로 버텨줘. 그동안 내가 족장들을 모아서 회의할 테니까."

그 말에 후이마는 눈을 부릅떴다.

"말도 안 되는 소리. 우리의 은거지를 너희들에게 가르치라는 말인가? 그런 게 가능할 리 없지 않나."

──아아, 그렇군요. 그건 확실히 경계할만해요. 후이마 양 안에서 기마왕국은 원수일 테니……. 흐음……. 마요 씨는 어떻게 할 생각일까요……?

미아가 군침…… 이 아니라 리필 받은 핫밀크를 마시고 지켜보자…….

"알아. 그러니 어딘가 중간 지점까지 식량을 옮겨서…….'

"마요 님, 잠깐 괜찮을까요?"

마요가 제안하는 말을 가로막고 발언하는 사람이 있었다.

산뜻한 미소를 지은 소녀, 라피나 오르카 베이르가가 조용히 손을 들었다.

"마요 님, 잠깐 괜찮을까요?"

라피나는 살며시 마요에게 시선을 보낸 뒤 주변을 둘러보고 조용히 입을 열었다.

"이번 일은 이런저런 과거가 있었다 하나 무고한 백성이 고통스러워한다는 점에 가슴이 아픕니다. 우리 베이르가 공국으로서도 이 일을 묵과할 수는 없습니다."

낭랑한 목소리가 이어진다.

그건 성녀의 발언. 윤리관에 기반한, 흠잡을 곳 없는 배려의 말이었다.

"어떤가요? 그 식량 운송, 저도 협력하게 해주실 수 없을까요?"

"협력…… 이라면?"

"음, 구체적으로 말하자면 식량을 운송하는 자들과 동행하고자 합니다."

라피나는 고요히 미소지으며 제안했다.

사실…… 이 시점에서 베이르가 공국이 공헌할 수 있는 건 별로 없다.

본국에 연락하여 식량을 보내주려고 해도 시간이 걸리니…….

이 경우 가장 신속하게 식량을 나르는 방법은 수풀 부족 사람들이 불꽃 부족의 은거지에 가져다주거나, 아니면 마요가 제안하려고 했듯 중간 지점까지 나르고 거기서부터는 불꽃 부족이 직접 가져가거나 둘 중 하나다.

그리고 후이마가 자신들의 거주지를 알리고 싶지 않아하는 이상 마요의 제안이 가장 현실적이라고 할 수 있으나…….

라피나는 그런 마요의 제안을 일부러 가로막고 끼어들었다.

자신의 동행이라는 형태의 협력을. 그것은 즉…….

"제가 보는 앞에서 불꽃 부족을 해하는…… 그런 신의에 어긋나는 짓은 하지 않으시겠죠?"

기마왕국과 불꽃 부족이라는 당사자만이 아니라 베이르가 공국이 참관인으로서 엮이겠다는 소리였다. 제삼자의 눈이 개입하여 기마왕국 사람들이 무도한 짓을 저지를 가능성을 배제할 수 있다는 의미였다. 하지만…….

"촌극이군. 기마왕국과 베이르가, 아니, 그 마요라는 남자와 네가 말을 맞춘다면 얼마든지 숨길 수 있을 텐데……."

후이마가 코웃음을 치자 라피나도 다시 산뜻한 미소를 돌려주었다.

"그런 짓을 했다간 베이르가의 성녀라는 이름은…… 그리고 우리 신성 베이르가 공국의 이름은 바닥에 추락하겠지. 당신은 그러한 추태를 이용하는 방법을 알고 있지 않아?"

라피나는 탐색하듯 살그머니 올려다보면서 말했다. 그걸 본 후이마는 참으로 불쾌하다는 얼굴이 되었다.

"나는 그런 방식은 모른다. 하지만, 그래……. 알고 있을 법한 자라면 있지."

후이마는 떨떠름하게 중얼거린 후 입을 다물어버렸다.

그런 후이마를 관찰하며 라피나는 고개를 기울였다.

──역시 후이마 양 본인은 뱀이 아닌 건가? 하지만 확실하게 뱀의 관계자이긴 하겠지…….

라피나의 제안은 당연히 순수한 선의가 아니었다.

그 목적은 혼돈의 뱀을 조사하기 위해서다. 모처럼 잡을 수 있을 것 같은 뱀의 꼬리를 순순히 놓아주어서는 안 된다.

게다가…….

"제 호위로, 수풀 부족 사람들이 제 관할하에서 움직여줄 것을 요청합니다."

필연적으로 이렇게 된다.

성녀 라피나의 호위는 베이르가 본국이 아니라 각 국가의 의뢰를 받은 병사들이 대신한다……. 그 관습을 따르면 수풀 부족의 전사들이 라피나의 호위를 맡게 된다.

이번 문제는 기마왕국의 개입 없이 해결하는 건 어렵다는 게 라피나의 생각이었다.

늦든 이르든 쌍방은 얼굴을 마주하고 교섭할 필요가 있다. 하지만 후이마의 반응을 보는 한 예측하지 못한 사태가 일어날 가능성은 적지 않다.

그런 때에 쌍방과는 입장이 다른 자신이 그 자리에 입회함으로

써 분쟁을 멈출 수 있을지도 모른다.

　──만약 혼돈에. 아니, ──뱀에 휘말렸을 뿐인 사람이 있다면…… 그건 피해자야. 더욱 큰 싸움으로 인해 그런 사람들이 다치는 건 피하고 싶고……. 게다가 뱀이 무언가 방해해올 때를 위해 누군가가 갈 필요가 있어.

　그런 생각을 하고 있을 때.

　"라피나 님……. 부디…… 저도 동행하게 해주십시오."

　옆에서 아벨 렘노가 나섰다.

제17화 철부지에 소심한 황녀님의 선택

——어? 어? 아벨…… 어, 어떻게 된 거죠?

갑작스러운 아벨의 발언에 미아는 크게 당황했다.

『자, 이걸로 한 건 해결이에요. 남은 건 예의 제호양이 만든 궁극의 양젖 우유를 맛보고, 잘하면 마요 씨와 유제품 거래를 성사시켜서 돌아가기만 하면 되겠네요!』

그렇게 극도로 방심하고 있던 미아였기에 아벨의 행동은 완전한 예상 밖이었다.

대체 왜 저러는 건지 의아해하는 미아였으나, 직후에 깨달았다.

아벨이 어딘가 심각한 표정을 짓고 있다는 것을.

——그러고 보면 제가 멱을 감고 돌아온 뒤로 조금 기운이 없었던 것 같아요. 애초에 마롱 선배와 무언가 할 말이 있다고 했었는데, 뭔가 들은 걸까요……? 신경 쓰이네요. 흐음…….

"그럼 라피나 님, 그리고 아벨 전하와도 잠시 상의하기로 하죠. 마롱도 부족 내에서 누구를 데려갈지 선별해줘. 내일 바로 출발할 수 있게."

"잠깐, 기다려. 나는 아직 이 제안을 받아들인다고는……."

후이마는 우물쭈물 항의했지만…… 아마 저대로 어영부영 휘말릴 것이다.

——애초에 후이마 양은 직접 이야기하지 않겠다는 식으로 말했지만, 지금은 아주 평범하게 대화하고 있잖아요……. 정말 쉬

워라······. 음······, 분명 이대로 홀랑 넘어가겠네요.

그렇다면 미아의 역할은 여기서 끝이다.

환영회 준비가 끝날 때까지 느긋하게 시간을 보내도 된다는 말을 들은 미아는 벨과 슈트리나를 데리고 천막을 뒤로했다.

──흐음······ 뭐, 신경은 쓰이지만······. 저와는 상관없는 일이니까요······.

아벨의 상태가 묘하게 마음에 걸려서 뒷맛이 통 개운하지 않았지만, 이미 그 장소에는 미아의 역할이 없었다. 아니, 오히려 이이상 그 자리에 남았다간 귀찮은 일에 휘말릴 것 같은 냄새가 풀풀 풍겼다······.

"신경은 쓰이지만 어쩔 수 없죠. 여기선 기분을 전환해서 한가롭게 보내기로 할까요."

그런 고로 '자, 우선 양이라도 세어볼까요'라며 멍하니 시간을 보내려던 미아였으나······.

"양이 한 마리, 양이 두 마리······."

멍하니 수를 세기 시작하긴 했지만······.

"천이백삼······. 아아, 안 되겠어요······! 아벨이 너무 신경 쓰여서 전혀 집중하지 못하겠어요!"

··········정말로 그랬나?

아무튼 양 세기 모드에서 부활한 미아는 크게 기지개를 켰다.

직후······ 무언가 목덜미에 미지근한 공기가 느껴졌다.

"······음?"

의아해하며 돌아본 미아. 그 시야에 커다란 코가 보였다! 꾸물

꾸물 움직이면서 지금 당장에라도 재채기를 날리려는 듯한 그것은 예의 황람을 닮은 말이었다.

——아…… 이 말, 역시 황람의 핏줄인 걸까요? 많이 닮았…… 흐거거걱!

도망치려고 한 직후에 푸엣취이이! 하는 굉음. 순간적으로 각오를 굳힌 미아였으나…… 신기하게도 바람도 끈적한 액체도…… 미아에게 쏟아지지 않았다.

"……흐어?"

조심조심 고개를 든 미아는 보았다!

자신과 황람 닮은꼴 사이에 우뚝 선 한 마리의 말을. 그건 미아를 태우고 도적에게서 도망친(……도망친?) 그 말이었다.

그 완전 방심 상태인 미아처럼 멍한 얼굴의 말이었단 소리다.

"어머…… 당신은 근위대의……. 혹시 저를 지켜준 건가요?"

숙련된 호위 기사처럼 늠름하게 몸을 날려 귀인을 지킨 말이었으나, 변함없이 그 표정은 멍했다.

느릿느릿 황람 닮은꼴에게 고개를 돌리더니…… 바라보기를 잠시……. 황람 닮은꼴이 푸르릉 한숨을 쉬고 떠나가는 걸 지켜본 후, 멍하니 미아 쪽으로 고개를 돌렸다.

"당신…… 참 침착하군요."

말을 건네자 말은 멍한 눈동자로 미아를 바라본 뒤 크흥 울었다. 그러고는 느릿느릿 걸어갔다.

그 발이 향하는 건 식사 중인 수풀 부족의 말들이 있는 방향이었다. 쩝쩝 풀을 뜯는 말들 사이에 섞여 자신의 배도 채우려는 모양이었다.

"음……? 근위대의 말이면 어딘가에 묶여있어야 하지 않나요……? 저런 식으로 수풀 부족의 말과 섞여서…… 후후, 참 자유로운 녀석이네요……. 재미있어요."

한바탕 웃고 난 후, 느긋하게 그 말을 바라보는 사이에 미아는 퍼뜩 깨달았다.

"아, 그렇구나. 그래요……. 저는 뭘 고민했던 거죠……?"

미아는 별안간 떠올렸다. 자신의 본질을.

"그랬죠. 저는 딱히 제국의 예지 같은 게 아니었어요……. 저는 제국의 철부지 황녀……. 딱히 정당한 이유 같은 건 필요하지 않아요. 마음에 걸리니까 같이 간다. 그거면 되는 거였잖아요."

살짝 가라앉은 아벨의 얼굴이 마음에 걸렸다. 그가 기운을 내길 바랐다.

게다가 후이마의 일족이 정말로 좋아질지 아닐지도 역시 조금 마음에 걸렸다.

만약 잘 안된다면 분명 기분이 안 좋을 거라고, 미아의 소심한 심장이 경고했다.

그렇다면, 가고 싶다면…… 가면 된다.

가고 싶다고 말하면 된다. 거기에 정당한 이유 같은 건 필요하지 않다.

왜냐하면 미아는 본질적으로 마이 퍼스트인 철부지 황녀니까.

그리고 동시에…….

"하지만…… 디온 씨도 있으니 그냥 가고 싶다는 걸로는 어렵겠죠. 그럼 그럴싸한 이유를 생각할 필요가 있는데……. 흐음……, 어디 보자…….”

조금 소심한 황녀님이기도 했다.

이렇게 미아는 자신이 움직이는 이유를 루드비히에게 어떻게 설명할지 끙끙 고민하면서 천막으로 돌아왔다.

우선 자신도 따라가겠다는 뜻을 밝혀두기 위해서다.

“역시 수풀 부족의 전사들을 우리의 은거지에 들일 수는…….”

“하지만 그러면 라피나 님의 호위가…….”

여전히 실랑이하는 중인 그들은 불쑥 들어온 미아를 향해 놀란 눈빛을 보냈다.

그런 일동의 시선을 한 몸에 받으며 미아는 담담하게 선언했다.

“여러분, 저도 불꽃 부족의 은거지에 동행하겠습니다. 괜찮을까요?”

제국의 예지 미아 루나 티어문이 한마디로 방침이 정해졌다.

라피나의 호위는 여기까지 오는 길과 마찬가지로 황녀전속 근위대가 맡고, 수풀 부족은 식량 수송을 위한 최소한의 인원으로 한정한다.

미아가 의도치 않게 제시한 타협안에 이론을 제기하는 사람은 한 명도 없었다.

제18화 제국의 예지의 가신에 걸맞게

"아⋯⋯, 네가 황녀님이 말했던 늑대구나⋯⋯."

한편 그 무렵⋯⋯.

디온 알라이아는 수풀 부족의 부락을 나와 혼자 숲속에 있었다.

미아 일행의 보고를 받고 그 전투 늑대를 찾으러 온 거였는데⋯⋯ 뜻밖에 쉽게 발견하는 바람에 디온은 다소 맥이 풀렸다.

어둑한 숲속에서 몸을 말고 누워있던 전투 늑대는 귀를 쫑긋 세우고 디온 쪽을 보았다. 그 눈에 험악한 빛을 머금고 콧등을 찡그렸다.

디온은 입 사이로 드러난 날카로운 송곳니에 쓴웃음을 지으며 어깨를 으쓱했다.

"야야, 한판 하려고? 네 형제는 나에게 덤비는 게 얼마나 어리석은지 알 정도로는 똑똑했는데."

그렇게 말하며 허리에 찬 검으로 손을 가져갔다.

잠시 서로를 노려본 후 전투 늑대의 몸에서 힘이 빠졌다.

"흐음. 공격하지 않는구나. 역시 평범한 늑대와는 다르게 똑똑한가 보네⋯⋯. 하지만 그때 봤던 늑대와도 또 달라. 이런, 세상에는 머리 좋은 늑대가 이렇게 많은 건가."

턱을 어루만지며 한숨을 한 번.

"아무튼⋯⋯, 늑대술사와 그 소녀가 관련이 있다는 건 아무래도 틀림없는 것 같은데⋯⋯. 어디⋯⋯ 황녀님은 어떻게 할 생각인 건지……. ……응?"

불현듯 디온은 허리에 찬 검으로 손을 뻗었다.

──뭐지? 지금…… 한순간…… 누가 쳐다본 것 같은데…….

주위에 시선을 주었지만, 이번은 없다. 희미하게 느낀 기척도 바로 사라져버렸다.

경계를 풀지 않은 채 주위와 늑대를 번갈아 살핀 후 디온은 조용히 한숨을 뱉었다.

"이것 참…… 영 수상한데."

"아아, 디온 씨. 마침 좋은 타이밍이군."

부락에 돌아오자마자 루드비히가 다가왔다.

"뭐야, 무슨 일인데? 뭐 골치 아픈 일이라도 생겼어?"

"그래. 실은 예정이 조금 바뀌었거든. 제국에 돌아가는 게 조금 더 나중으로 밀릴 것 같아."

그렇게 루드비히에게 사정을 들은 디온은,

"불꽃 부족의 은거지란 말이지……."

무의식적으로 하늘을 올려다봤다.

"하긴. 사람 좋은 우리 황녀님이라면 주저없이 끼어들 법한 문제야."

"그건 부정하지 못하지만……. 그래도 성격만의 이야기라고는 할 수 없어. 전에도 말했듯 미아 님의 구상을 실현하려면 기마왕국의 안정이 필요하니까."

루드비히는 쓴웃음을 지었다가 진지한 얼굴로 말을 이었다.

"게다가 앞으로를 생각하면 기마왕국과 친교를 다져두는 건 나쁜 일이 아니야. 상대가 온전한 상태일 때 머리를 숙이며 교섭을 요청하는 것과 약해졌을 때 손을 내미는 것. 어느 쪽이 더 쉬운지 생각해 볼 것도 없이 알 수 있는 일이니까."

"손을 내밀기에 적절한 때라…… 그렇군."

디온은 어깨를 으쓱했다.

"뭐, 그 늑대술사와 또 싸울 수 있다면 나로서는 바라던 바이긴 한데……."

어딘가 시원찮은 디온의 말에 루드비히가 고개를 기울였다.

"뭔가 마음에 걸리는 일이 있나……?"

"몇 가지. 음, 지금 구체적으로 떠오르는 건 둘이야. 하나는 혼돈의 뱀의 꿍꿍이. 그 후이마라는 소녀는 십중팔구 뱀 관계자잖아?"

"그렇겠지. 미아 님께선 아직 단정은 하고 계시지 않은 모양이지만……. 늑대를 다루는 기술이 그리 흔할 리도 없으니……. 예의 암살자의 관계자라고 보는 게 자연스러울 거다."

만약 그렇다면 그녀의 존재 자체가 함정이라는 가능성도 있다. 그 후이마라는 소녀가 거짓말을 하는 것처럼 보이진 않지만 가져온 정보의 진위는 불분명해진다.

"그리고 또 하나는 렘노 왕국의 동향인가?"

선수를 치듯 꺼낸 루드비히의 질문에 디온은 웃었다.

"뭐, 너라면 눈치챘겠지. 그 나라는 자국의 기마부대 훈련을 위해 기마왕국과도 관계가 깊어. 제국이 기마왕국과 가까워지는 건 원하지 않을 거야. 어떠한 형태로 개입할 건 당연히 예상해두어야지."

디온은 팔짱을 끼고 말을 이었다.

"뭐, 아벨 전하에 관해선 거의 걱정하지 않아. 검을 나눌 필요도 없이, 저건 그런 요령을 피울 수 있는 타입이 아닐걸. 무언가 숨기고 있다는 느낌은 들지만, 우선은 내버려 둬도 괜찮을 거야. 적어도 황녀님에게 위해를 가하려는 짓은 않겠지. 다만……."

거기서 말을 끊은 디온은 슬쩍 시선을 굴려 주위를 살핀 뒤 목소리를 죽였다.

"굳이 따지라면 렘노의 검성님 쪽이 마음에 걸려."

"기미마피아스 경 말인가……. 그분이 뭔가……."

"방심할 수 없는 영감이거든. 본인의 성격을 떠나서, 워낙 실력이 좋으니까 만약 렘노 국왕에게서 몹쓸 명령을 받았을 경우…… 골치 아파질 것 같아."

디온 알라이아는 자신을 모범적인 기사라고 생각하지 않는다. 따지라면 불량기사, 불평가의 색이 강하다.

그런 자신이라고 해도 기본적으로는 모시는 주군의 명령은 따르려고 한다. 하물며 상대방은 렘노의 검성이라고 불리는 남자. 오랫동안 렘노 왕가를 섬기며 왕족에게 검을 가르쳐 그 검술의 기반을 만들어낸 충신이다.

주군의 명령은 충실하게 집행할 것이다.

"그렇군. 렘노 국왕은…… 확실히 무조건 믿을 수 있는 인물이 아니야……."

"뭐, 그래도 내가 집중적으로 상대할 수 있다면 어떻게든 할 수 있어.”

디온의 의도를 알아차린 듯 루드비히가 고개를 끄덕였다.

“그래. 그렇다면 늑대술사가 나타났을 땐 골치 아파지겠는데?”

목적이 다른 세 명의 실력자가 한 곳에서 만났을 때 발생할 혼돈. 그 너머에 어떤 미래가 기다리고 있을지는 미지수…….

“아무리 그래도 직접 황녀님의 목숨을 노리지는 않을 테지만, 일단 조심하는 게 좋을 것 같아서. 황녀님은 아니지만 조심했다가 아무 일도 일어나지 않는다면 겁먹은 거였다고 웃으면 그만이지. 조심하지 않다가 무슨 일이 일어났을 때 후회하는 것보다는 훨씬 나으니까.”

“그렇지. 확실히 그것이야말로 미아 님의 가신에 걸맞은 방식이야. 알았다. 기미마피아스 경의 움직임, 그리고 아벨 왕자와 렘노 왕국의 동향을 조심하도록 하지.”

루드비히는 고개를 크게 끄덕였다.

번외편 성황제 라피나의 성

베이르가 공작 영애였던 라피나가 '성황제'라고 불리게 된 후 가장 먼저 한 것은 천도(遷都)였다.

그녀는 거성을 베이르가 공도(公都)에서 어떤 장소로 옮겼다.

어떤 장소…… 성황제가 기거하는 장소…….

그것은 과거 대륙 최고의 학원도시가 번영했던 섬……, 세인트 노엘 섬이었다.

친구도 없고 가족도 지금은 없고……, 복수의 불꽃조차 이미 그 가슴에는 남아 있지 않다. 그렇게 망가진 그녀가 가까스로 이성을 유지할 수 있었던 건 그리우면서도 쓸쓸한 추억의 성에 틀어박혀 있었기 때문이다.

그날 그녀는 집무실에서 보고를 받고 있었다.

그곳은 과거 그녀가 학생회장으로 불리던 시기에 가장 많은 시간을 보냈던 장소…… 학생회실을 개조한 방이었다.

"그래서 결과는 어땠지? 뱀은 제대로 배제했어?"

성황제는 자신이 좋아하는 프린세스 로즈로 우려낸 홍차를 마시며 물었다.

"네. 저희 아쿠에리안 포스의 지배지역 내에서는 순조롭게 혼돈의 뱀을 축출하고 있습니다. 주민들에게 고지하자 잇달아 신고가 들어오고 있으며, 현재 그 진위를 조사하는…….."

"어머? 그래서는 시간이 걸리잖아. 신고당한 자들은 전부 처형해버려도 되지 않을까?"

"네……? 아뇨, 하지만……."

"불을 피우지 않은 곳에는 연기도 나지 않지. 게다가 뱀은 전염병 같은 존재. 한 명을 놓치면 그 병은 순식간에 열 명, 스무 명으로 늘어나. 당신은 썩은 사과를 먹지 않으려면 어떻게 해야 하는지 알아?"

불현듯 라피나가 청량한 미소를 지었다.

"간단해. 썩은 것은 버리고, 썩었을지도 모르는 것도 전부 버리면 돼. 의심스러운 것 중에 썩지 않았을지도, 먹을 수 있을지도 모른다며 살필 필요는 없어. 필요한 건 의심스러운 것 중에서 먹을 수 있는 걸 찾아내는 게 아니야. 절대 썩은 것을 입에 넣지 않는 것. 알겠어?"

그건 혼돈의 뱀을 상대로 그녀가 내건 기본 방침이었다.

혼돈의 뱀은 죽이고, 그런 의혹이 있는 자도 근절한다. 그 가혹한 방식에 선크랜드의 천칭왕 시온은 간언을 보내는 모양이지만 라피나는 전혀 개의치 않는 듯했다.

"그래서, 기마왕국 쪽은 어떻게 되었지?"

"네. 거의 모든 부족이 저희 아쿠에리안 포스를 따르는 자세를 보여주었습니다. 또 수풀 부족은 아무래도 선크랜드의 시온 왕자에게 의탁한 모양입니다."

현재 기마왕국의 부족은 절반으로 줄어들었다.

최대부족인 수풀 부족은 족장인 마요가 사망한 후 그 아들인 마롱을 따라 선크랜드에 붙었다.

"그래……. 마롱 씨와 시온 폐하가……."

과거에 친하게 지냈던 사람들. 그리운 추억에 라피나가 희미하게 고개를 기울였다.

딱히 감흥은 없었다.

감상에 젖기에는 그녀가 잃은 것이 너무나도 컸으니까.

그 가슴에 뚫린 구멍은 사소한 감정 따위는 쉽사리 삼켜버렸고…… 그렇기에 라피나가 그걸 감지하는 일은 없었다.

"적으로 돌리기엔 귀찮은 상대구나……."

그저 그렇게만 중얼거린 뒤 고민 섞인 한숨을 내쉴 뿐이었다.

"그리고 기마왕국 국경 부근에서 발견한 예의 마을에 생존자를 보호했다는 보고를 받았습니다."

"생존자……? 포로…… 라는 뜻인가? 혼돈의 뱀을 옹호하는 자들은 몰살하라고 명령했을 텐데……."

스윽 싸늘한 시선이 꽂히자 보고하던 병사의 몸이 흠칫 떨렸다.

"네, 넵. 물론 혼돈의 뱀 및 뱀을 옹호한 자들은 몰살했고 마을도 불태운 모양이지만…… 그녀는 폐허가 된 성의 감옥에 잡혀있었기에……."

"잡혀있었다?"

"네. 듣자 하니 고귀한 신분이라 합니다. 혼돈의 뱀에게 잡힌 지 오래되었다고 해서 데려왔습니다만……."

"그래. 무척 곤욕을 치렀겠구나. 불쌍하게도……."

성황제는 순식간에 연민하듯 얼굴을 일그러트렸다.

왜냐하면 그녀는…… 성황제 라피나는 성녀이기 때문이다.

비참한 일을 겪은 상대에게 공감하고, 상대방의 상처를 연민할 수 있는 자애로운 성녀이기 때문이다.

혼돈의 뱀에 감금당해서 고생한 여성……. 그건 성녀의 연민을 받기에 충분한 자격을 갖추고 있었다.

그날 그 성야제 밤의 대량독살사건으로 인해 금이 가버린 마음은 그 후 미아의 사망으로 완전히 부서져 바스러졌지만……. 그래도 라피나는 성녀였다.

불쌍하게 쓰러진 사람에게 자비심을 느끼고, 자신이 더러워진다 한들 아랑곳하지 않고 바닥에 무릎을 꿇어 부축하는…… 사심 없는 성녀. 상냥함의 화신이었다.

가혹한 숙청자의 얼굴과 약자를 사랑하는 성녀의 얼굴, 그 어딘가 망가진 불균형이 기묘한 매력을 증폭시켜 그녀의 카리스마를 세계를 집어삼킬 정도로 강대하게 부풀렸다.

"여기로 데려와. 정중하게."

병사는 꾸벅 인사한 뒤 각이 잡힌 움직임으로 집무실을 나갔다.

그 가슴에 두려움과도 같은 충성심을 품고.

이윽고 들어온 사람은 호리호리한 여성이었다. 검고 아름다웠을 흔적이 보이는 머리카락에는 잡혀있던 동안 공포에 질렸기 때문인지 군데군데 새치가 섞여 있었다.

여성은 성황제 앞에 무릎을 꿇고 깊이 머리를 숙였다.

"구해주셔서 뭐라 감사의 말씀을 드려야 할지 모르겠습니다. 성황제 예하."

"대단한 일은 아닙니다. 부디 얼굴을 들어주세요. 그래서 당신은 대체…….."

"처음 뵙습니다. 성황제 예하…….."

그 여성은 적막한 얼굴로 희미한 미소를 짓고는 라피나를 바라보며…… 말했다.

"발렌티나 렘노라고 합니다…….."

그 미소는…… 어째서일까, 라피나의 눈에는 순간 뱀처럼 교활하게 보였지만…… 그것도 바로 녹아 사라졌다.

뒤에 남은 건 어딘가 가련하고 덧없는……, 상처받은 여성의 미소였다.

제19화 미아 황녀, TPO를 구분하다

결국 불꽃 부족을 위한 지원부대는 다음 날 출발하기로 정해졌다.

수풀 부족 사람들이 운송을 담당하고, 라피나의 호위는 미아의 황녀 전속 근위대가 맡는다.

운송과 호위를 전부 수풀 부족에서 맡을 때와 비교해 인원을 3분의 1 이하로 줄여서 후이마를 설득했다.

──그래서 처음부터 자신도 가겠다고 안 한 거구나…….

교섭을 마친 미아를 본 라피나는 감탄했다.

어쩐지 신기했다. 미아가 아무 말도 하지 않고 전부 기마왕국에 맡기는 태도를 보인 것도.

라피나의 행동에 동조하지 않고 자신과는 상관없는 일이라며 천막을 뒤로한 것도.

확실히 미아와는 직접 관련이 없는 일이긴 했으나……. 미아가 곤경에 처한 백성을 못 본 척하는 짓을 할까?

그 이상으로, 어쨌거나 친구라며 자신을 따르는 후이마를 내버려 둘까?

내심 자문하며 절대! 그런 건!! 말도 안 된다!!! 고 생각하던 라피나였는데…….

──한 번 그 자리를 떠나서 기마왕국이 내 호위를 맡는다는 부담스러운 조건을 제시한 뒤, 나중에 제국병이 호위를 맡는다며 조건을 낮춘 거야. 그렇게 후이마 양에게 쉬운 타협점을 제시한

거지······. 역시······.

라피나는 연신 감탄했다.

한편 린 마롱도 미아의 언동에 놀라게 되었다. 그건······.

"미안해. 대화가 길어지는 바람에······."

그렇게 머리를 숙이자 미아는 사근사근한 미소를 지으며 손을 가볍게 흔들었다.

"별일 아니랍니다. 중요한 대화가 무사히 끝난 것 같으니 다행이에요."

"그래. 아가씨 덕분에 살았어. 보답으로 끝내주게 맛있는 제호양의 양젖을 대접할게."

마롱이 바로 달려가려던 그때 미아가 제지했다.

"아뇨. 그 정도는 아닙니다."

"어······?"

멈춰서서 무심코 고개를 갸웃거리는 마롱이었다.

확실히 귀족 중에는 우유의 맛이 어떻든 관심을 보이지 않는 자도 있지만, 미아는 다르다. 여기에 오는 동안 진심으로 기대하고 있다는 걸 똑똑히 봤다.

여담이지만 마롱은 미아의 그런 점도 마음에 들었다. 겉치레 없이 맛있는 걸 맛있다고 말하며 진심으로 즐기는 자연스러운 모습이 무척이나 바람직하다고 생각했다.

그런 미아가 어째서······?

당황하는 마롱에게 미아는 온화한 미소를 지으며 말했다.

"그건 나중에 꼭 받도록 할게요……. 음, 그래요. 이 일이 전부 끝난 뒤에……."

미아는 추가로 덧붙였다.

"아, 그리고 연회 요리도 저는 조금 적게 주셔도 괜찮습니다. 물론 여기까지 따라와 준 병사들이나 제 가신들에게는 배불리 먹여주셨으면 좋겠는데요……."

"아가씨……."

마롱은 무심코 숨을 뱉으며…… 크게 감동했다!

아마도 미아는 불꽃 부족의 처지에 동정한 것이다. 그래서 여기서 연회 음식을 먹는 걸 껄끄럽게 여겼다.

배고픔에 괴로워하는 자가 있는데 그 동료인 후이마의 눈앞에서 자신이 진수성찬을 배불리 먹는 걸 용서할 수 없었다.

미아는 제대로 때와 장소와 상황(TPO)을 구분한 것이다.

게다가.

"단식하려는 거야……? 불꽃 부족의 문제가 해결되길 바라는 기도를 담아서……."

라피나가 말했다.

중앙정교회에는 신에게 무언가를 간절히 바랄 때, 식사를 끊고 그 시간도 모두 신에게 기도를 바치는 '단식'이라는 풍습이 있다.

그 점은 생각해 보지 못했다며 마롱이 미아에게 시선을 주자, 미아는 조금 당황한 듯 고개를 저었다.

"아, 아뇨. 그 정도까지는 아니에요. 정말로. 물론 식사는 해야죠. 다만 양을 줄이려는 것뿐이라……."

그 당황하는 반응에 마롱은 무심코 웃음이 터질 뻔했다.

아마 미아는 쑥스러운 모양이다.

진심으로 후이마를 걱정하며 그 부족을 위해 조력하고, 그를 위해 단식마저 하며 반드시 성공하겠다고 마음을 다지는…… 그런 모습을 보여주는 게 민망한 거다.

그렇기에 이렇게 당황하는 거겠지.

그리고 그 마음은 아무래도 후이마에게도 전해진 모양이다.

"우리 일족을 위해…… 면목 없군. 그렇다면 나도 식사는 자중하지."

"아뇨, 그건 안 됩니다! 어어, 그래요. 먹지 않으면 힘이 안 생기고, 해야 할 일도 못 하게 될 겁니다. 제대로 먹어서 내일부터 시작되는 여정에 영향이 가지 않도록 하세요. 그것도 중요한 일이에요."

그런 말을 들으니 후이마도 반론하지 못하는 듯했다.

──자신도 조금은 먹는다고 한 건 이래서인가. 확실히 여행 도중에 단식이라니 무모하지. 쓰러지면 본전도 못 찾으니까. 즉 아가씨는 자신이 할 수 있는 아슬아슬한 선을 제대로 간파하고 있다는 건가. 정말 대단한 녀석이야.

마롱은 만족스럽게 고개를 끄덕였다.

──아가씨가 이러는 걸 보면 아마 아벨 녀석도 괜찮겠지.

……하지만 그 자리에 있던 그들은 누구 한 명 눈치채지 못했다.

미아가…… 은근슬쩍 배를 문지르고 있다는 걸……!

이미 알고 계실 것이다. 미아가 왜 제호양의 양젖 우유만이 아니라 연회 식사도 자중하려 했는지.

과음 때문이었다!

대화하는 도중 내내 핫밀크를 꿀꺽꿀꺽 마셔댄 탓에 미아의 배는 이미 출렁출렁 가득 찼다.

제국의 식도락가 미아는 맛있는 것을 입에 넣을 때의 컨디션을 신경 쓰는 사람이다. 특히 처음 먹어보는 맛있는 음식이라면 더욱 그러했다.

──최상급 양젖 우유라면 오늘 마실 게 아니죠. 게다가 이래저래 배가 꽉 찼으니까요. 연회에서도 그리 많이 먹지는 못할 것 같은 느낌이에요. 크읍, 실수했어요. 이럴 줄 알았다면 우유를 좀 덜 마실걸……. 맛있다고 쭉쭉 마셔버렸지 뭐예요.

그랬다. 식도락가 미아에게 맛있는 버터도 빵도 케이크도, 그리고 우유도 전부 마실 것이다!

……뭐, 어지간한 사람에게 우유는 당연히 마실 것이긴 하지만……. 그건 그렇다 치고.

──모처럼 대접해주는 요리를 먹지 못하는 건 아까운 일이지만, 이렇게 배가 꽉 찬 상태로는 어쩔 수 없죠.

그렇다. 미아는 위장의 때와 장소와 상황을 구분했다.

"그렇다면 요구르트를 드시겠습니까? 영양분도 있고 미용에도 좋습니다. 벌꿀을 뿌려서 드시면 아주 맛있죠."

이야기를 듣고 있던 수풀 부족 여성의 말에 미아는 생긋 웃었다.

"감사합니다. 마음 써주셔서 고마워요."

그러고는…… 다시금 말했다.

"그럼 음식 대접은 다음에 또……. 전부 정리된 후에, 다 함께 먹죠……."

진심으로 결의를 담은 선언.

다음에야말로 최고의 컨디션으로 기마왕국의 맛있는 요리를 상대하겠다는 굳건한 결의를 담은 선언이었다.

참고로…… 이후에 먹은 요구르트가 아주아주 맛있어서 미아는 크게 만족했다.

제20화 미아 황녀, 움직이다

다음 날, 미아 일행은 수풀 부족의 부락을 뒤로했다. 영애들과 아벨은 각자 마차에 나눠 타고, 그 주변을 황녀 전속 근위대가 수비한다. 그 뒤로 수풀 부족 사람들을 인솔하는 마롱이 이어졌다.

점심시간이 되어 휴식을 위해 들른 장소에서…….

"슬슬 때가 됐군요…….."

타이밍을 가늠한 미아가 조용히 움직이기 시작했다.

미아에게는 달성해야 하는 목적이 있었다. 그건…….

"아벨, 잠시 괜찮을까요?"

"응? 뭔가 볼일이 있어?"

불쑥 나타난 미아를 본 아벨은 어리둥절하게 물었다.

"잠시 말을 타고 바람을 쐬러 가지 않으실래요?"

미아는 슬쩍 하늘을 올려다보며 말했다. 시선 끝에는 시야 가득한 푸른빛. 빛나는 햇살에 눈을 약간 찌푸리며 미소 지었다.

"이렇게나 날씨가 좋은걸요. 분명 기분 좋을 거예요."

물론 미아는 그냥 놀러 나가고 싶었던 게 아니다.

어젯밤에 핫밀크를 너무 많이 마셨으니 그걸 소화하기 위해서라는 이유도 당연히 아니다. 굳이 말할 필요도 없겠지만…….

그런 게 아니라, 아벨과 차분히 대화하고 싶었다. 마롱에게서 대체 무슨 말을 들었는지. 왜 기운이 없는지…….

"아니, 하지만……."

내켜 하지 않는 아벨에게서 선수를 친 미아는 자신의 호위에게 화제를 돌렸다.

"디온 씨, 잠깐 바람 쐬러 가고 싶은데 괜찮을까요?"

"바람을 쐬러요?"

그 말을 들은 디온은 참으로 기가 막힌다는 표정을 지었다.

"지난번에도 그래서 고생하셨다고 보는데요……."

어깨를 으쓱하는 디온이었으나, 바로 미아의 얼굴을 보고 표정을 거뒀다.

"그건 꼭 가야만 하는 일입니까?"

"네. 중요한 일이에요."

미아는 디온의 얼굴을 똑바로 마주 보며 대답했다. 지지 않겠다며 정신을 다잡았다.

기본적으로 디온 알라이아와 대화할 때는 눈을 응시하며 시선을 떼지 않는 게 중요하다.

시선을 돌린 순간 공격할 가능성이 크니, 만약 숲속에서 디온과 마주쳤을 때는 시선을 떼지 않고 천천히 뒷걸음질로 도망치자고…… 그렇게 마음먹은 미아였다.

뭐, 그건 그렇다 치고.

"하이고, 알겠습니다. 그럼 조금 떨어진 곳에서 제가 호위를……."

"아, 그거라면 문제없다. 내 전투 늑대가 주위를 경계하고 있으니까."

어째서인지 뻐기는 얼굴로 그렇게 말하는 후이마였다.

수풀 부족의 부락에 도착할 때까지는 도적 취급이었던 후이마였으나, 지금은 불꽃 부족으로 안내해줄 안내자 신분이 되어 이미 구속은 풀려 있었다.

"그거 반대로 믿을 수 없는데?"

그런 후이마에게 디온이 힐끗 날카로운 시선을 보냈다. 하지만 후이마는…… 그걸 보지 않았다. 시선을 주지 않았다.

미아와는 다르게 시선을 마주치지 않음으로써 디온이라는 위협을 견디려는 후이마였다. 저런 방법도 있었다며 무심코 감탄하는 미아였다.

후이마는 마음을 달래듯이 후우 한숨을 내쉰 후 다시금 미아의 눈을 바라보았다.

"……나는 감사하고 있다. 미아 황녀. 우리 일족에게 베풀어준 은혜를 조금이라도 돌려주고 싶은데……."

"흠, 그렇군요. 그런 거라면 뭐……."

여태까지 지켜본 후이마의 성격으로 보아 아마도 괜찮을 것이다. 여기서 미아와 아벨을 늑대에게 공격하게 해봤자 그녀에게는 그리 이득이 없을 테고, 게다가 아벨이 있다면 괜찮다는 안심감도 있었다.

"그렇게 되었는데, 어떤가요? 아벨."

"……알았어. 그럼 외람되지만, 에스코트하겠습니다."

그렇게 미아는 바로 타고 갈 말을 둘러보고는,

"흐음, 그래요. 아, 이 아이가 좋겠어요."

한 마리의 말에게 다가갔다. 그건 이미 친숙해진 말 버전 미아였다.

태평하게 우물우물 풀을 뜯는 말을 향해 미아는 웃는 얼굴로 접근했다.

"이 아이가 제법 신사더라고요. 몸을 날려 저를 지켜준 걸 보면 제법 장래성이 있어요. 훌륭해요."

한바탕 칭찬한 뒤 미아는 말을 빗질하던 근위병, 고르카에게 물었다.

"이 아이의 이름은 뭔가요?"

고르카는 황녀 전속 근위대 중에서는 고참인 병사였다.

원래 근위대에 소속되어 있던 그는 검술은 특출나거나 하지 않지만, 말을 사육하는 재능을 갖추고 있었다. 루드비히가 그 장점을 발견해내 지금은 황녀 전속 근위대의 말을 관리하는 책임자가 되었다.

"칭찬해주셔서 감사합니다. 황녀 전하. 이 말은 동풍(東風)이라고 합니다."

"동풍? 흠, 특이한 이름이군요. 유래는 뭐죠?"

"동쪽에서 부는 바람처럼 사뿐사뿐 달리는 말이 되라고……. 그런 기도를 담아서 붙였던 걸로 기억합니다."

"그래요. 참으로 운치 있는 이름이군요."

미아는 흠흠 고개를 주억거리며 동풍의 얼굴을 보았다.

……변함없이 멍한 얼굴이었다. 그, 뭐라고 할까, 운치라거나 풍류라거나 그런 건 전혀 모르는 것처럼 보이지만…….

"음. 이 당당하고 침착한 느낌이 마음에 들어요. 이 아이로 하죠. 고르카 씨, 이 말을 타고 바람 쐬러 다녀오고 싶은데, 괜찮을까요?"

"네. 좋은 생각이십니다. 이 녀석이라면 분명 느긋하게 돌고 오실 수 있을 겁니다."

이름을 불러도 고르카는 딱히 놀라지 않았다.

미아 황녀는 황녀 전속 근위대의 이름을 전부 기억하고 있다. 그건 근위대에 소속된 병사 사이에서는 유명한 이야기다. 따라서 놀라지는 않았지만…… 가슴이 따뜻해지기는 했기에…….

"잠시 기다려 주십시오. 지금 안장을 올리겠습니다."

미아가 기분 좋게 승마할 수 있도록 안장을 올리는 손길도 자연스럽게 정성이 들어갔다. 이윽고 완벽하게 일을 마친 고르카는 미아에게 깊이 허리 숙여 인사했다.

"즐거운 시간 되시길."

"네. 고마워요."

그렇게 미아는 아벨과 함께 초원으로 달려갔다.

……참고로 그 뒤로 조금 떨어진 거리에서 호위를 위해 디온과 후이마가, 구경하기 위해 벨과 슈트리나와 라피나가 슬그머니 따라붙었지만…….

전혀 눈치채지 못하는 미아였다.

제21화 틀림없이 미아다

　시야를 가득 채우는 건 상쾌한 초원의 광경이었다.

　부드러운 바람이 금색에 가까운 녹색 속을 쏴아아 내달린다. 멀리, 더없이 멀리 이어진 초원이 마치 호수면처럼 찰랑거렸다.

　바람은 끊임없이 초원에 파문을 만들고 상큼한 풀내음을 실어 왔다.

　아득한 저편에 보이는 작은 벽은 아름다운 녹음과 푸른 하늘을 가르는 경계선. 무한하게 펼쳐진 하늘은 가슴을 뻥 뚫어주는 듯한 짙은 파랑색이고 그곳에 드문드문 하얀 구름이 떠다녔다.

　그런 초원 속을 말 한 마리가 느긋하게 걸어갔다.

　말에 탄 사람은 어린 소년과 소녀. 뒤에 탄 소녀는 평화로운 햇살에 맑은 눈동자를 가늘게 줍혔다.

　바람에 나부끼며 춤추는 머리카락을 한 손으로 누르며 소녀가 쾌활한 미소를 지었다.

　……오해하지 않도록 말해두자면 청순가련한 귀족 영애를 묘사하는 게 아니다. 미아다.

　그 증거로…….

　"우후후, 저 하늘에 떠 있는 구름이 마치 양 같아요. 한 마리, 두 마리……."

　이런 말을 중얼거리고 있다. 틀림없이 미아다. 미아 말고 누구도 아니다! 증명 종료(QED)!

뭐, 그건 그렇다 치고.

말 버전 미아, '동풍'을 탄 미아와 아벨은 느긋하게 초원을 나아갔다.

참고로 앞에 탄 사람이 아벨이다. 그 뒤에서 마치 히로인 같은 표정을 짓고 있는 사람이 미아다. 1초 전까지 양 구름을 세던 사람과 동일 인물이라는 게 도저히 믿기지 않았다.

태세전환이 빠른 게 미아의 장점이다.

──그나저나…… 후후. 처음 말을 탔을 때가 생각나네요……. 그때는 굉장히 좋은 분위기였죠. 승마에 익숙하지 않은 저를 아벨이 다정하게 도와주었는데……. 말 위에서 서로를 바라보며 사랑을 속삭이기도 했고…….

……미아의 기억 속에서 약간의 개찬이 이뤄지고 있었다.

뭐, 그건 됐고…….

──하지만 아벨…… 왠지 등이 또 커진 것 같은 느낌이에요.

미아는 아벨의 등을 빤히 바라보았다.

처음 말을 탔을 때는 아직 소년처럼 선이 가늘었지만……, 지금 이렇게 바라보는 등은 탄탄하게 근육이 잡혀 숙녀를 지키는 용감한 기사의 풍채가 보였다.

──이대로 어딘가 멀리 가버리는 것도 나쁘지 않을지도 모르겠네요. 우후후, 사랑의 도피행인 거죠.

무엇으로부터 도망치는지는 모르지만……. 그런 것을 동경하는 나이대였다. 그렇다. 미아는 15살의 사춘기다. 퓨어한 소녀다. 퓨어…… 퓨어……? 퓨어하다!

——흐음, 앞에 타는 것도 안심되지만 역시 보호받으며 탈 수 있는 이 자세가 좋아요. 우후후, 만족스러워라.

한바탕 연애 욕구를 채운 후 때가 되었음을 느낀 미아는 아벨에게 말을 걸었다.

"저기, 아벨……. 대체 무슨 일이 있었나요?"

"무슨 일이라니?"

아벨은 돌아보지 않은 채 대답했다. 어쩐지 그 목소리가 딱딱한 것처럼 느껴졌다.

마롱과 대화한 후, 명백하게 어딘가 상태가 이상했던 아벨. 오늘도 미아가 말을 걸 때까지 어딘가 영혼이 여기에 없는 듯 멍했고 말수도 적었다.

아벨은 신사다. 둘이서 멀리 나오면 아벨 쪽에서 말을 걸며 결코 미아를 지루하게 만들지 않았다.

배려할 줄 아는 사람이다. 하지만…… 오늘은 그런 평소의 모습을 볼 수 없었다.

무척이나…… 마음에 걸렸다.

"시치미 떼지 마세요. 당신, 어제부터 조금 이상한걸요."

"그래? 그럴 생각은 없었는데……."

살짝 돌아본 아벨을 향해 미아는 무겁게 고개를 끄덕였다.

"제가 보기엔 일목요연했어요."

그렇게 말하자 아벨은 처음으로 웃었다.

"이런……. 네게는 뭘 숨길 수 없구나……."

그러고는 작게 한숨을 쉰 뒤 말했다.

"실은 마롱 선배가 가르쳐주었거든⋯⋯. 늑대를 데리고 있는 남자와 내 누님이 같이 목격되었다고."

"늑대를 데리고 있는 남자⋯⋯ 그건⋯⋯."

"자세한 건 모르는 모양이야. 마롱 선배도 들은 이야기라고 하니⋯⋯. 애초에 목격자는 다른 부족 사람이라고 하고⋯⋯."

"그랬군요⋯⋯. 걱정되겠네요. 아벨의 누님이라면 클라리사 왕녀 전하 말씀인가요?"

렘노 왕국의 왕족 이름을 머릿속으로 떠올리며 물었다. 그러자 아벨은 작게 고개를 저었다.

"아니⋯⋯ 그렇지 않아. 같이 있던 건 발렌티나 누님이셔."

"어머? 하지만 그 발렌티나 전하는 분명⋯⋯."

고개를 갸웃거리는 미아를 향해 아벨은 작게 끄덕였다.

"그래. 발렌티나 누님은 돌아가셨지. 5년 전에. 하지만⋯⋯."

거기서 아벨이 말을 끊었다가 다시 이었다.

"시체는 발견되지 않았어."

"네⋯⋯?"

"벼랑에서 떨어졌거든. 마차의 잔해가 나중에 발견되었고⋯⋯ 타고 있던 사람은 전부 추락사. 그렇게 판단했던 모양이야. 시체는 뜯어먹혔을 거라고⋯⋯ 주변에 늑대가 돌아다녔다고 하니까⋯⋯."

토하듯이 그렇게 말하고는⋯⋯ 뒤를 돌아 미아를 바라보았다.

"죽었을 누님이⋯⋯ 발렌티나 누님이 늑대를 데리고 있는 남자와 함께 있었다⋯⋯. 나는 그 진위를 확인하기 위해 기마왕국에 온 거야."

그 울 것 같은 눈을 보고 미아는…… 어째서인지 가슴이 쿵 뛰었다.

무언가 말을 해야만 한다는 생각에 조급해하며 머리를 굴리고……. 결국 입 밖으로 나온 건 지극히 당연한 말이었다.

"……다행이에요."

"어……?"

그 말에 허를 찔린 듯 깜짝 놀란 얼굴이 된 아벨. 미아는 천천히 타이르듯 말을 이었다.

"돌아가신 줄 알았던 누님이 살아계셨다니…… 다행이에요."

말한 뒤에 생각했다.

그래…… 그건 분명 좋은 일이다.

"기뻐해야 할 일이에요. 아벨, 당신은 기뻐해야 해요."

만약 아벨의 누나가 뱀의 관계자라고 해도…… 살아있기만 한다면 대화할 수 있다. 만나서, 어쩌면 정신을 차릴 수 있을지도 모른다.

죽고 나면 어떻게 해볼 수도 없으니까.

"기뻐해야 할 일이에요."

미아는 거듭 말했다.

"그런, 가……. 나는, 기뻐해도, 되는 건가……."

잠시 침묵한 후, 아벨의 입에서 작은 목소리가 굴러떨어졌다.

"그래요. 더 기뻐하세요."

미아는 그걸 당당히 긍정했다.

"그런 거라면 어떻게서든 만나 뵙고 인사드려야겠네요. 당신의 누님께."

　동시에 이 기회에 미래의 시누이를 아군으로 끌어들이겠다며
의욕을 불태우는 미아였다.

제22화 렘노 왕국에서……

시간은 조금 거슬러 올라간다.

갑작스럽지만 렘노 왕국 왕성에는 왕족 전용 연무장이 있다.

군사력 육성에 공을 들이는 이 나라에서는 왕족에게 그에 맞는 강함을 요구한다. 따라서 왕족 남자들은 이곳에서 낮이고 밤이고 검술을 갈고 닦는다.

그 연무장에서 렘노 왕국의 제1왕자, 게인 렘노는 열심히 검을 휘두르고 있었다.

머리 위로 높이 들어 올린 검에 혼신의 힘을 담아서 내리긋는다. 그건 렘노 왕국류 검술의 제1식. 가장 기초적인 기술이다.

검을 들어 올려서 파고들어 내리긋는다.

바람처럼 빠르게, 물을 벨 수 있을 만큼 예리하게, 바위를 깨부술 만큼 강력하게……

그저 그 일격을 정제된 동작으로 승화시킨다.

그건 동생인 아벨이 했던 것과 같은 방향의 노력이었다.

그런 그에게 말을 거는 사람이 있었다.

"흠. 열심히 하고 계십니다, 게인 전하."

"기미마피아스인가."

게인은 움직임을 멈추고 연무장의 입구에 선 노령의 남자에게 시선을 던졌다.

"아벨을 호위하러 나간다고 들었는데……"

"네. 모레에는 출발할 예정이므로 인사하러 찾아왔습니다."

"흥…….."

게인은 검을 휙 던지고 어깨를 움츠렸다.

"이런. 건방진 동생을 때려눕히는 생각만 했다가 그만 열중해 버린 모양이군."

그러고는 소매로 얼굴을 슥 닦았다. 상당히 오래 검을 휘둘렀던 건지 이마에는 구슬 같은 땀이 맺혀 있었다.

"그렇군요. 목적의식은 중요하니까요. 형제간에 서로를 자극하여 정진할 수 있다면 바람직한 일입니다."

정결한 마음과 강한 의지로 검을 휘둘러라…… 같은 이상론이 기미마피아스의 입에서 나오는 일은 없다.

검이란 상대를 쓰러트리기 위한 기술. 거기에 필요한 건 몸을 단련하고 최적의 움직임으로 휘두르는 것뿐.

그 단련의 동기가 얼마나 치졸하든 그는 부정하지 않는다. 그게 힘으로 이어질 수 있다면 불만은 없다.

물론 지금은 그것만이 이유는 아니지만…….

기미마피아스는 마치 게인의 속내를 꿰뚫어 보듯 온화한 눈으로 바라보고 있었다. 그게 껄끄러웠던 건지 게인은 떨어져 있던 검을 주워 기미마피아스 쪽으로 던졌다.

"오랜만에 대련을 신청해도 될까. 검술 교사 기미마피아스 경."

오만하기까지 한 정중함으로 말하는 게인에게,

"오오. 훈련 성과를 보여주시겠다니, 지극히 영광입니다. 게인 전하."

기미마피아스는 호쾌하게 웃으면서 검을 들었다.

"감사히 상대하겠습니다."

그 말을 기다리지 않고 게인이 파고들었다.

상단에서 내리긋기. 아벨의 필살기와 같은 참격이었다.

꿍음을 내며 날아오는 일격을 기미마피아스는 냉정하게 받아냈다.

"흠, 제법 나쁘지 않은 일격입니다."

그대로 튕겨낸 뒤 검을 고쳐 쥐었다.

"기습적으로 파고드는 망설임 없는 일격. 어지간한 상대라면 그것만으로도 매장해버릴 수 있을테죠."

게인은 그 말엔 대답하지 않고 다시 파고들어 검을 날렸다. 하지만 이 또한 기미마피아스에겐 닿지 않았다.

"……쉽게 막지 마라."

"하하하, 검술 교사 아니겠습니까."

호쾌하게 웃는 기미마피아스를 보며 게인은 얼굴을 찌푸렸다.

"나쁘지 않은 일격이라고 했지만…… 아벨과 비교했을 때는……. 이런 건 그대에게 물어봤자 소용없겠지."

"호오. 제가 아벨 전하의 실력을 잘못 알고 있단 말씀입니까?"

"내가 한층 수련에 몰두하게끔 평가를 꾸며내는 것쯤은 태연하게 하겠지. 그대는 그런 남자잖아?"

"이런, 뜻밖이로군요. 저는 그저 충실하게 검술 교사로서 의무를 다하려는 겁니다. 하지만 우직할 정도의 내리긋기로군요."

"설마 동생에게 질 줄은 생각지도 못했으니까. 공연히 더 화가 나지 않겠, 어!"

내렸던 검을 이번엔 힘차게 위로 그었다. 그걸 허리를 젖히기만 해서 피한 기미마피아스는 이해했다는 듯 고개를 끄덕였다.

"그렇군요. 확실히 제 견해로도 순수한 재능으로 말하자면 게인 전하께서 패배할 이유는 없습니다. 아벨 전하의 노력이 보답받았다고 해야겠죠. 아벨 전하의 검은 몰라볼 만큼 성장하셨으니까요."

그리 말하며 웃은 기미마피아스에게 게인은 못마땅하다는 듯 코웃음을 쳤다.

"설마 그대의 입에서 그런 말을 듣게 될 줄은 몰랐다. 기미마피아스."

"네? 무슨 뜻입니까?"

"노력이 보답받다니……, 시시한 헛소리군."

토하듯이 말한 게인에게 기미마피아스가 눈썹을 찡그렸다.

"저런, 무언가 기분이 언짢아지실만한 게 있었습니까?"

"……그저 불쾌한 걸 떠올린 것뿐이다. 누구보다도 노력해서 부조리에 저항하려 한 끝에 허망하게 죽어버린 멍청한 여자를."

검을 휘둘렀다. 이번에는 우직한 내리긋기가 아니다. 중단세에서 휘감아 붙잡는 듯한 간교한 검, 본래 그의 검이다.

"누님에게 검을 가르쳤던 너는 알고 있을 테지. 누님은 단련을 소홀히 하지 않았다. 누구보다도 필사적으로 검술을 익히고 이성의 누구에게도 지지 않는 기술을 체득했지. 그것만이 아니야. 면학도, 왕녀의 예법도, 온갖 방면으로 누님은 초인적인 노력을

쏟았다. 하지만 죽었지. 해야 할 일, 스스로에게 부과한 일을 무엇 하나 이루지 못한 채 그저 허망하게 숨을 거뒀다. 허무하고 무의미한 인생이란 말이다."

파고들어서 일격. 한층 더 파고드나 싶더니 이번에는 물러나기.

변칙적인 움직임으로 기미마피아스의 자세를 무너트리려고 했다. 하지만 검성이라고 불리는 남자에게 그건 어린아이의 장난과도 같은 움직임이다.

거듭되는 참격이 전부 무위로 돌아갔을 때, 게인의 얼굴에는 자조하는 듯한 미소가 번져 있었다.

"노력이 보답받는다는 건 쓸모없는 헛소리다. 만약 그렇다면 누님이…… 보답받지 못하는 일은 일어나지 않았어."

게인은 검을 휙 집어 던졌다.

"시시한 대련이었군. 땀을 흘려버렸잖아."

못마땅하다는 듯 코웃음을 치고 그 자리를 뒤로하는 게인.

그 등을 배웅하며 기미마피아스는 턱을 어루만졌다.

"그렇군……. 게인 전하는 아직 그분의 망령에 사로잡혀있는 건가……."

제23화 구경꾼들

"그런데 디온 알라이아. 호위는 내 전투 늑대, 우투가 맡겠다고 했을 텐데 왜 당신도 따라오는 건가?"

눈썹을 찌푸리며 물어보는 후이마에게 디온은 쓴웃음을 지었다.

"으음, 나는 미아 황녀 전하의 검이거든."

"무슨 의미지?"

"황녀님은 널 무조건으로 믿어서 네 신뢰를 얻어냈지. 뭐, 그 방식은 훌륭하다고 봐. 다만 그건 황녀님의 방식이고, 황녀님이 할 일이야. 나에게는 내가 해야 할 역할이 있고 방식이 있다는 소리…… 아."

거기서 디온이 생긋 웃었다.

"마침 저기에 있는 네 늑대와 마찬가지지."

그 손가락이 가리키는 곳에 풀이 미미하게 흔들리는 게 보였다. 눈에 힘을 줘서 응시하자 검은 늑대의 털이 어른…… 어른……?

후이마는 천천히 디온의 얼굴을 보고 '응?' 하며 고개를 기울인 디온에게 한마디…….

"……무서워!"

살짝 정색했다.

"디온 알라이아, 하나 더 물어보고 싶은데. 대체 어떻게 내 전투 늑대가 있는 곳을 알았지?"

자신조차 아직 발견하지 못했는데…….

에둘러 그렇게 주장하는 후이마를 향해 디온은 의아한 듯 고개를 갸웃거렸다.

"어? 으음, 보통은 알잖아? 그래. 감각적으로는 냄새로 감지했다는 게 가장 가까우려나?"

"…………무서워!!"

후이마는 본격적으로 정색했다.

"그 후각…… 설마 당신, 그건가? 밤이 되면 늑대로 변신한다는 전설 속 늑대인간인 거 아니야……?"

"후이마 양, 디온 알라이아에 관해 자잘한 건 신경 쓰지 않는 게 나아요."

혼란에 빠진 후이마에게 말을 건넨 사람은 슈트리나였다. 마치 디온 알라이아 상대하기 베테랑과도 같은 태도로 타이르듯 말했다.

"디온 알라이아의 전투 능력은 부조리 그 자체……. 생각해봤자 헛수고니까요. 만약 싸우게 된다면 쓸모없는 저항은 그만두고 항복하는 게 그나마 생존율이 조금이라도 올라가겠죠."

"그렇군…… 공부가 됐다."

온순한 얼굴로 고개를 끄덕이는 후이마를 보고 디온은 무심코 쓴웃음을 지었다.

"으음, 제법 신랄한데. 옐로문 공작 영애."

그러자 슈트리나에 이어 벨이 입을 열었다.

"맞아요. 디온 장군님은 굉장한 사람이니까 몰래 숨은 늑대를 발견하는 것쯤은 쉬워요! 만 명의 적도 혼자 쓰러트릴 수 있는 사람이라고요."

가슴을 당당하게 펴는 벨. 반면 디온은 뺨을 긁적였다.

"장군은 아닌데…… 그리고 아무리 그래도 만 명은 무리야."

그렇게 정정하는 디온이었으나 후이마는 마음속으로 지적할 수밖에 없었다.

만 명이 아니라 천 명이라면 가능한 거냐고…….

순간 머릿속에 떠오를 뻔한 무서운 상상을 옆으로 쫓아내며 영애들 쪽으로 시선을 돌렸다.

"그나저나 너희들은 왜 따라온 거지? 호위는 나와 디온 알라이아가 있으면 충분하다고 보는데……."

막연히 이유를 알 것 같은 벨, 아마도 벨과 같이 있는 게 좋아서 왔다는 게 훤히 보이는 슈트리나를 지나 라피나에게 후이마의 시선이 이동했다.

그 시선을 받은 라피나는 고개를 한 번 끄덕인 뒤 맑은 미소를 지으며…… 입을 열었다. 아니…… 열려고…… 했는데…….

"당연히 궁금해서 그렇죠! 뭐니 뭐니 해도 미아 하……, 언니의 연애를 구경할 수 있으니까요. 제국의 예지의 연애가 어떤 것인지 궁금하지 않을 리 없잖아요!"

참으로 노골적인 소리를 하는 벨! 호기심이 시켜서 왔다고, 이쯤 되면 오히려 시원하리만치 솔직하게 밝힌데…….

"그렇죠? 라피나 님."

던졌다! 망설임도 거리낌도 일절 없는 강렬한 패스였다.

"어…… 아, 그."

패스를 받은 라피나는 무심코 말문이 막혔다.

얼버무리는 건 쉽다. 어떻게든 수습하려고 한다면 얼마든지 이유를 떠올릴 수 있다.

문제는…… 거짓말을 못 한다는 점이다.

어쨌든 라피나는 성녀다. 새빨간 거짓말을 입에 담을 수는 없다. 무언가 지극히 완곡한 말투를 써서 덮을 수는 있어도 완전한 거짓말이어서는 안 되는 입장이다.

따라서 대답은 신중해야 했다. 후이마가 말을 꺼내기 시작했을 때부터 흐름을 파악했던 라피나는 제대로 대답을 검토했다.

친구가 멀리 나가면 위험하다고 생각해서……? 사실이지만, 적의 자객이 노리고 있다면 자신이 할 수 있는 일은 없다.

아벨과 단둘이 두는 게 걱정이라……? 아니, 아벨이 신사라는 건 알고 있고 그런 말을 했다간 두 사람에게 실례다. 걱정되는 건 사실이어도 이유로 쓸 수 없다.

그렇게 거짓은 아니긴 해도 미묘하게 사용할 수 없는 대답을 착착 치워나갔다.

라피나는 열심히 두뇌를 굴렸다.

마음만 먹는다면 대륙을 석권하는 군대를 만들어 반대 세력을 철저하게 압살하는 완벽한 책략을 세울 수 있는…… 그 두뇌가 구경하러 온 변명을 쥐어짜기 위해 풀가동하여 간신히 이끌어 낸 답을 입에 담으려고 한…… 바로 그때 벨이 개입했다.

심지어 질문의 방식이 문제였다.

벨의 질문은 자신은 그런데 라피나는 어떠냐는 게 아니다. 그

렇죠? 하고 동의를 구하고 있다. 즉 여기에 나올 대답은 동의와
부정…… 예스 아니면 노다.

도망칠 길이…… 없다!

악의 없이 반짝반짝 빛나는 눈으로 바라보는 벨…….

도망칠 수…… 없다!

라피나는 그녀답지 않게 번뇌한 끝에…………, 살며시 입을 열
고…… 열고………….

"네! 그런데요?"

뻔뻔해졌다!

당당하게 가슴을 펴고 엄숙한 표정으로 선언했다.

"친구의 연애가 궁금했던 것뿐인데, 뭐 문제라도?"

그렇게 굳게 각오하고 '될 대로 되라!' 하며 마음속을 토로하였
으나……, 그녀의 말을 부정하는 사람은…… 그 자리엔 한 명도
없었다.

"음, 나도 친구의 연애는 궁금하니까. 네 마음을 이해할 수 있
다, 성녀 라피나."

"역시 라피나 님도 그러셨군요."

다들 동의하는 말이 따라오는 게…… 조금 의외라서……. 하지
만 조금 기쁘기도 해서…….

아무 말도 못 하고 굳어있었더니…… 마침 그때.

"어머, 여러분. 뭘 하고 계셨나요? 이런 곳에서……."

화제의 중심인 미아가 돌아왔다.

앞에 탄 아벨과 함께, 어쩐지 후련한 표정이었다.

제24화 미아의 선창에 맞춰 춤춰라!

이후엔 딱히 특이한 일도 없이(라피나는 밤마다 마차 안에서 열린 파자마 파티에 두근거림이 멈추지 않는 듯하긴 했지만…….) 일행은 불꽃 부족의 은거지가 있다는 숲에 도착했다. 나뭇잎이 울창하게 우거진 그곳은 녹음이 짙어 검은색에 가까워 보였다.

일행은 숲 코앞에서 멈췄다.

마차에서 내린 후이마가 빠른 걸음으로 숲을 향해 걸어갔다.

"이쪽이다. 알아보기 어렵지만, 여기에 길이 있는데……."

그 뒤를 따라 호위를 대동한 미아도 따라갔다.

입장상 딱히 미아가 따라갈 필요는 전혀 없었으나……, 미아는 자신을 멈출 수 없었다.

숲이 부르고 있으니까. 아니, 숲에 숨어있는 버섯이…… 부르고 있으니까!

──처음 오는 숲에선 어떤 버섯이 자라는지 답사하고 싶어지는 게 전문가인 법이죠. 버섯 마이스터의 피가 끓는 건 당연한 일이에요…….

미아는 거만하게 고개를 주억거렸다.

"하지만 숲속에 숨어 사는 건 기마왕국 사람들에게 들키지 않기 위해서인가요?"

그 질문에 후이마는 고개를 끄덕였다.

"아마 처음엔 그랬겠지. 하지만 내가 아는 한 그렇게까지 꼭꼭 숨어있는 건 아니다. 기마왕국에는 열둘의 부족이 있으니까. 몰래 초원으로 나와 말에 풀을 먹이거나, 적당한 부족의 인간이라고 자칭하고 타국과 교역하기도 했지."

"그렇군요……."

그럴 만도 하다며 수긍하는 미아였다.

먼 옛날 선조끼리 대립했던 건 실제 지금을 사는 사람들에게는 큰 문제가 아니다. 그러니 만약 불꽃 부족 사람들을 발견한다고 해도 즉각 커다란 싸움은 일어나지 않았을 것이다.

후이마의 말을 증명하듯 그녀가 가리킨 길은 교묘하게 숨어있긴 했으나, 제법 폭이 넓었다. 마차를 타고 들어갈 수 있을 정도는 되었다.

그건 즉 그곳을 지나가는 사람이 빈번했다는 것. 그녀들이 숲속 깊은 곳에 몰래 틀어박혀 있는 게 아니라는 증명이었다.

그렇게 후이마의 안내를 받아 다시 마차가 움직였다. 구불구불 어둑한 길을 나아가길 약 반 시간. 별안간 길이 넓어지고…… 불꽃 부족의 부락이 보였다.

그곳은 소박한 마을이었다.

나무로 만들어진 오두막이 드문드문 세워져 있고, 울타리 안에 말의 모습도 보였다.

──흐음……. 전에 본 룰루 족의 마을과 비슷하네요. 큰 차이는 역시 말이고요.

말들은 낯선 마차가 신기한 건지 이쪽을 관찰하고 있었다. 맑은 눈동자로 가만히 쳐다보는 말, 귀를 쫑긋거리며 경계하는 말, 코를 벌름거리며 재채기를 날리려는 말 등 다양했다.

……아무래도 황람의 친척이 여기에도 있었던 모양이다.

뭐, 그건 그렇다 치고…….

"묘하네요. 인기척이 전혀 없어요."

마을은 쥐 죽은 듯 고요했다. 그저 말이 내는 숨소리가 들릴 뿐, 사람이 내는 생활 소음은 전혀 들리지 않았다.

"어이! 다들, 내가 돌아왔다. 어디에 있지?"

후이마가 걱정하는 얼굴로 외쳤다. 그 직후!

"후이마 님?! 무사했어?"

한 젊은 여성이 건물 뒤에서 달려왔다. 그에 이어 사람들이 우글우글 솟아났다.

"그래. 다들 걱정 끼쳤구나……."

웃으며 대답하는 후이마. 순식간에 둘러싸인 후이마를 보고 미아는 감탄했다.

"흐음……. 후이마 양도 상당히 인기가 많군요."

"후이마 님, 괜찮으셨어요?"

"나쁜 남자에게 속은 거 아니냐고 걱정했다고요! 뭘 빼앗기거나 한 건 아니죠?"

"전에도 말했지만 맛있는 걸 주는 사람이 다 좋은 사람이라고는 할 수 없거든? 후이마 님은 단수…… 순수하니까."

……사람들이 후이마를 무척 아끼는 게 전해지는 대화였다.

후이마 주변에 모여든 사람은 대부분 젊은 여성으로, 그 외엔 노인과 어린아이가 드문드문 보일 뿐이었다.

"……묘하네요. 인구에 비해 젊은 남자가 너무 적은 것 같습니다……."

미심쩍다는 듯 중얼거리는 루드비히의 말에 미아가 동의했다.

"흠…… 그러게요. 어쩌면 후이마 양이 이끌었던 약탈부대는 마을 밖에 나가 있는 게 아닐까요?"

"……그렇군요. 그럴지도 모르겠습니다."

루드비히는 고개를 끄덕였지만, 무언가 생각에 잠기듯 팔짱을 꼈다.

그러는 사이에도 후이마는 뒤늦게 나타난, 유독 나이를 먹은 노파에게 달려갔다. 그러고는 지금까지 일어났던 일을 빠짐없이 이야기하기 시작했다.

"세상에……. 수풀 부족이……."

"아니, 설마……."

"이제 와서 녀석들의 손을 빌리다니……."

시끌시끌해진 일동. 한편으로 마롱을 비롯한 수풀 부족 사람들도 경계심을 드러내고 있었다. 그 원인은 후이마가 데리고 있는 전투 늑대였다.

"저게 불꽃 부족의 늑대……."

마치 불꽃 부족을 지키듯 사이를 가로막는 한 마리의 늑대. 조금 전 후이마가 마을에 들어가는 것과 동시에 수풀 속에서 스윽 모습을 드러냈다.

따라오고 있다는 건 알았지만 실제로 그 모습을 직접 보자 아무리 마롱이라고 해도 압도당한 모양이었다.

그렇게 서로를 노려보고…… 쌍방의 부족을 긴장감이 지배하는 가운데 미아는…….

──흠, 출출하네요……. 슬슬 저녁 먹을 시간이에요…….

혼자 배를 문지르고 있었다!

기본적으로 미아의 포지션은 어디까지나 협력자다. 식량을 제공한 게 수풀 부족인 이상, 도움의 손길을 내민 건 그들이다. 따라서 불꽃 부족과 수풀 부족의 대화에 미아가 끼어드는 건 불가능했고……. 대화가 시작하지 않으면 아무것도 할 수 없는데…….

"미아 님, 마차에 돌아가서 휴식하시는 게 어떻겠습니까? 이야기가 길어질 테고, 물자를 나르는 것도 시간이 걸립니다. 미아 님과 일행분들 먼저 식사하시는 게……."

그렇게 염려하는 근위에게 미아는 조용히 고개를 저었다.

"아뇨. 그럴 수는 없어요."

왜냐하면…… 그건 교만한 행위니까.

배고픈 백성이 있는데 자신들만 먼저 식사한다는 건 원한을 사게 되는 일이니까.

확실히 지금 이 자리에서 가장 큰 전력은 황녀 전속 근위대다. 힘으로 따르게 한다면 이 자리를 전부 지배할 수 있을 테고, 어느 정도 제멋대로 굴어도 용인해줄 것이다.

하지만…… 그렇지만.

──여기서 교만한 태도를 보이는 건 금물이에요. 힘으로 이룬 교만은 힘으로 뒤집혀버리니까요…….

미아는 생각했다.

만약 이 자리에 불꽃 부족의 주력부대가 돌아왔을 경우, 전투력의 우위가 확 뒤집힐 가능성은 충분했다.

아무리 그래도 디온 알라이아 이상의 강자가 있다고 보기는 어렵지만, 그래도 가능성은 제로가 아니다. 그렇게 만약 우위가 바뀌어버린다면 교만한 태도를 보였던 보복을 받을 위험이 지극히 크다.

그래서 미아는 한 수, 두 수 앞을 읽었다.

전투력의 우위가 뒤집혔을 때를 대비해 겸허하게, 겸손하게. 만약 불꽃 부족의 주력이 돌아왔는데도 이쪽의 힘이 더 위에 있다면, 그건 그거대로 괜찮지 않은가.

──사람은 자기가 뿌린 씨는 자기가 거둬야 하는 법. 그렇다면 배고픈 인간들을 내버려 두고 자기들은 맛있는 음식을 배불리 먹는 걸 용서할 리 없어요! 게다가 그렇게 해도 별로 맛있지 않을 것 같고요…….

그런 이유로…….

──여기서는 먼저 먹는 건 피해야 해요. 더 말하자면 제대로 일한다고 가장하는 게 핵심이죠!

여기까지 가져온 식량은 어디까지나 수풀 부족의 것. 그걸 얻어 먹는 입장이니, 당연히 농땡이를 피울 순 없다. 제대로 일해서 먹을 자격을 획득할 필요가 있었다.

그렇기에……,

"흠, 불꽃 부족 분들과 수풀 부족 분들끼리 대화도 해야 할 테니, 저희는 먼저 물자를 운반하는 건 어떨까요? 당연히 저도 돕겠어요."

이런 말을 꺼냈다.

"아뇨, 황녀 전하께서는 마차로 돌아가서 쉬고 계십시오. 라피나 님도 계시고……."

근위가 당황하며 말했지만…….

"아뇨. 제가 아무것도 하지 않을 수는 없어요. 굶주린 백성을 위해 부디 일하게 해주세요."

배고픈 사람은 대부분 마음이 옹졸해진다. 나중에 트집 잡히는 건 피해야 한다.

——겸허하게, 겸허하게……. 일하는 모습을 가장하는 게 중요해요!

기합을 넣은 미아는 짐에 손을 가져갔다. 가져갔다가…… 조금 무거워서 다른 짐으로 바꿨다.

미아가 움직이자 분위기가 단숨에 움직였다.

설마 주인이 일하는데 자기들이 놀 수는 없으니 황녀 전속 근위대가 움직였다. 여기에 라피나와 벨, 슈트리나, 아벨도 미아의 뒤를 따랐다.

그렇게 되자 불꽃 부족과 수풀 부족 사람들도 이러쿵저러쿵 말하고 있을 때가 아니었다. 어른들이 일하는 걸 보며 아이들도 돕기 시작했다.

원래는 자신들 부족의 문제. 타국의 황녀가 이마에 땀을 흘리며 일하는데 자신들이 일하지 않는다는 건 말이 안 된다.

갈라져 있던 두 부족의 사람들은 다소의 민망함을 삼키고 움직이기 시작했다.

그렇게…… 그곳에는 어색하면서도 공동작업의 분위기가 만들어졌다.

한 가지 목표를 향해 함께 땀을 흘리는 것……. 그리고 그 목표가…….

"자, 여러분. 맛있는 식사가 기다리고 있어요. 열심히 합시다!"

선두에 서서 선창하는 미아 황녀의 입으로 명확히 제시되었다.

함께 식사하기 위해, 연회석에 앉기 위해.

그것은 아주아주 즐거운 시간……. 바로 축제 준비였다.

제25화 미아는 말한다. "식사는 뜨거울 때 먹어야죠!"

——후우, 제법 지치네요……. 아아, 배고파요…….

미아는 광장에 깔린 돗자리 위에 앉아 깊은 한숨을 쉬었다.

"고생하셨습니다. 미아 님. 지금 바로 먹을 것을 받아오겠습니다."

"아아, 고마워요 안느. 부탁할게요."

안느를 보낸 뒤 다시 한숨.

너무 배고파서 이젠 움직일 힘도 남아 있지 않았다.

애초에 살짝 출출한 상태에서 열심히 일한 탓에 미아는 완전히 말라붙었다. 토실함 소실의 위기였다.

——후후후, 아무튼……. 눈앞에 먹을 것이 있을 때의 배고픔 은 반드시 나쁘다고 단언할 수 없죠.

그것이야말로 최고의 조미료. 미아는 곧 먹게 될 식사의 기대 치를 잔뜩 높여놓았다.

"기다리셨습니다. 미아 님. 이거 무척 맛있어 보여요."

"수고했어요. 오오, 정말로 맛있어 보이네요!"

말을 마치자마자 안느가 가져온 것을 덥석 붙잡았다!

빳빳하고 커다란 향초로 감싼 것……. 그것은 밀가루에 요구르 트를 섞어서 구워낸, 납작한 빵 같은 음식이었다.

이름은 요난이라고 했다.

바삭하게 구운 요난에는 가늘게 자른 훈제 고기가 여러 개 끼워져 있었다. 지글지글한 육즙이 가득한 훈제 고기에 미아는 침을 꿀꺽 삼키고는…….

──그럼 바로…….

입을 크게 벌려 요난을 깨물려고 한…… 바로 그때!

"미아 황녀, 잠시 괜찮을까?"

타이밍 나쁘게도 후이마가 다가왔다. 그것도 뭔가 일족의 중진처럼 보이는 노파를 데리고!

"티어문 제국 황녀 전하. 이번 일에 뭐라 감사드려야 할지 모르겠습니다."

인사하면서 허리를 숙이는 노파. 그대로 자기소개를 하는 흐름에 미아는 내심 가볍게 혀를 찼다. 배고픈 사람은 마음이 옹졸해지기 마련이다.

──흐음…… 우선 골치 아픈 이야기는 식사 후에 하고 싶은데요.

자기소개는 성가시다. 한번 이름을 들었다면 기억하지 않으면 실례가 된다. 그리고 과거 경험상, 후이마가 데려온 노파는 아마도 이름을 기억해야만 하는 부류의 인물이라고 미아의 직감이 외쳤다.

하지만…… 미아는 지금 먹고 싶었다. 아무튼 먹고 싶었다!

이런저런 일을 도울 때부터 이미 배가 애절하게 울고 있었다. 그러니 지금은 아무튼 대화보다는 식사에 집중하고 싶었다.

물론 상대의 마음도 이해한다.

지금 먹으려는 중이잖아요! 이럴 때 말 거는 거 아니에요! 라는 생각이 안 드는 건 아니지만, 그건 그거. 자기소개가 늦어진 것 또한 실례이기 때문이다.

심지어 그 순서도 중요하다. 누구부터 자기소개를 해야 하는 가……. 순서상 라피나나 미아가 되지만, 역시 여기서는 조금 전에 가장 눈에 띄었던 미아에게 처음 인사하는 게 당연한 흐름이라 할 수 있다.

그렇기에 마음은 이해한다. 이해하지만…… 역시 지금은 아니다! 그런 미아의 불만이 깜빡 입 밖으로 툭 나가버렸다! 즉……,

"다음에 해주시겠어요? 그런 중요치 않은 이야기는……."

말해버렸다! 중요하지 않다고 말해버렸다!

머리를 쓰고 싶지 않은 나머지 어마어마하게 직설적으로 말해버렸다.

──아, 실수했어요. 그만 본심이……!

순간 미아의 뇌가 잠깐 각성했다. 몸에 남아있던 마지막 당분을 불태워 순식간에 회전수를 톱 스피드까지 끌어올린 제국의 예지가 끌어낸 말은…….

"어려운 이야기는 먼저 먹은 뒤에 하죠. 당신들도 배가 고플테고……."

어디까지나 '당신들을 위해서입니다!'라는 변명을 내세운 뒤!

"게다가 저도 일하는 사이에 배가 고파졌거든요. 빨리 먹지 않으면 이대로 기절해버릴 것 같아요."

약간의 본심을 덧붙인다!

──거짓말을 할 때의 요령은 약간의 진실을 섞는 것이라고 하니, 이걸로 잘 넘어갈 수 있지 않을까요?

그러고는 웃으며 말했다.

"그러니 어려운 이야기는 식사 후에. 모처럼 뜨겁게 익힌 음식이 식어버리는 건 아쉽잖아요."

그것 또한 사실이었다. 미아는 따끈따끈한 요리를 먹고 싶었다.

그 말을 들은 노파는 순간 눈을 크게 떴다.

"후후후, 그래. 듣고 보니 참으로 맞는 말이야. 자, 후이마. 너도 우선 먹거라. 아이들도 황녀 전하가 먹기 전에는 마음 편히 먹지 못할 테지."

노파의 말에 후이마는 순간 미아 쪽을 보았다.

"거듭…… 배려해줘서 고맙다."

"인사를 들을 정도는 아니에요. 그저 제가 맛있을 때 먹고 싶었던 것뿐이니까요."

생긋 웃으며 제대로 어필하는 것도 잊지 않았다.

"오늘은 많이 일했으니까, 저는 배불리 먹을 권리가 있어요."

자신은 제대로 일하고 먹는 거라고. 아무것도 하지 않고 교만함을 발휘해서 먹는 게 아니니 그 점 잘 부탁! 하며 충분히 어필한 뒤…….

"그럼 다시……."

미아는 입을 크게 벌렸다.

두 손으로 단단히 잡은 요난의 가장자리를 깨물었다.

파삭. 입 안에서 나는 경쾌한 소리. 직후에 혀 위에 달라붙는 끈적한 치즈. 뜨거운 치즈의 고소함, 혀 위에서 춤추는 매끄러운 산미. 거기에 육즙의 뜨거운 풍미가 섞여든다.

그것은 뜨거운 감칠맛의 삼중주.

"후우, 후우⋯⋯."

미아는 뜨거웠는지 숨을 뱉으면서도 생긋 웃었다.

"아아⋯⋯ 근사해요. 정말로 근사한 맛이에요."

그 순간 퍼뜩 깨달았다.

다들 얼떨떨한 얼굴로 자신을 바라보고 있다는 걸.

"어머? 여러분, 왜 그러시나요? 빨리 먹지 않으면 식어버릴 거
예요."

미아의 호쾌한 식사에 무심코 멍하니 쳐다보던 사람들도 그제
야 간신히 움직였다.

그렇게 시작되는, 그저 즐거운 연회의 시간. 그 즐거움은 불꽃
부족과 수풀 부족 사이에 있던 응어리를 서서히 녹이기에 충분한
열기를 띠고 있었다.

연회 황녀 미아의 판결이 달처럼 휘황찬란하게 빛난 밤이었다.

제26화 꿍꿍이

그곳은 역사에 잊혀진 장소.

뱀의 무녀가 거점으로 삼고 머무르고 있는 폐성(廢城).

과거 왕이 사용했던 알현실에서 뱀의 무녀가 책을 읽고 있었다.

그것은 그녀들의 성전…… '땅을 기어가는 자의 서'였다.

"……또 그걸 읽고 있는 건가."

늑대술사는 알현실에 들어오자마자 바로 질린다는 어조로 말했다.

"벌써 몇 번이나 읽었을 텐데. 용케 안 질리는군."

"질릴 리가 없지."

애정 어린 손으로 책을 어루만진 뒤 무녀가 말했다.

"정말로, 이걸 쓴 자는 인간이라는 걸 속속들이 알고 있어. 악의라는 눈을 통해 인간의 본질을 훌륭하게 옮겨냈지. 다시 읽을 때마다 새로운 발견이 있으니까 좀처럼 그만둘 수 없더라."

그대로 책에 시선을 떨어트린 채 말했다.

"그래서 용건은?"

"소식이 들어왔다. 선크랜드에서 쉰랑이 설치한 불똥은 큰불로 커지지 못한 모양이야. 시온 왕자는 건재. 에이브람 왕은 일시적으로 건강이 악화되었다는 소문도 있지만, 지금은 변함없이 공무를 보고 있다. 제2왕자 에샤르는 선크랜드를 나와 약혼자가 된 그린문 공작 영애의 집에 맡겨진다는데…….”

“그래. 전체적으로 무언가 일어나긴 했지만, 크게 번지진 않았다는 거구나. 아쉬워라.”

태연하다는 듯 그렇게 말한 뒤 페이지를 넘겼다. 그런 무녀를 보며 늑대술사는 눈썹을 찡그렸다.

“별로 아쉬워 보이지 않는다만……?”

“으음, 그런 건 아니야. 하지만, 그래. 뭐 어느 쪽이든 별로 다를 건 없잖아? 시온 왕자나 에이브람 왕이 죽으면 죽는 대로 그 혼란을 이용할 방법이 있고, 살아남는다면 살아남는 대로 다른 방식이 있지. 쉽게 떠오르는 거라면, 그래. 상심한 에샤르 왕자에게 접근하는 방법을 생각한다거나. 나라에서 쫓겨났다는 건 아마 에샤르 왕자가 무언가 잘못을 저질렀다는 거니 그 내면에 파고들 틈새가 생겼다는 거 아닐까?”

“글쎄…….”

늑대술사는 표정을 바꾸지 않고 말했다.

“아무래도 제국의 예지가 개입한 모양이더군.”

그 말을 들은 무녀는 처음으로 책에서 고개를 들었다. 멍하니 입을 벌리더니 다음 순간,

“그거 대단하네.”

짝짝 손뼉을 치기 시작했다.

“쉰랑 씨는 사도사로서 우수한 사람이야. 그런 그의 책략을 감지했다니……. 그건 정말로 대단해. 어떻게 한 걸까? 왜 이 타이밍에 선크랜드에 와서, 어떻게 쉰랑 씨의 꿍꿍이를 깨트린 걸까…….”

그렇게 생각에 잠기는 무녀를 향해 늑대술사가 말을 이었다.

"그리고 하나 더, 나쁜 소식이다. 불꽃 부족의 은거지에 수풀 부족의 구호물자가 왔다. 아무래도 후이마가 적에게 넘어간 모양이야."

"아……, 그건 정말 그녀답네……. 입이 가벼운 게 당신과는 조금도 안 닮은 동생이야."

무녀는 키득키득 웃으며 고개를 끄덕였다.

"아쉬워라. 조만간 같이 차를 즐기고 싶었는데, 아무래도 그럴 기회는 없어 보이네."

어깨를 으쓱하는 무녀를 향해 늑대술사가 말했다.

"지원부대에는 고대하던 아벨 렘노도 동행했다더군."

무녀, 발렌티나 렘노의 얼굴에 진심에서 우러난 미소가 떠오른 것은 바로 이때였다.

"아하하, 잘 낚았구나. 아벨은 린 마롱과 사이가 좋다고 들은 대로야. 그래, 같이 올 줄은 예상하지 못했지만 뭐, 문제없겠지."

발렌티나의 목격 정보는 당연히 의도적으로 흘린 거였다.

그날, 미아 암살이 저지당한 날에 이 계획을 세웠다.

미아 루나 티어문과 아벨 렘노의 관계가 표면상의 것이 아닌, 목숨을 걸 정도로 깊다는 게 판명되었으니까.

바르바라의 행동과 그에 보인 미아의 반응. 그걸 샅샅이 검증한 결과 발렌티나가 내놓은 책략. 그것이……

"그 아이가 죽으면 제국의 예지를 망가트릴 수 있어."

바로 아벨 렘노의 암살이었다.

무녀의 말을 들은 늑대술사가 살짝 얼굴을 찡그렸다.

"마음이 아프진 않은 건가? 친동생의 목숨을 빼앗는 게."

그 질문에 발렌티나는 살짝 고개를 기울였다.

"당연하지. 물론 아파. 아프지 않을 것 같았어? 아주 슬퍼. 그 아이는 다정하고, 우리나라에선 멀쩡했거든. 왜 그 아이와 친해진 거냐고 미아 황녀에게 항의하고 싶을 정도야. 그 아이가 이런 곳에서 죽다니, 정말 부조리하지. 이렇게나 슬픈 일도 없어."

농담은, 아마 아닐 것이다. 그녀는 아마 진지하게 슬픔을 느끼고 있다. 그러면서도.

"하지만, 뭐…… 그것도 사소한 일이야. 역사의 흐름에서 보면 인간의 감정 같은 건 중요하지 않지."

그렇게 말한 순간 그녀의 눈동자는 먼 곳을 바라보고 있었다.

"개인의 감정, 개인의 목숨, 도시의 멸망, 국가의 진흥이라고 해도 역사라는 커다란 강에서 본다면 사소한 일. 내가 어떻게 느끼는지는 중요한 문제가 아니야."

"뱀은 마음을 지배함으로써 세계의 역사를 좌우한다. 그렇지 않았나?"

"물론이지. 내가 슬퍼하는 건 아무래도 상관없지만, 미아 황녀를 절망에 빠트리는 건 역사를 좌우하는 커다란 일이야. 바르바라 씨는 참 혜안을 지녔어. 대륙의 차세대 권력자들, 그 중심에 있는 그녀의 마음을 망가트리는 건 아주 의미 있는 일이니까."

"그렇다면 차라리 미아 황녀의 목숨을 노리는 건 어떻지?"

"무슨 의미야?"

의아하다는 듯 고개를 기울이는 발렌티나를 향해 늑대술사가 말했다.

"아무래도 미아 황녀도 수풀 부족의 지원부대와 동행한 모양이 더군. 그녀만이 아니라 성녀 라피나와 배신자 옐로문 공작 영애에 미아 황녀의 동생이라 불리는 소녀도. 귀찮게 돌아갈 것 없이 그 황녀의 목숨을 빼앗아버리면 되지 않나? 그러면 친동생에게 손을 댈 필요도 없지."

무겁게 말하는 늑대술사를 향해 무녀는 사랑스러운 미소를 지었다.

"후후후, 친절하구나. 하지만 그러기 위해서는 당신이 그 디온 알라이아에게 이겨야만 한다고 보는데……."

무녀는 그렇게 말한 뒤…….

"하지만…… 그래. 그 상황 변화는 환영해야 할지도 모르겠네. 할 수 있는 일이 늘어났으니, 무언가 생각해 보기로 할까."

그러고는 또다시 책으로 시선을 떨어트렸다.

제27화 형님에 대해 물어보기 위해

다음 날.

마차 안에서 하룻밤을 보낸 미아는 흐아암 하품하며 느릿느릿 일어났다.

"흐음……."

기지개를 켠 후 가볍게 배를 문질렀다.

"신기하네요. 왠지 요구르트를 먹기 시작한 뒤로 몸 상태가 좀 좋은 것 같은 느낌이에요."

그런 혼잣말을 슬쩍 듣고 있던 안느가 스슥 움직여 루드비히와 마룽에게 상담한 후 제국에서도 신선한 요구르트를 먹을 수 있도록 수배한 것은 여기서는 생략하기로 한다.

미아의 오른팔이 알아서 움직여 미아의 몸에 좋은 음식을 모아 오는 것은 비교적 자주 있는 일이었다.

미아의 미용과 건강 관리에 여념이 없는 유능한 메이드 안느였다.

뭐, 그건 그렇다 치고…….

상쾌한 기분으로 잠에서 깬 미아에게 후이마가 찾아왔다.

"미아 황녀, 일어났나?"

"어머, 후이마 양. 잘 주무셨어요?"

미아는 생긋 웃으면서 후이마를 맞았다.

"장로가 인사하고 싶은데 여기에 찾아와도 되겠냐더군."

"어머……? 여기에 오신다고요……?"

확실히 미아 쪽에서 인사하러 오라는 건 당연히 실례였다. 그렇기에 자기들이 인사하러 가고 싶다는 소리일 테지만……

"흐음……. 그런 거라면 제 쪽에서 찾아가기로 하죠."

미아는 선뜻 대답했다.

미아가 탄 마차는 황녀를 태우기 위한 마차인 만큼 지극히 쾌적했다. 손님을 맞이해도 문제없을 만큼 격식을 갖추고 있지만…… 조금 좁다.

일대일로 만나는 거라면 모를까, 라피나, 마롱, 아벨도 포함하면 너무 좁아진다.

──처음에 저에게 먼저 인사하겠다는 거겠지만요…….

솔직히 그건 피하고 싶다. 문제가 산더미처럼 쌓여있기 때문이다.

불꽃 부족의 식량 문제, 기마왕국과의 관계 개선, 여기에 혼돈의 뱀에 대해서도 물어봐야만 한다. 그걸 혼자서 하기에는…… 힘들 것 같았다.

──형님에 대해 물어보려면 아벨도 같이 있는 게 좋고요…… 흐음.

……그런 연유로 미아는 제안했다.

"그래요. 그럼 라피나 님과 마롱 선배도 불러서 이쪽에서 찾아가겠습니다."

"음……. 성녀 라피나는 그렇다 쳐도…… 수풀 부족의 그 녀석도……. 뭐, 어쩔 수 없나……."

후이마는 떨떠름한 기색이었지만 고개를 끄덕였다.

아무리 그래도 저쪽에서 식량을 베풀어준 이상 매정하게 대할 수는 없다. 의도치 않게 불꽃 부족은 갈등할 기회를 빼앗긴 것이다.

과거의 응어리가 있는 기마왕국에게 도움을 받아도 괜찮을까? 수풀 부족 사람을 마을에 들이는 건? 완전히 상관없는 사람인 라피나나 미아를 받아들이는 건? 등등 고민할 여지를 전부 빼앗겼다.

미아가 움직여버리는 바람에 거기에 동화되어 엉겁결에 같이 움직여버렸다.

그리고…… 일족 중에서도 딱히 응어리가 없는 아이들이 손님들을 환영하고 말았다. 그 후에는 어영부영 진행.

같이 일하고 같은 음식을 같이 먹는다. 서로 고생했다고 격려하자 그곳에는 웃음꽃도 피어났다. 긴장감이 흐려지고…… '절대 대화하지 않겠다!'라며 밀어내기 어려운 분위기가 조성되었다.

——뭐, 대화해봐서 뭐가 정해질지는 불확실하지만, 거기서부터 노력하는 건 기마왕국 쪽이죠. 마롱 선배의 역할이에요……. 하지만 경계를 소홀히 하는 것도 어리석은 짓. 저도 꾀주머니로서 동반하는 게 좋겠어요.

뭐 이런 식으로 미아는 라피나, 마롱, 아벨에 루드비히와 안느도 데리고 장로의 오두막을 찾아갔다.

곤경에 처했을 때 스승 시선을 던질 곳은 많을수록 좋다. 그런 판단이었다.

위험과 책임은 분산하는 게 중요. 미아의 모토다.

오두막에 들어가자 그곳에는 어젯밤 인사하러 왔던 노파와 후이마, 그리고 젊은 여성 한 명이 기다리고 있었다.

노파는 미아 일행 쪽으로 날카로운 시선을 보냈다. 미간에 박힌 깊은 주름, 단단히 다물린 입술과 예리한 시선. 엄한 표정을 지은 노파를 보고 미아는 짧게 흐음 신음했다.

——이분, 이렇게 보니까 깐깐한 사람으로 보이네요…….

어젯밤 일을 떠올렸다.

연회 도중에 참으로 맛있다는 듯 먹고 있었다. 미아와 같은 것을 먹은 노파는 숨을 후우후우 불면서 아주아주! 맛있다는 듯 먹고 있었던 걸 미아는 놓치지 않았다.

게다가 일족 사람들이 굶주림에서 해방된 것을 보며 흡족해진 노파는 술이 들어갔기 때문이기도 한지 즐겁게 춤도 췄다. 춤을 췄다!

그걸 떠올린 미아는 확신했다.

——흠, 이분은 사실 장난기가 있는 사람이 틀림없어요.

그런 미아의 내심과는 반대로 노파가 깊이 머리를 숙였다.

"저는 불꽃 부족의 장로, 휘 랑후아라고 합니다. 현재 족장이 자리를 비웠기에 족장의 동생 후이마와 제가 대표로 인사드립니다. 미아 황녀 전하, 성녀 라피나 님, 친히 방문하여 주셔서 감사드립니다."

그 후 노파는 마롱에게 날카로운 시선을 던졌다.

"그리고 수풀 부족에게도 도움을 받았군. 재차 감사의 뜻을 전하고 싶네."

다시 머리를 숙이는 장로, 랑후아. 그에 이어 후이마와 젊은 여성도 머리를 숙였다. 젊은 여성은 아무래도 랑후아를 시중드는 사람인 모양이었다.

미아 일행이 각자 자기소개를 마치자, 대화는 바로 본론으로 들어갔다.

"이번 일은 정말로 고맙다는 말밖에 할 수 없구나. 우리 일족을 구해줘서 고맙네. 하지만, 어째서 이런 도움을?"

랑후아가 무거운 어조로 말했다.

"그건 물어볼 필요도 없지. 원래 불꽃 부족과 수풀 부족은 같은 부모에게서 태어난 동포. 곤경에 처했을 때는 돕는 게 당연한 일이니⋯⋯."

마롱이 대답하자 랑후아는 흐릿하게 웃으며 고개를 저었다.

"무시하지 말게나. 수풀 부족의 젊은이여. 아무런 보답도 바라지 않고 도와준다는⋯⋯ 그런 이상적인 소리는 아무리 그래도 믿을 수 없지. 우리는⋯⋯ 그렇게까지 무르지 않다네."

딱딱한 표정으로 말하는 랑후아. 그 바위 같은 중후한 분위기에 미아는 무심코 압도당하⋯⋯⋯ 지는 않았다. 역시나 괜찮았다.

어젯밤 활짝 웃으면서 음식을 먹던 사람이다. 후우후우 숨을 불며 같이 먹었던 걸 제대로 목격했으니까!

──어제 연회가 없었다면 이미지가 완전히 달랐겠죠. 첫인상은 중요하다니까요. 흠⋯⋯ 저도 조심해야⋯⋯ 어머?

그때⋯⋯ 불현듯 미아의 뇌리에 어젯밤의 일이 되살아났다.

『다음에 해주시겠어요? 그런 중요치 않은 이야기는⋯⋯.』

그런 식으로 조금 쌀쌀맞게 말해버린 것을.

──역시 그건⋯⋯ 별로 좋지 않은 태도였을지도 모르겠어요.

잘 넘어갔다고 생각하고, 확실히 상대는 웃은 데다 신경 쓰지 않는 듯하긴 했지만.

──그래도 상대방은 노인. 저처럼 어린아이의 무례를 웃으며 넘겨줄 정도의 도량을 지녔을지도 모르죠. 그렇다면 웃고는 있어도 나쁜 인상을 받았을 가능성은 부정할 수 없네요.

미아는 불현듯 루드비히 쪽으로 시선을 돌렸다. 그러자 루드비히는 진지한 눈으로 이쪽을 바라보고 있었다. 순간 미아의 등에 쫙 소름이 돋았다.

무심코 상상해버렸다.

만약 어젯밤의 자신을 망할 안경이 보고 있었다면…….

──부, 분명 어마어마한 기세로 잔소리를 늘어놨을 게 틀림없어요. 아뇨, 지금의 루드비히라고 해도 어제 일은 잔소리를 듣겠죠…….

배가 고프다고는 해도 조금 지나쳤을지도 모른다며 미아는 새삼 실감했다.

지금 필요한 건 상대의 신뢰를 얻어내는 것. 그래서 혼돈의 뱀에 대해 물어 보는 것이다. 하지만 어젯밤에 저지른 짓 때문에 출발 지점이 마이너스가 되어버렸을 가능성이 농후하다. 통한의 실수라고 할 수 있을지도 모른다.

──이건…… 어떻게든 만회해야겠네요. 좋은 인상을 느끼도록 노력해야죠.

이렇게 미아는 오늘 자신의 스탠스를 정했다.

중립보다 아주 조금 불꽃 부족에 치우친 위치. 그렇게 상대의 신뢰를 얻는다.

춤의 달인인 미아에겐 절묘한 균형 잡기는 식은 죽 먹기였다.

그런고로…….

"후이마는 우정으로 지원해주었다고 했지만, 그걸 온전히 믿을 만큼 순진하다고 생각하는 건 아닐 테지. 거기 계시는 미아 황녀 전하, 그리고 성녀 라피나 님도 마찬가지. 무언가 우리를 도움으로써 얻으려는 게 있다……. 그렇지 않은가?"

"어머, 그런 건 아닙니다. 후이마 양과 친구인 건 사실이에요. 그리고 친구를 돕는 건 당연한 일이죠!"

후이마와 친구임을 강조했다. 열렬하게 강조했다!

"마롱 선배도 마찬가지입니다. 동포가 곤경에 처했을 때 손을 내미는 건 당연한 일이지 않나요?"

마롱이 고개를 끄덕이는 걸 확인했다.

이로써 불꽃 부족이 무상으로 지원받는 걸 확약했다. 제대로 도움이 되어 보인다.

이어서 미아는 라피나에게도 시선을 주었다.

친구를 위해서, 혹은 혈족을 위해서 노력을 아끼지 않는 것. 그건 틀림없는 선행이며, 따라서 라피나도 만족스러워 할 완벽한 대답일 터……. 그런 생각에 확인하려고 한 미아였으나 직후에 고개를 갸웃거렸다.

어째서일까……. 라피나는 조금 기분이 나쁜 얼굴이었다.

──어, 어라? 이상하네요……. 딱히 문제 되는 말은 전혀…….

이어서 미아는 깨달았다. 라피나만이 아니었다. 랑후아도 썩 수긍이 가지 않는다는 얼굴이었다.

──어, 어째서죠? 이건…… 이렇게 군침 도는 이야기를 왜 기뻐하지 않는 건가요? 이, 이건 대체……?

미아는 무심코 혼란에 빠졌다. 상정했던 것과는 다른 주변 반응에 위기감이 크게 자극되었다.

──혹시나 하는데…… 역시 어제의 그게…… 상당히 문제였던 걸까요?

확실히 무례한 태도였다고는 생각하지만…… 그렇다면, 처음에 더 강하게 사죄하는 자세로 나가야 했던 걸까?

그렇게 발을 동동 구르는 미아에게 불쑥 말을 거는 사람이 있었다.

"실례합니다. 미아 님, 잠시 괜찮겠습니까?"

조용하고 차분한 목소리……. 하지만 미아는 그 목소리에 간담이 서늘해졌다.

힐끗 시선을 보내자 그곳에는…… 안경을 번쩍 빛내는 루드비히의 모습이 있었다. 그 얼굴을 보고…… 미아는 깨달았다.

──아, 아아……. 이거 이전 시간축에서 자주 있었던 그거예요……. 루, 루드비히가 수습해야만 할 정도로 큰 실수를 저질러 버린 거군요…….

이건 나중에 설교 확정인 걸까, 정말정말 싫다…… 하면서도 이것만큼은 어쩔 수 없다. 게다가 괜히 버텼다가 한층 돌이킬 수 없는 사태를 부르는 건 더욱 큰 악수이다.

루드비히가 맡기라고 할 때는 순순히 전부 떠넘기는 게 좋다.

체념과 해탈의 경지에 이른 미아는 몸에서 힘이 빠지는 걸 느끼며,

"……그럼 루드비히, 부탁드리죠."

루드비히에게 휙 떠넘겼다.

그 패스를 받은 루드비히는 고개를 한 번 끄덕인 후 가볍게 안경을 고쳐 썼다.

"그럼…… 미아 님을 대신해서 외람되지만 제가……."

제28화 루드비히, 고찰하다

"자신이 해야 할 일을 인식하는 건 중요한 일이다."

그 장소에서, 조직에서, 인간관계 속에서 자신의 역할을 제대로 인식하고 자신이 지닌 모든 힘으로 해야 할 일을 한다.

그게 이뤄졌을 때 사람은 피로감보다 더한 성취감을 느낀다고, 루드비히는 그렇게 생각하고 있었다.

그리고 제국의 예지 미아 루나 티어문의 신하란 그걸 찾아내기 상당히 어려운 위치임을 상시 느끼고 있었다.

미아라는 사람은 그 지혜는 말할 것도 없거니와, 도의적인 분야에서도 비난할 수가 없는 인물이다. 지혜로우면서 인격자이기도 하다는, 일종의 완벽한 초인인 그녀 밑에 있다면 자칫 자신 같은 건 있어도 없어도 마찬가지가 될 위험이 있다.

지혜가 부족하다면 적절한 조언을 건네면 된다. 도의적인 잘못을 저지른다면 두려워하지 않고 간언하여 바꾸게 하면 된다.

하지만 도의적으로 흠이 없고, 지극히 합리적인 판단을 내리는 사람에게 과연 어떠한 조언을 할 수 있을까?

미아 밑에서 일하게 된 뒤로 루드비히는 늘 '자신에게 요구하는 역할은 무엇인가?'를 생각하는 게 습관이었다.

그런 그에게 조금 전 미아가 시선을 보낸 의미를 헤아리는 건 쉬웠다.

그리고 지금, 자신에게 뭘 요구하는지 헤아리는 것도.

——그래. 이 구성원이라면 확실히 내가 미아 님의 대리로서 말해야겠지.

루드비히는 수긍하며 살짝 안경의 위치를 고쳐 썼다. 해야 할 일을 위해 자신의 힘을 다할 수 있다는 건 행복한 일임을 새삼 곱씹었다.

미아가 요구하는 게 무엇인가. 그건 단적으로 말해, '객관적인 이득 제시'이다.

바꿔 말하자면 불꽃 부족의 장로, 랑후아를 '설득하기 위한 논리'가 될까.

선의와 인정으로 내민 도움의 손을 잡는 건 용기가 필요하다. 그건 상대의 변덕으로 언제 거둬갈지 알 수 없는, 아무런 보증도 없는 것이기 때문이다.

심지어 그건 악의를 함유하기 쉽기도 하다. 조금이라도 지혜가 돌아가는 자라면 안다. 매력적인 제안에는 뒤가 있다. 공짜보다 비싼 건 없다.

자신에게 지나치게 유리한 이야기는 경계해야 한다고 생각하는 건 당연하다.

——그렇기에 지원하는 쪽의 합리적 이득을 열거하라고 말씀하시는 거지.

랑후아가 깨닫게 할 필요가 있었다. 설령 랑후아가 알고 있다고 해도 이쪽이 그 이득을 인식하고 있음을 알릴 필요도 있었다.

물론 미아 본인도 그 이득을 파악하고 있으리라. 경우에 따라서는 루드비히보다 더 정확하게 헤아렸을 것이다.

하지만 미아가 그걸 말하는 건 곤란했다. 왜냐하면 미아와 후이마를 이어주는 건 이해득실이 아닌 '우정'이기 때문이다.

루드비히는 어젯밤 일을 떠올렸다.

『다음에 해주시겠어요? 그런 중요치 않은 이야기는…….』

미아는 분명하게 그렇게 말했다.

그럼 '중요치 않은 이야기'란 무엇인가.

불꽃 일족의 중진이 자기소개하는 것? 아니, 그게 아니다. 그런 무례한 짓을 할 사람이 아니고, 만약 그런 의도였다면 간언해야만 하는 부분이다.

자신이 미아에게 설교하는 장면을 떠올린 루드비히는 조금 신기한 기분이 들었다.

그런 건 절대 말이 안 될 터인데, 왠지 그리움을 느껴서…… 무심코 쓴웃음이 흘렀다.

그러고는 다시 생각했다.

——미아 님께서 무엇을 '중요하지 않다'고 말씀하셨는지…… 그건 랑후아 님이 하려는 '이야기의 내용'이 아니라 '자기소개를 해야만 한다는 상식', 혹은 예절이야.

미아는 대국의 황녀로서 받는 극진한 예법을 중요하지 않다고 말했다.

이 자리에 온 건 그러한 예를 받기 위해서가 아니라고. 후이마라는 친구를 위해, 우정을 위해 온 것뿐이니까 황녀를 대하는 예절은 필요하지 않다고…….

그런 말을 하고 싶었던 게 아니었나?

──미아 님께선 한 명의 친구로서 이 문제에 엮이는 걸 원하신다.

　루드비히는 그렇게 인식했다.

　그렇다면 미아가 이해득실을 입에 담을 수 없다. 그건 우정이라는 유대를 흐리게 만든다. 미아는 그걸 원하지 않을 것이다.

　이해관계의 일치는 이해하기 쉬운 반면 망가지기 쉽기도 하다. 이해의 불일치, 합리적 판단에 의해 상황은 쉽게 뒤집혀버리기 때문이다.

　하지만 감정에 의한 판단은 종종 논리를 넘어선다.

　보장이 없는 반면 아무런 이익이 없어도 도움을 받을 수 있다. 그것이야말로 우정이라는 유대다.

　그렇기에 미아는 후이마와의 관계를 그런 형태로 보존하고 싶은 거겠지.

　　──아니, 그 사고방식도 또한 너무 논리에 치중되었어. 단순히 미아 님의 개인적인 자질에서 오는 판단일지도 몰라.

　제 주인의 조금 과한 선량함을 떠올리고는, 그걸 바람직하다고 느끼는 자신을 인식한 루드비히는 다시 쓴웃음을 지었다.

　　──그건 그렇고, 이건 마롱 님이나 라피나 님에게도 해당하는 점이야.

　마롱은 동포의 정, 라피나는 신앙심. 각각 도와줄 이유는 있으나, 거기에 이해득실이 엮이면 취지가 흐려진다.

　그렇기에 불꽃 부족을 돕는 이득을 객관적으로 설명할 사람이 필요하다.

──즉 그것이야말로 나에게 요구하는 역할이라는 건가.

루드비히는 자신이 해야 할 일을 똑바로 의식하며 살며시 발언했다.

"미아 님, 잠시 괜찮겠습니까?"

미아는 순간 생각에 잠기듯 침묵한 뒤,

"네……. 그럼 루드비히, 부탁드리죠."

전부 맡기겠다는 듯 고개를 크게 끄덕였다.

그것이 전폭적인 신뢰처럼 느껴져서 조금 기뻤다.

──자만이 지나친 걸까…….

마음을 다잡기 위해 안경을 고쳐 쓰며 루드비히는 숨을 뱉었다.

그렇게 재차 그 자리에 있는 전원에게 시선을 보냈다.

"실례합니다. 랑후아 님. 저는 미아 황녀 전하의 가신 루드비히 휴이트라고 합니다. 제 주인이신 미아 님을 대신하여 발언하도록 하겠습니다."

루드비히가 조용히 이야기하기 시작했다.

그걸 곁눈질하며 미아는 작게 한숨을 쉬었다.

──아아, 설교 듣겠네요. 틀림없이 들을 거예요. 크윽, 방심했어요. 단두대에 올라갔던 직후라면 그런 조심성 없는 말은 안 했을 텐데. 마음이 너무 풀어져 있었군요……. 조심해야겠어요……. 아아, 하지만 설교는 싫어요. 으음, 그나저나 오늘의 점심 식사는 뭘까요……?

미아가 약간 반성한 뒤에 깔끔하게 현실도피를 시작하는 사이에도 루드비히의 이야기는 이어졌다.

"불꽃 부족을 돕는 건 온전히 인정에서만 기인한 건 아닙니다. 식량부족으로 인해 저지른 당신들의 약탈행위. 이건 이 땅의 치안을 악화시키죠. 그걸 단속하는 건 쉽지 않은 일이고, 기마왕국과 선크랜드의 국교에도 균열이 발생할 수 있습니다. 그렇다고 해서 그만두라고 설득하는 것도 의미가 없고, 설령 약탈을 그만둔다고 해도 여기에 기근이 발생하여 전염병이 유행할지도 모릅니다."

루드비히가 하나하나 정중하게, 담담하게 설명해나갔다.

"저는 당신들에게 어떠한 정도 없지만, 당신들에게 식량을 지원하고 식량을 확보할 수단을 마련하는 건 무척이나 합리적인 판단이라고 생각합니다."

그렇게 마무리지은 루드비히의 말에 이어 마롱이 입을 열었다.

"이제 괜찮잖아? 랑후아 장로님. 우리는 모두 시조. 구앙룽의 후손. 같은 핏줄이잖아. 과거의 사정으로 갈라지긴 했지만 그 혈연은 부정할 수 없어. 떨어져 있던 것이 다시 하나가 되기에는, 지금이 절호의 기회 아닐까?"

마롱이 호소하는 말은 얼어붙었던 시간을 움직이기에 충분한 열량을 지니고 있었다. ……분명히 그렇게 보이지만…… 그러나…….

"하지만…… 전투 늑대는 어떻게 되는 건가?"

그 질문은 무척이나 싸늘하여 다시 공기를 얼렸다.

"그건……."

마롱은 말을 머뭇거렸다. 그리고 루드비히의 얼굴에도 씁쓸함이 섞였다.

그건 쉽게 해결할 수 없는 문제였으니까. 이 자리에서 어떻게 할 수도 없는 가장 큰 문제점이었으니까.

"그것이야말로 우리 불꽃 일족이 너희들 열두 부족과 함께하지 못하는 이유라네. 수풀의 젊은이여. 너희는 우리 일족의 늑대 조련술을 부정했지. 혐오하고, 버리라고 했다. 그건 지금도 마찬가지 아닌가?"

"그래. 너희가 먼저 거부했어. 우리가 아니야. 그 탓에 우리가 얼마나 큰 곤경을 겪었는지……. 아니면 이제 와서 타협하겠다는 거냐?"

랑후아 옆에 앉은 여성 종자도 이어서 따졌다. 그 얼굴에 퍼진 건 틀림없는 분노의 색이었다.

오직 한 명, 후이마는…… 후이마만은 침묵했다. 침묵하고 그저 조용히 고개를 숙였다.

그리고 두 사람이 던진 말에 마롱은 대답하지 못했다. 유력 부족이라고는 하나 결국은 열두 부족 중 하나에 불과하다. 심지어 그는 족장의 아들일 뿐이었다.

아무런 권한도 없는 이상 여기서 경솔한 발언을 할 수는 없다.

그렇게 되자 자연스레 그 자리에 분위기는 딱딱해질 수밖에 없었고……. 무거운 침묵이 다시 찾아오려고 한…… 바로 그때였다.

"……아아, 말이 울고 있어요."

툭. 미아가 중얼거린 한마디.

그것은 마치 수면에 던진 커다란 돌멩이처럼…… 퍼져나가는 거대한 파문이 그 자리의 분위기를 크게 흔들었다.

"말이…… 운다고……?"

그 중얼거림은 과연 누구의 것이었는지…… 분명하지 않다. 하나 잠시 망연해졌다가 정신을 차리고 가장 먼저 입을 연 사람은 장로, 랑후아였다.

"그건…… 즉, 우리의 사이가 틀어져서 말들이 슬퍼한다는…… 그런 말씀인가?"

그 무거운 질문에 미아는…… 조금 긴장한 건지,

"……그…… 렇죠."

살짝 더듬거리며 대답했다.

……잘 알고 계실 테지만…… 긴장된 대화 도중에도…… 미아의 현실도피는 이어지고 있었다. 미아가 루드비히에게 보내는 신뢰는 그만큼 두터웠다.

그가 출장한 이상 자신의 역할은 끝났다고 미아가 확신해도 어쩔 수 없는 일이었다.

그런 고로 오늘 점심은 뭘까, 저녁은 뭘까, 버섯 먹고 싶다, 이 숲에는 어떤 버섯이 있을까…… 등등 전력으로 현실에서 도망쳤던 미아였으나…….

──아아, 이러면 안 되죠. 진지하게 대화를 들어놔야…….

잠시 후 정신을 차렸다. 그렇다. 미아는 반성이라는 측면에서는 나름대로 열심히 하는 황녀 전하였다. 현실 도피하기 조금 전,

지나치게 방심했다고 반성한 직후가 아닌가.

──여기선 정신을 다잡기 위해 무언가를…… 세어서, 정신통일하는 게 좋겠네요……. 어디 보자.

식욕이라는 번뇌를 떨치기 위해 셈의 극의를 시작하려는 미아였으나……, 안타깝게도 적당히 셀 만한 것이 없었는데……. 그때였다! 미아는 발견했다. 아니, 들었다. 그것이 바로!

"……아아, 말이 울고 있어요."

멀리서 이히히힝 하고 들리는 말 울음소리였다!

──마침 잘됐네요. 우선 말 울음소리를 세며 정신통일을 할까요.

랜덤하게 들리는 말 울음소리를 세는 건 정신을 집중시키기에 딱 좋을 것 같다는 생각을 하던 차에, 미아는 감지했다!

자신에게 쏟아지는 랑후아의, 그 여성 종자의, 후이마의, 마롱의…… 그 자리에 있던 모두의 시선을.

그 의미를 전혀 이해하지 못했던 미아는……,

"그건…… 즉, 우리의 사이가 틀어져서 말들이 슬퍼한다는…… 그런 말씀인가?"

그 질문에……,

"……그……?"

그게 무슨 말이냐고 고개를 갸웃거릴 뻔한 걸 어떻게든 버렸다. 낭떠러지를 붙잡고 기합으로 매달렸다. 그리고,

"렇죠!"

슬그머니 덧붙였다! 미아 역사에 남을 혼신의 궤도수정이었다!

그런 미아를 빤히 바라보던 랑후아의 어깨에서 불현듯 힘이 슥

빠졌다.

"그렇군…… 그 말대로일지도 모르겠어."

그러고는 쓴웃음을 지었다.

미아가 던진 단 한마디로 인해 급격히 변해버린 상황…….

그에 루드비히는 충격이 너무 큰 나머지 그저 눈을 부릅뜨기만

했다.

찰나의 망아지경 후 모든 것이 미아의 손바닥 위였다는 걸 깨

닫고…… 무심코 신음했다.

──이럴 수가……. 미아 님께서는 처음부터 간파하고 계셨구

나. 이 문제의 요점을…….

불꽃 부족에게 닿을 수 있는 단 한 가지. 그들이 자신들 일족의

긍지인 늑대를 꺼냈을 때, 유일하게 그들의 마음을 흔들 수 있는

것. 그건 무엇인가?

말밖에 없지 않나……. 그들 또한 기마왕국의 사람이며, 말이

란 신께서 내려주신 지고의 보물이자 사랑하는 가족이니까.

그렇기에 말을 끌어오는 건 당연했다.

그리고 그렇기에 미아는 합리적인 설명을 전부 루드비히에게

맡겼다.

왜냐하면 '말이 운다'는 말은 결코 합리주의자가 말해서는 안

되기 때문이다. 그런, 감정에 의지한 말을 합리주의자가 말하면

어떻게 되는가.

아마도 자신들을 설득하기 위해 말을 이용했다고 여길 게 틀림

없다. 합리주의자는 말이 운다는 생각은 조금도 안 들지만, 상대를 설득하기 위해 쓸 수 있다면 쓸 거라고. 싸늘한 눈으로 바라볼 게 틀림없다.

'말이 운다'는 말을 하는 사람은 어디까지나 '감정적인 사람'이자 '감성적인 사람'이어야만 한다. 동물이 눈물을 흘린다는 걸 진심으로 믿을 수 있는 인간이어야만 한다.

——그래서…… 그렇기 때문에! 미아 님께선 우정을 위해 힘을 빌려준다는 위치를 견지하셔야만 했어. 이쪽의 합리적인 이득을 제대로 이해시킨 후…… 감정적인 벽도 단숨에 무너트리는…… 저런 적확한 한마디를 던지시다니……. 정말이지…….

전율마저 느끼게 되는 미아의 방식에 루드비히는 그저 감동했고…….

——이거 그 녀석들에게 이야기해주면 좋은 선물이 되겠는데. 후후, 어쩌면 부러워할지도 모르겠어…….

제국에서 암약하는 여제파의 얼굴을 떠올렸다.

제29화 불꽃 일족의 사정

"장로……."

랑후아의 갑작스러운 발언에 후이마의 눈이 휘둥그레졌다. 종자도 무의식인 듯 엉덩이를 살짝 띄우고 있었다.

그런 두 사람을 향해 랑후아는 어디까지나 침착한 목소리로 말했다.

"고집을 부린다고 어떻게 되는 건 아니지. 우리 상황은 우리 손으로는 어떻게 해볼 수 없는 곳까지 와 버렸어. 그렇다면 나는 이, 친구를 위해 왔다는 사람들에게 도움을 청하고 싶구나. 합리적인 판단을 할 줄 알면서도 일부러 그걸 제 입에는 담지 않고…… 설득이 아니라 내가 마음을 열기를 기다리려고 한 미아 황녀 전하에게……."

그렇게 말하며 랑후아는 미아에게 시선을 보냈다.

그 부드러우면서도 온화한 시선을 받은 미아는…….

──이거 루드비히의 설교는 안 들을 수 있을지도 모르겠어요!

휴우 안도의 숨을 내쉬었다.

결과가 좋으면 다 좋다고 수긍해줄 만큼 루드비히는 단순한 남자가 아니지만, 그래도 결과만 있다면 그걸 이용해 반론할 수 있게 된다.

절망 속에 불쑥 드리운 희망의 빛. 그에 기뻐하며 미아는 귀를 기울였다.

여기서 방심은 금물이다. 랑후아의 이야기를 제대로 듣고 문제를 해결해야 결과가 좋았다고 말할 수 있게 되니까.

"여러분에게 들려드리고 싶네. 우리가 어찌하여 이러한 궁지에 몰렸는지……."

그렇게 랑후아가 입을 열었다.

"우리 불꽃 일족과 기마왕국 열두 부족 사이에 있었던 일은 알고 계시는가?"

"네. 늑대를 사역하는 기술을 익혔고, 그로 인해 기마왕국에서 쫓겨난 일족이라고 들었습니다."

미아의 대답에 고개를 끄덕인 랑후아가 말을 이었다.

"불꽃 부족의 족장, 싱마는 어느 날 늑대를 통제할 수 있는 방법을 아는 사람을 데려왔다고 전해지네. 무녀라고 불리는 그 인물은 한 권의 책을 갖고 있었지."

"한 권의 책……."

라피나가 중얼거렸다. 미아도 그 책에서 자연스럽게 연상한 것이 있었다.

"땅을 기어가는 자의 서……."

"그게 정식 이름임을 알게 된 건 훨씬 나중 일일세. 내가 어릴 때부터 줄곧 그저 '뱀의 서'라고만 불렀지. 표지에 그려진 뱀이 인상적인 책이었으니까."

"실례지만 랑후아 님은 그 책을 읽은 적이?"

라피나의 질문에 랑후아는 고개를 저었다.

"무녀는 그 책을 손에서 떼지 않았네. 게다가 만약 볼 기회가 있었다고 해도 우리는 글자를 읽지 못하니. 우리 기마왕국은 본래 글자가 없는 부족이니까."

그 말에 미아는 떠올렸다.

기마왕국은 글자로 기록하는 문화가 없다. 따라서 역사가(歷史歌)를 이용해 일족의 역사를 후세에 전달한다.

수풀 부족 족장의 이야기를 떠올린 미아는 문득 고개를 갸웃거렸다.

"음? 그렇다는 건 혹시 이 역사도 노래로 전해지고 있는 것 아닌가요?"

"음, 그래……. 그 말대로지만, 그 노래는……."

조금 민망해하는 랑후아. ……부끄러운 걸까?

"한잔 걸치지 않으면 기분 좋게 노래할 수 없어서 말이네."

명랑한 할머니였다!

미아는 어젯밤에 본 랑후아를 떠올리고 수긍했다. 분명 알딸딸한 상태로 기분 좋게 노래하고 싶은 사람인 거겠지. 그건 그렇고.

"무녀는 몇 번 세대가 바뀌었지만, 늘 그 책과 함께했다네. 그리고 늘 족장님과 함께하며 늑대를 다루는 방법을 가르쳐주었지."

"그렇군요. 불꽃 일족의 전원이 늑대를 다룰 수 있는 건 아니고, 족장만이 다룰 수 있는 거였다는……. 어머? 그럼 후이마 양은요?"

"나는…… 그, 조금 관심이 있어서……. 아니, 내 오라버니에게 무언가 일이 생기면 큰일이니까, 그 기술이 유실되지 않도록 살짝 들어둔 것뿐이다. 암, 딱히 새끼 전투 늑대가 귀여웠기 때문이라거나 그런 이유가 아니야."

미아의 시선을 받은 후이마는 뽐내면서 가슴을 폈다.

미아는 그녀에게 미적지근한 눈빛을 보냈다…….

──하, 하지만 역시 뱀의 무녀가 엮여있었군요. 게다가 땅을
기어가는 자의 서까지 나오다니……. 이거 상당히 적의 심층부에
접근한 거 아닐까요……?

"족장님과 무녀님은 때때로 함께 마을에서 나가곤 했다네. 그
럴 때면 젊은이를 한두 명 데리고 나갔고…… 젊은이 쪽은 한동
안 돌아오지 않을 때도 있었지. 어릴 때는 뭘 하는 건지 의문이었
으나, 그 젊은이가 맛있는 선물을 가지고 돌아오곤 했기에 분명
좋은 일일 거라고 생각했네."

그거 틀림없이 밖에 나가서 위험한 일을 하는 거예요! 미아의
머리에 바로 그런 생각이 스쳤지만 우선은 닥쳤다. 미아는 분위
기를 파악할 줄 아는 사람이다.

"그런 우리 일족에 변화가 일어난 것은 5년 전……. 무녀와 같이
나갔던 당대의 족장, 휘 마취(馬驪)가 한 젊은 여성을 데려왔지. 다
쳐서 의식을 잃었던 그녀는 눈을 떴을 때 이렇게 이름을 밝혔네."

랑후아는 모두의 얼굴을 둘러본 후, 마지막으로 아벨에게서 시
선을 멈추고 엄숙한 목소리로 말했다.

"발렌티나 렘노……. 렘노 왕국의 제1왕녀라고."

그 이름을 들은 순간 아벨의 어깨가 흠칫 떨렸다.

"발렌티나 렘노……, 그건……."

아무리 라피나라고 해도 조금 놀란 얼굴로 아벨을 보았다. 아

벨은…… 입술을 깨문 채 아무런 말도 하지 않았다.

"그랬군. 그런 거라면 그 녀석들이 봤다는 건 착각이 아니었다는 건가."

마롱의 중얼거림을 뒤로 랑후아는 놀라운 사실을 말했다.

"그 후 얼마 지나지 않아 무녀는 세상을 떠났다네."

"뱀의 무녀가 죽었다……?"

"그래……. 나보다 훨씬 나이가 많았으니. 게다가 안도하신 거겠지…… 후계자가 생겨서."

"……후계자."

불길한 예감에 등이 술렁거리는 걸 느꼈다. 그 예상이 빗나가지 않았다는 게 바로 판명되었다.

"선대 무녀님은 발렌티나 렘노에게 모든 것을 맡기고 가셨네. 뱀의 서도, 무녀 자리도 모두."

"그건…… 그건, 무언가 오해는 아닙니까?"

갈라질 듯한 목소리로 묻는 아벨에게 랑후아는 천천히 고개를 저었다.

"아쉽게도 그게 사실이라네. 그녀는 처음엔 뱀의 서를 읽는 걸 망설였지. 하나 무녀님의 권유로 읽기 시작하며 점점 거기에 빠졌고……, 어느새 종일 그걸 읽게 되었네. 그렇게 어느 날, 발렌티나 왕녀는 선언했지. 자신이 무녀가 되겠노라고."

담담하게 이어진 그 말은 일체 감정이 담겨있지 않았고…… 그렇기에 그게 흔들림 없는 진실임을 주장하는 것 같았다.

"우리는 그걸 받아들였다네. 무녀의 세대교체는 그동안 여러

번 있었던 일. 이번에도 지금까지와 그리 달라지지 않으리라고 생각했는데…….”

랑후아는 살며시 눈을 감고……,

“2년 전의 일이라네. 족장 마춰가 갑자기 무녀를 데리고 이 마을에서 나갔지.”

놀라운 사실을 입에 담았다.

“그리고 마을에 있던 남자들은 대부분 족장을 따라 마을에서 나갔다네.”

“어머, 그럼 남성의 모습이 별로 보이지 않았던 건 그런 사정이 있었던 거군요.”

영락없이 약탈부대가 나가 있을 뿐이라고 생각했던 미아에게는 좋은 소식이었다. 그건 즉,

——전력이 돌아와 파워 밸런스가 역전되는 사태는 일어나지 않는다는 뜻이죠. 아무래도 디온 씨의 대학살도 회피할 수 있을 것 같아요. 다행이에요.

흠흠 고개를 주억거린 후 미아는 후이마 쪽으로 시선을 주었다.

“족장이 없으니 그 동생인 후이마 양이 약탈부대를 이끌었던 거군요.”

“물론이다. 나는 족장의 동생이고 전투 늑대를 부릴 줄도 알지. 내가 이끌지 않고 누가 이끌 수 있단 말인가.”

엄숙한 얼굴로 가슴을 펴는 후이마.

“음? 그렇다면 지난번 약탈부대는…….”

“우리 마을 여자 중에서 싸울 수 있는 자와 남아있던 소수의 남

자들로 조직했습니다."

종자 여성이 말했다.

"그래요, 그런 거였군요. 어쩐지 선뜻 물러나더라니. 그럼 딱히 붙잡혀도 큰일이 일어나지는 않았겠네요. 대장이 후이마 양이었고⋯⋯. 어머⋯⋯? 그럼 선크랜드에 올 때 본 도적단도 후이마 양의 약탈부대였던 건가요?"

미아는 시온 암살에 관여한 도적단을 떠올렸다. 그쪽도 후이마의 약탈부대였다면 실제로는 암살이 일어나지 않았을지도 모른다며 고개를 갸웃거렸으나⋯⋯.

"무슨 소리지?"

의아한 듯 눈썹을 찡그리는 후이마.

"선크랜드와 베이르가를 이어주는 순례 가도에서 저희를 공격하지 않았나요? 그래서 디온 씨의 위협에 도망쳤다고 들었는데요⋯⋯."

미아의 질문에 후이마는 아주 떱은 얼굴로 대답했다.

"상식적으로 생각해라. 미아 황녀. 그 디온 알라이아가 있다는 걸 알고도 내가 그 일행을 공격할 리 있겠나?"

그 무거운 물음에 미아는 깊이 고개를 끄덕였다.

"아아, 그렇군요. 후이마 양의 말에는 확고불변의 진리가 있어요⋯⋯. 그렇다면 그때 마주친 건 족장님과 같이 나간 쪽이었겠군요."

확실히 디온이 호위하는 집단에 시비를 걸 리가 없다. 미아는 깊이 고개를 끄덕이려다⋯⋯ 불현듯 위화감을 느꼈다.

──디온 씨를 알고 있다는 건, 후이마 양은 혹시 여기에서 나간 불꽃 부족 사람들과 지금도 교류가 있다는 건가요? 흐음…….

팔짱을 끼고 생각에 잠겼던 미아는 후이마의 분한 듯한 목소리에 무심코 고개를 들었다.

"오라버니는 무녀에게 속고 있다. 언변에 홀려서 우리 일족을 파멸로 몰아넣으려는 거야."

──속고 있다니……. 그래요, 뱀은 마음을 조종하는 게 특기라고 하니까요, 가능성은 충분하죠……. 아니, 그래도…….

미아는 거기서 다시 생각에 잠겼다.

애초에 족장인 휘 마취는 왜 이 마을에서 나간 걸까.

지금까지 무녀와 족장의 행동은 미아도 대충 이해할 수 있었다. 요컨대 이 불꽃 일족 중에서 쓸만한 부하를 선정하여 훈련 시킨 뒤 타국에 보배온 것이다.

선크랜드에서 에샤르 왕자에게 독을 건넨 인물도 기마왕국 사람 같은 복장이었다고 들었다. 그건 실제로 불꽃 부족의 사람이었기 때문인 게 아닐까.

하지만 만약 그렇다면 지금까지 했던 것처럼 앞으로도 근근히 그렇게 해오면 되지 않았을까? 그것이야말로 본래 뱀의 방식인 게 아닐까?

──대체 무슨 생각으로 그런 짓을…….

"미아 황녀 전하. 베이르가의 성녀 라피나 님. 그리고…… 수풀 부족의 마롱님……."

문득 시선을 들자 랑후아가 머리를 깊이 숙이고 있었다.

"부디 부탁드리고 싶네. 우리에게서 **빼앗긴** 자들, 떠나간 자들을 되찾아주실 수는 없겠는가?"

──이거 제법 큰일이 되었는데요.

머리 숙인 랑후아를 보고 미아는 작게 신음했다.

혼돈의 뱀의 무녀이자 아벨의 누나인 발렌타인 램노.

무녀와 함께 마을에서 나간 족장이자 후이마의 오빠, 훠 마취와 그들을 따라간 일족의 남자들.

불꽃 일족과 기마왕국 열두 부족의 화해, 불꽃 일족의 식량 사정 개선.

문제는 산더미같이 쌓였지만 내던질 수도 없다.

친구라고 나선 후이마도 있지만, 그 이상으로 아벨이 관계자인 이상 방치할 수도 없으니…….

게다가!

"물론 우리가 마을들을 약탈한 건 필요에 의함이었다고 해도 죄는 죄. 힘을 지닌 자가 **빼앗는** 건 당연한 권리라는 주장은 당신들에게 힘을 빌리려고 한다면 통하지 않는 도리지. 이 점은 내 목으로 일족의 책임을 질 터이니……. 부디 젊은이들에게는 아무일 없도록……."

랑후아가 이런 말을 꺼내는 바람에 미아는 크게 당황했다.

──선조가 저지른 일이 원인으로 곤경에 처하고, 그걸 개선하기 위해 약탈했으며, 그 죄로 할머니의 목이 날아간다……. 참으로 안 좋은 구도예요. 어쩐지 옛날의 저를 떠올리게 하잖아요.

뭐…… 저는 할머니는 아니지만요…….

그런 생각을 하며 미아는 입을 열었다.

"랑후아 님, 상황은 잘 알았습니다. 부탁하신 이상 저도 전력으로 힘을 빌려드리죠. 먼저 성급한 말씀은 하지 말아주시길 부탁드립니다."

말을 하면서 미아는 주변으로 시선을 던졌다. 누군가 의지할 수 잇을 법한 인간을 찾아봤지만………… 없었다!

먼저 마롱……. 평소엔 든든한 선배이지만, 혼돈의 뱀에 대해 모른다. 따라서 아마도 랑후아의 말을 제대로 이해하지 못했을 것이다.

다음으로 라피나. 뱀 전문가인 라피나이지만…… 이번 대화에서는 어쩐지 심기가 안 좋아 보였는데……. 그것도 조금 전까지. 지금은 왠지 약간 시무룩해져 있었다!

──평소의 라피나 님이라면 모를까 지금의 라피나 님은 뭔가 상태가 이상해요.

그렇게 생각하며 시선을 옆으로.

후이마와 랑후아, 그리고 종자 여성은 지금 발언할 수 있는 입장이 아니다. 그렇다면 남은 건 믿음직스러운 충신, 안느와 루드비히인데…….

──안느는 믿음직스럽지만 명백하게 엉뚱한 인선이에요. 남은 건 루드비히인데…… 으음.

미아는 생각했다.

확실히 루드비히는 믿음직스럽고, 분명 좋은 해결책을 제시해줄 테지만…… 문제는 루드비히가 미아의 충신이라는 점이었다.

즉 루드비히의 의견은 바로 미아의 의견이며, 제국의 의견이다.

그가 무언가 방책을 제시했을 때, 만약 그걸 실행한다면……
미아가 전혀 간섭하지 않고 지나갈 수 있는 길은 거의 없다고 봐
야 한다. 자칫 잘못하면 책임자가 되어야만 할지도…….

가능하면 그건 피하고 싶은 미아였다.

자기 혼자 짊어져야만 하는 상황만큼은 절대로 싫었다.

──크윽, 루드비히에게 던진다고 해도 사전에 어느 정도 상의
하고 싶어요.

그렇게 미아는…… 생각했다. 생각하고, 생각하고, 또 생각해
서…….

──흐음, 우선 제가 직접 건드리지 않아도 되는 문제가 있죠.
먼저 그걸 해결하고, 그동안 루드비히와 상의하는 게 어떨까요?
라피나 님도 끌어들이고 싶으니까요…….

아무튼 최대한 자신이 생각해야만 하는 문제를 줄이고 싶은 미
아였다.

커다란 케이크를 혼자 다 먹으면 토실토실해진다. 그렇기에 잘
라서 모두와 나눠 먹는다! 어려운 문제도 마찬가지다.

달콤한 케이크도 같이 먹으면 토실해지지 않는다! 이런 정신으
로 미아는 문제를 분류하려 했다.

그런고로…….

"랑후아 님, 책임지는 법은 제쳐놓기로 하고……. 먼저 해주셨
으면 하는 게 있습니다."

"그건……?"

"당연한 거 아닌가요? 마롱 선배를 비롯한 열두 부족 분들과 화해하는 거죠."

그 건이라면 자신이 할 수 있는 일은 하나도 없다는 게 미아의 생각이었다.

그걸 해야 할 사람은 눈앞의 랑후아, 혹은 후이마거나 마롱이나 마요를 비롯한 기마왕국 사람들이다. 겸사겸사 말하자면 불꽃 일족이 폐를 끼친 선크랜드와의 교섭도. 만약 불꽃 일족이 기마왕국에 복귀한다면 선크랜드와 기마왕국 사이에서 진행하는 게 좋을지도 모른다.

──불꽃 일족이 곤궁해진 건 동족인 열두 부족이 방치했기 때문이죠. 그렇다면 그들이 식량을 위해 약탈한 건 열두 부족 전체의 죄라고 할 수 있다…… 같은 식으로 말한다면 마요 씨는 움직여줄지도 모르겠군요.

아무튼 산적한 문제를 다른 곳으로 떠넘기고 싶다.

미아는 자신이 엮여야 할 문제를 최대한 줄이는 스타일이다!

──그러는 동안 루드비히와 혼돈의 뱀 전문가이기도 한 라피나 님에게 무녀를 어떻게 할지 생각해달라고 하는 게 좋겠어요. 하지만 새삼 족장님은 왜 이 마을을 떠난 거죠? 늑대를 부리는 방법을 가르쳐주지 않겠다거나, 못 쓰게 한다거나, 그런 말로 협박이라도 당한 걸까…… 요? 흠……?

그 순간 미아는 중대한 사실을 깨달았다.

──늑대를 부리는 인물……. 뭔가 익숙한 것 같은데요……?

아……, 늑대술사!

그제야 간신히 떠올렸다.

늑대를 데리고 있으며 승마술이 뛰어난 암살자, 늑대술사…….
그가 바로 불꽃 일족의 족장, 휘 마취인 게 아닐까? 족장 말고는
그 기술을 사용할 수 없다면 그럴 가능성은 무척 크지 않을까?

미아가 머릿속에서 명추리를 짜 맞추고 있을 때…….

"화해…… 말인가."

랑후아가 중얼거리고는 마롱 쪽으로 힐끗 시선을 보냈다.

"그래요. 무녀 옆에 있는 사람들을 되찾아달라고 말씀하신다
면, 여러분도 노력하셔야죠."

미아는 거만하게 고개를 끄덕였다.

결단코 자신만 고생하게 되는 상황은 만들지 않겠다는 확고한
신념이 그 말에 담겨 있었다.

"즉…… 우리의 화해가 나간 자들을 되찾기 위해 필요하다?"

그 물음에…… 미아는 생각했다.

그러고는 라피나 쪽으로 힐끔 시선을 던졌다.

──흠……. 사실 혼돈의 뱀 전문가는 라피나 님이죠. 그러니
무녀를 따라간 사람들을 데리고 돌아올 때는 라피나 님의 지식이
필요할 터…….

그야말로 그들이 어떠한 세뇌를 받아 나갔다면 미아가 손을 쓰
는 건 불가능하다. 라피나의 힘이 필요해지는데…….

──어째서인지는 모르지만 라피나 님은 후이마 양의 일이 되
면 영 기분이 나빠지곤 하니까요……. 별로 의욕이 안 생길 가능

성도 있어요. 그렇다면…….

미아는 라피나의 의욕을 고취하기 위한 계략을 짰다.

"그들이 돌아오기 위해 필요한지 아닌지……. 그런 문제가 아니지 않을까요? 같은 핏줄끼리 싸우는 건 무척 슬픈 일이죠. 게다가 그건 신성전의 가르침을 거스르는 일이기도 합니다. 그렇죠?"

즉 라피나에게 화제를 던졌다.

참고로 미아는 신성전에 그런 가르침이 있는지 없는지 모른다. 다만 라피나가 형제끼리 사이가 나쁘거나 말거나 괜찮다고 가르치는 모습을 상상할 수 없었기에 일단 말했을 뿐이다.

"어? 아, 응. 그래. 부모를 공경하고 동기와 가족을 아끼는 건 신의 가르침의 기본이라고 할 수 있지."

그러고는 무언가 생각에 잠겨있던 라피나가 조금 당황한 듯 고개를 드는 것을 보고,

"그러니 화해는 필요한 일. 마롱 선배의 말씀대로예요. 이번 기회에 기마왕국 열두 부족과의 인연을 회복하고…… 나간 사람들이 돌아올 장소를 만들어드려야죠."

그럴싸한 말로 마무리 지었다.

그렇게 하여 불꽃 일족 사람들이 신성전에 충실하고자 노력하는 모습을 보여줘서 무녀로부터 돌아온 것을 강조한다.

화해하려고 노력하는 모습을 보여줘서 라피나의 의욕에 불을 붙이려는 의도였다.

──분명 라피나 님도 선량하게 살아가려는 사람들을 저버리진 않을 거예요.

"그렇군……. 확실히 그들이 돌아왔을 때 연회 하나도 열어주지 못해서야 면이 안 서겠지. 게다가 돌아오고 싶어질 만한 장소를 마련한다는 건 타당한 소리일세."

랑후아는 마롱과 라피나에게 순서대로 머리를 숙였다.

"그럼 두 사람에게 부탁드리겠네. 열두 부족과 우리 일족의 사이를 중재하는 데 힘을 빌려줄 수 있겠는가?"

"그래. 물론이야."

든든하게 고개를 끄덕이는 마롱. 그에 이어 라피나도 말없이 끄덕였다.

그 조금 기운이 없는 모습에 미아는 목을 갸웃거렸다.

──그렇구나. 여전히 훌륭하셔.

미아가 보여준 일련의 솜씨에 루드비히는 새삼 감탄했다.

그가 본 바로, 미아는 불꽃 일족을 떠난 자들을 설득할 환경을 갖추려는 생각이다.

만약 불꽃 일족이 기마왕국 열두 부족과 화해한다면 어떻게 될까?

불꽃 일족의 전사들이 싸우는 이유는 무엇인가? 뱀의 무녀는 무엇으로 그들을 선동했는가?

그건 열두 부족에게 느끼는 반감이자 역사적인 대립이다.

더해서 식량부족과 가난 등 궁핍을 타개하기 위해서이기도 했으리라.

미아가 공략하려는 건 바로 그 두 가지다.

──랑후아 님이 먼저 화해해버리면 그들이 싸울 이유는 틀림

없이 약해진다. 식량부족이 개선되고, 가난함을 타개하면…… 싸우려는 마음이 사그라들지도 몰라. 미아 님은 문제의 근원을 간파하고 거기에 파고드신 거야. 뱀의 무녀가 한 것처럼 미아 님도 마음을 공략하시려는 거지.

뭐, 사실 미아는 라피나의 의욕을 끌어내기 위해 그 마음을 유도하려는 것이니…… 그 점에선 그리 틀리지도 않은 것 같기도 하고 아닌 것 같기도 하고…….

살짝 어긋난 생각을 하며 루드비히는 재차 충성을 다졌다.

제30화 벨, 마을을 그저 견학하다

한편 그 무렵, 미아벨과 슈트리나는 불꽃 일족의 마을을 견학하고 있었다.

탐험도 모험도 아닌, 지극히 평범한 견학이다.

하지만 그렇게 특이한 게 있는 것도 아니기에, 두 사람의 발길은 자연스레 무리를 이루고 있는 말에게 향했다.

"우후후, 지난번에 말을 탔을 때 참 즐거웠죠. 리나."

문득 얼마 전의 승마 체험을 떠올리고 생긋 웃는 벨이었다.

슈트리나도 기뻐하며 웃었다.

"응. 아주 즐거웠어. 또 벨과 함께 말을 타고 놀러 가고 싶어."

"그래요. 이 문제가 해결되면 또 다 같이 가요."

그 순간 벨의 표정이 확 어두워졌다.

"그나저나 미아 언니네는 괜찮을까요? 대화가 잘 풀리면 좋을 텐데요."

"벨, 걱정이야?"

그 질문에 벨은 고개를 작게 기울였다.

"으음……. 미아 언니가 계시고, 루드비히 선생님이 계시고, 디온 장군님이 계시고. 리나도 있고 아벨 하…… 왕자님도 계시고. 그러니까 괜찮다고는 생각하는데요……."

어째서일까……. 벨은 여느 때와 다른 기묘한 울렁거림을 느꼈다.

무언가 좋지 않은 일이 일어날 것 같은…… 그런 불길한 예감이 든…… 그때였다. 불현듯 말 울음소리가 들렸다.

"어……?"

"지금 그건…….."

"가 봐요."

울음소리의 주인은 바로 찾을 수 있었다.

그건 고운 하얀 털을 지닌 한 마리의 망아지였다.

그 옆에는 불꽃 일족의 여성이 쪼그려 앉아 망아지의 앞발을 보고 있었다.

"아……. 저기, 다리가 부었어요."

그 망아지의 앞발은 상처가 곪은 건지 살짝 부어 있었다.

"정말이네. 부러지진 않은 것 같지만……."

두 사람의 목소리를 듣고 망아치를 치료하고 있던 여성이 일어났다.

"상처가 곪아버렸나 봐. 큰일이네……. 바로 약초를 캐러 가고 싶은데……."

중년의 여성은 한숨을 쉬었다.

"손이 부족해서, 좀처럼 모든 말을 꼼꼼히 볼 수가 없어. 이러면 안 되는데 말들에게 폐를 끼쳐버렸네."

쓸쓸하게 중얼거리는 그녀의 말에 벨은 어떻게든 해주고 싶어져서…… 옆에 있는 슈트리나를 보았다. 그 시선을 받은 슈트리나는 작게 고개를 끄덕인 뒤,

"잠시 괜찮을까요?"

여성에게 양해를 구한 뒤 망아지에게 다가갔다.

그렇게 슈트리나는 새하얀 손수건을 꺼내 약병 안에 있던 반죽을 흡수시켰다.

"그건?"

여성이 조금 놀란 얼굴로 물었다.

"몸에 들어간 독을 정화하고 통증을 진정시키기 위한 약초를 으깬 거예요."

그녀에게 설명하며 망아지의 다리에 손수건을 가져가려고 했는데…… 그때 벨이 망아지에게 한 걸음 다가갔다.

"괜찮아, 괜찮아. 리나에게 맡기면 괜찮으니까."

벨의 손이 망아지의 목덜미를 부드럽게 쓰다듬었다. 망아지는 슈트리나 쪽으로 시선을 주었다가 바로 다시 벨에게 고개를 돌리고는 살며시 눈을 감았다.

그걸 본 슈트리나는 망아지의 다리에 손수건을 재빨리 가져갔다.

망아지는 한바탕 크게 울음소리를 냈지만, 날뛰진 않았다.

손수건이 떨어지지 않도록 단단히 동여맨 후 슈트리나는 여성을 보았다.

"이거, 조금뿐이지만 약이랍니다. 이삼일 정도 발라주면 괜찮을 거예요."

그렇게 말하며 약병을 건넸다.

여성은 놀라서 눈을 깜빡였으나,

"고마워. 살았어."

이내 부드러운 미소를 지었다.

슈트리나는…… 살짝 민망한 듯 머리를 숙인 뒤 부리나케 그 자리를 떠나갔다.

"리나."

쫓아온 벨은 슈트리나의 얼굴을 보고 즐겁게 웃었다.

"후후후. 리나, 좋은 일 했다고 쑥스러워하지 않아도 되는데요."

"따, 딱히 쑥스러워한 건……."

슈트리나는 계속 웅얼웅얼 중얼거렸다. 기본적으로는 아직 좋은 일을 하고 고맙다는 인사를 듣는 게 익숙하지 않은 슈트리나였다.

"하지만 손수건, 못 쓰게 되었네요."

약간 난처한 표정이 된 벨을 보며 슈트리나는 의기양양한 얼굴로 말했다.

"걱정하지 마. 몇 장 더 있으니까. 자……."

그러면서 손수건 다발을 꺼내 보여주었다.

"와. 굉장해라! 하지만 어째서 여러 장씩 갖고 있는 거예요? 리나."

눈이 휘둥그레진 벨을 향해 슈트리나는 생글생글 대답했다.

"물론 벨이 다쳐도 언제든지 치료해줄 수 있도록 많이 들고 다니는 거지."

"……네?"

"리나는 친구의 성격을 잘 알고 있거든. 벨은 모험이나 탐험 같은 거 좋아하잖아? 후후후, 안심해. 벨이 다쳐서 위기일 때도 도와줄 테니까."

가련한 꽃송이 같은 미소를 짓는 슈트리나였다.

"에헤헤, 감사합니다. 리나."

벨도 그렇게 웃으려다가…… 불현듯 가슴이 욱신거렸다.

그건 벨 안에 발생한 작은 죄책감.

자신은 친구── 딱 한 명뿐인 친우에게 큰 비밀을 갖고 있다.

그건 어쩌면 자신이 이 세계를, 언젠가 떠날 꿈이라고 생각하기 때문은 아닐까. 그건 해맑은 미소로 자신을 친구라고 말해주는 슈트리나에게 무척 불성실한 태도인 것 같은, 그런 느낌이 들어서…….

──리나의 마음에 보답하지 못하고 있어.

그게 어쩐지 아주 싫었으니까…….

벨은 살며시 고개를 들었다.

만약 이 세계에서 계속 살아간다면…… 자신의 비밀을 털어놓는 게 첫걸음이 되는 건지도 모른다는 생각이 들었으니까.

──이 세계에 책임을 진다는 것…….

지금까지는 그냥 손님이라는 마음이었다. 언젠가 떠나게 될 세계. 언젠가 사라지는 꿈. 그렇기에 즐겁기만 하면 되고, 언제든지 사라질 수 있도록 최대한 관계를 만들지 않도록 했다. 그러려고 했는데…….

그래서는 안 된다.

존경하는 할머니, 미아처럼 자신도 최선을 다해 살며 결코 쉽게 포기하지 않고 매달리기로 결심했다.

그건 즉, 관계를 만드는 것……. 이 세계에 책임을 지는 것이라고…… 그렇게 생각했다. 그래서.

"저기, 리나."

벨은 조금 용기를 내서 한 걸음을 내디뎠다.

"왜 그래? 벨."

"하고 싶은 이야기가 있는데요……."

목소리를 죽이고 벨이 말했다.

"아주 중요한 일…… 제 비밀을 이야기하고 싶은데……. 제국에 돌아가면 들어주실래요?"

"벨의, 비밀……."

슈트리나는 눈썹을 찡그렸지만…….

"응. 알았어. 그럼 제국에 돌아가면……."

그때였다.

"아벨! 잠깐, 기다려 주세요!"

조금 당황한 듯한 미아의 목소리가 울려 퍼졌다.

제31화 마이 퍼스트 작렬!

이렇게 회담은 전부 끝났다.

우선 당장은 기마왕국 열두 부족과 불꽃 일족의 관계에 초점을 두고 행동하기로 노선이 정리되었다.

수풀 부족의 전령이 족장, 마요에게 연락하러 갔으니 앞으로 며칠 간은 이곳에 머무르게 될 모양이었다.

"끄으응……."

밖으로 나온 미아는 기지개를 켜며 신음을 흘렸다. 등을 쭈우욱 펴자 몸에서 뚜둑뚜둑 소리가 났다.

장시간에 걸친 대화로 몸이 완전히 굳어버렸기 때문이다.

딱히 운동 부족으로 몸이 둔해져 있는 게 아니다.

"어후……."

조금 그런 한숨이 입에서 흘러나오기도 했지만…… 결코 둔해져 있는 게 아니다.

"어디……. 그나저나 이거 꽤 어려운 문제네요. 어떻게 해야 할까……."

우선 루드비히도 함께 이야기를 들었으니 이번에는 딱히 설명할 필요도 없을 것이다. 마롱에게 혼돈의 뱀에 대해 설명해야 하지만 그건 라피나에게 맡기기로 하고…….

──그 외엔, 리나 양에게 조금 이야기해두는 게 좋을지도 모르겠네요. 뱀의 사정을 잘 알고 있을 테니까요.

그런 생각을 하고 있을 때였다. 그 시야 구석을 아벨이 가로질렀다.

"어머? 아벨……?"

어딘가 비통한 표정으로 곧장 말이 있는 곳으로 향하는 아벨. 그 옆얼굴을 본 미아의 가슴에 경종이 울렸다.

아벨은 주변에 시선을 준 뒤 자신의 종자에게 말을 걸었다.

"기미마피아스, 와 줘."

"아벨 전하. 무슨 일이십니까?"

부름에 응한 기미마피아스가 다가왔다.

"출발한다. 당장 준비를."

"아벨, 잠깐 기다려 주세요. 어디에 가시려는 거죠?"

당황한 미아가 말을 걸자 아벨은 굳은 얼굴로 바라보았다.

"미아, 미안하지만 여기서 헤어져야겠어. 나와 기미마피아스는 발렌티나 누님에게 갈 거야."

"잠깐, 아벨. 아니, 걱정되는 건 알지만 둘이서만 가려고 하다니, 그건……."

별안간 아벨이 웃었다. 자조하듯 억지로 쥐어짠 미소를 얼굴에 걸고……,

"하하…… 걱정? 아니야, 미아. 그렇지 않아."

조용히 고개를 저은 뒤 아벨은 말을 이었다.

"누님께서 만약 혼돈의 뱀에 잡혀있는 거라면 나는 네 말을 따랐 겠지. 그게 누님을 구할 가능성이 가장 크다고 보니까. 하지만……."

까득. 이를 악문 아벨이 눈을 돌렸다.

"하지만 아니었어. 발렌티나 누님은…… 무녀가 되었어. 그저 영향을 받아서 그 구성원이 된 게 아니야. 누님은 혼돈의 뱀의 정점에 서 있었어. 용서할 수 있을 것 같아? 누님은 너를 죽이려고 했다고."

그 말에 미아도 깨달았다.

성야제 날. 미아의 목숨을 노렸던 늑대술사…….

──그가 휘 마취라면 확실히 발렌티나 누님이 관여했을 가능성은 아주 크죠……. 아니, 하지만 그건 바르바라 씨의 독단이었던 것 같은 느낌도 드는데요…….

"네가 불꽃 일족과 기마왕국 열두 부족의 화해를 우선하고 싶다는 건 알았어. 아마 그게 가장 올바른 방식일 테고, 피도 흘리지 않고 끝낼 수 있는 방법이겠지. 하지만…… 나는 그걸 느긋하게 기다릴 수 없어. 누님의 행위는 내가 매듭지을게. 내 손으로 누님을……."

아벨은 이를 악물고 토하듯이 말했다. 그 얼굴은 말에서 흘러나오는 격노와는 반대로 무척 슬퍼 보여서…….

"아벨……."

그걸 본 미아는…… 무심코 감동해버렸다.

아벨이 분노하는 건 다름 아닌 자신을 위해서였으니까.

물론 그것만이 아닐 것이다. 무녀가 만들어낸 희생 때문이기도 할 테지만……. 그래도, 이러면 안 되지만 그게…… 조금 기뻤다.

자신을 위해 진지하게 화내는 그 마음이 기뻐서, 그래서…… 그렇기에.

"아벨, 당신이 누님을 죽이게 두진 않겠습니다."

말은 자연스럽게 굴러 나왔다.

아벨의 얼굴이 고뇌로 일그러지는 게 싫었다. 이런 식으로 슬퍼하며 화내는 건 가만히 볼 수 없었다.

무엇보다 여기에서 그를 가게 해버리면 다시는 만나지 못할 것 같은…… 그런 기분이 들었으니까.

과거에 보았던…… 피투성이가 된 일기장의 얼룩진 글씨가 눈앞을 스쳤다.

지금은 알 수 있다. 그건, 그때 자신은 확실히 울었으리라. 자신을 구하러 와 주었던 아벨이 죽었다는 걸 알고 분명 울었을 게 틀림없다.

그리고 그런 감정은 절대로 맛보고 싶지 않았다. 그러니까…….

"당신이 혼자 가서 혼자 정리하고 혼자 상처받는 건…… 그런 건 절대로 용서할 수 없어요."

미아는 뒤에서 아벨을 꽉 끌어안았다. 놓치지 않겠다는 듯 힘껏 붙잡았다.

그토록 늠름하게 성장했다고 느꼈던 소년의 몸이…… 어째서일까, 지금은 처음 만났을 무렵처럼 어리고 약해 보였다.

"제가 더 잘할 수 있다거나, 못한다거나…… 자신의 손으로 책임을 지겠다거나, 그런 건 전부 버리고……. 그냥, 오직 저만을 위해 가지 마세요."

미아는 스스로가 제일 중요한 황녀다. 지금 아벨에게 해줄 수 있는 말은 거의 없다는 걸 안다. 아마 지금의 그에게는 입바른 말은 통하지 않는다.

그렇기에 그저 자신의 최선을 부딪칠 뿐.

최선의 마이 퍼스트를 밀고 나갈 뿐. 그것이야말로 미아가 할 수 있는 유일한 일.

모든 논리를 삼키고, 그저 '오직 나만을 위해 가지 말라'고, 그 소원만을 담아서.

"미아 황녀 전하…….. 아벨 전하를 너무 몰아세우지 말아주시겠습니까?"

말을 건 사람은 옆에서 듣고 있던 기미마피아스였다. 검성의 목소리는 조용하고, 온화하고, 하지만 파도 같은 압박감을 지녔다.

하지만 그 박력에 미아가 삼켜지기 전에 다른 목소리가 들렸다.

"하하하, 그건 좀 너무한 거 아닙니까. 기미마피아스 경."

제국 최강의 기사, 디온 알라이아가 마치 미아와 아벨을 지키듯 기미마피아스의 앞에 섰다. 그러고는 아벨에게 슬쩍 시선을 던졌다.

"아벨 전하. 전하가 지셨습니다. 황녀님을 위해 화내서 가려고 했는데 정작 황녀님 본인이 가지 말라고 하면 갈 수도 없지 않겠습니까? 게다가 전에도 말씀드렸죠? 우리 황녀님 울리지 말라고. 이분은 전하가 가 버리시면 혼자 말을 타고 뒤를 쫓아갈 성격이라는 건 아시죠? 그래도 가실 겁니까?"

"그건…….."

머뭇거리는 아벨에게 디온이 쓴웃음을 지었다.

"이번엔 참아주시겠어요?"

"디온 경……. 하지만……."

"지금은 잠시 진정하시는 게 좋지 않을까요?"

그때 또 다른 사람이 난입했다. 말간 얼굴로 발언한 사람은 슈트리나 에트와 옐로문이었다.

"아벨 전하께선 냉정을 잃으신 것 같습니다. 차라도 마시면서 잠시 쉬세요. 저쪽에 다과석을 준비했으니까요……."

슈트리나의 가련한 꽃 같은 미소에 미아는 불현듯 무언가를 감지하고……, 스슥 자연스럽게 다가가서…….

"리나 양, 혹시나 해서 말씀드리는 건데…… 차에 아무것도 넣지 않았죠? 졸음이 오는 약이나 몸이 마비되는 약 같은……."

그 물음에 슈트리나는…… 조금 상처받은 표정을 지었다.

"너무하세요……. 당연히 중간에 괜찮아진 것 같아서 마음을 달래주는 것으로 바꿨습니다. 그러니 미아 님께서도 드셔도 괜찮습니다."

"그렇군요. 의심해서 죄송합……? 바꿨다고요?"

"우후후……."

미소 짓는 슈트리나. 미아는 그리 깊게 캐묻지 않는 게 좋을 것 같다고 마음을 바꾸고 아벨 쪽을 보았다.

"……뭐, 어쨌거나 괜찮아요. 아벨. 제가 반드시 당신의 누님을 되찾겠어요."

그런 일동의 대화를 기미마피아스가 아무 말 없이 지켜보았다.

디온에게 제지당한 셈이 된 그는 그저 조용히 아벨의 반응을 바라보고 있었다.

아벨의 누나를 되찾는다……. 그 선택의 무게를, 그 말의 의미를…… 미아가 실감하게 되는 건 조금 나중의 일이다. 그리고 그건…….

제32화 역사가 「이국에서 찾아온 페가수스 프린세스」

『이국에서 찾아온 페가수스 프린세스』

　그것은 기마왕국에서는 모르는 사람이 없는 역사가(歷史歌).

　일족의 화해와 재생, 위대한 축복을 노래한 환희의 노래이다.

　시조 구앙롱에게서 태어난 열세 명의 아이가 각기 가장이 되고, 족장이 되었을 때에 그 사이에 큰 균열이 생겼느니라.

　역사가 얼마나 흘렀을까. 시간의 흐름에 잃어버린 불꽃 일족, 그들의 피가 끊어지려 하고 있었도다.

　그런 때에 한 손님이 기마왕국을 찾아왔나니, 그 정체는 대륙에 이름을 떨치는 대국의 황녀.

　마치 달빛과도 같이 빛나는 백금빛 머리카락, 희고 투명한 피부, 지성의 광채를 띤 눈동자는 이 세상의 진리를 꿰뚫어 보느니라. 그 입은 애마와 말을 나누고 그 귀는 하늘을 통솔하는 천마의 목소리를 듣도다.

　이 땅에 온 페가수스 프린세스, 열세 부족의 모습을 보고 충격을 받아 물으니,

　"말이 울고 있구나. 말을 슬프게 해가며 너희는 무엇을 하고 있느냐."

　분노에 떠는 페가수스 프린세스, '바람을 거느리는 천마'에 올

라 그 손을 들어 기마왕국의 백성을 꺾었니라.

이로써 그들의 마음속 과거의 응어리를 완전히 불식시켰더라.

이리하여 그녀는 갈라진 마음을 이었도다.

이리하여 열두 부족과 한 부족 사이에 다시 유대가 맺어졌도다.

이리하여 구앙롱의 아이들이 다시 하나 되어 영광스러운 일족의 걸음을 재개하였도다.

후대에 '아무리 그래도 과장이 심한 거 아닌가?'라는 말을 듣게 되는 전설적인 역사가. 역사가엔 신빙성이 부족하다는 비판을 받지만……, 다른 어떤 노래보다 기마왕국 백성에게 사랑받으며 지지받는, 큰 인기를 자랑하는 역사가이다.

그 장대한 서곡의 조용한 전주가 시작되려 하고 있었다.

불꽃 일족과의 역사적인 회담을 마치고 며칠 뒤.

수풀 부족의 마요에게서 소식이 도착했다.

"족장 회의라……. 그렇게 되겠지."

전령의 이야기를 들은 마롱은 깊은 한숨을 쉬었다. 그 후 그는 미아와 라피나 등 관계자를 모아 상담했다.

"아버지에게서 연락이 왔어. 불꽃 일족의 대표자를 데리고 족장 회의에 오라고."

"그래요. 역시 그렇게 되었군요. 흠…, 그럼 이렇게 하는 건 어떨까요?"

마롱의 이야기는 미아 feat. 루드비히의 완전한 예상 범위 안이었다. 따라서 미아는 완벽한 준비 하에 자신의 생각(순도 90% 이상 루드비히 생산)을 개진했다.

즉 불꽃 일족과 열두 부족을 화해시켜 불꽃 일족의 여성들을 보호. 이로써 족장, 마취 일당과 무녀의 사이를 갈라놓는다는 책략이다.

적의 싸울 동기를 공략한다는 그 계획에 마롱은 감탄하며 고개를 끄덕였다.

"역시 대단해, 아가씨. 그 단계에서 거기까지 생각한 거야?"

"후후후. 뭐, 제 가신은 우수하니까요."

미아는 웃으면서 그런 말을 했다.

결코 자신이 생각했다고는 하지 않는다. 언제 헛점이 나올 지 모르니까…….

소심한 미아는 공적도 명예도 필요 없는 대신 부담도 지고 싶지 않았다.

"기마왕국 열두 부족과 불꽃 일족만으로 회의하는 건 그리 좋은 방법 같지 않아. 만약 열두 부족 중에 뱀의 앞잡이가 있다면 큰일이니까……."

라피나가 발언했다. 확실히 기마왕국 백성으로 잠입한 암살자의 손에 랑후아 및 후이마가 죽어버리면…… 화해의 길은 닫혀버릴지도 모른다.

그렇게 되면 이 계획은 허망하게 무너진다.

"수풀 부족 중에도 불꽃 부족과 교류하는 걸 꺼리는 녀석들이 있을 테고. 장로들은 늑대를 부리는 힘을 위험시하는 경향도 있어. 가능하다면 또 호위를 부탁하고 싶은데…….”

“이번에 저는 라피나 님의 호위인걸요. 어떤 곳이든 함께하겠습니다.”

아벨과 함께 발렌티나를 되찾겠다고 약속한 이상 이대로 제국에 돌아간다는 선택지는 이미 없다. 그렇다면 여기에 머무르는 것보다 마롱과 같이 이동하는 게 낫다고 미아는 판단했다.

“이 마을에도 다소의 전력은 두어야겠지……. 들은 이야기로는, 그 뱀이라는 녀석들은 악질인 듯했으니까.”

그렇게 방침이 정해졌다.

불꽃 일족의 마을에는 황녀 전속 근위대의 정예를 다섯 명, 여기에 수풀 일족에서 불러온 전사 약 열 명을 배치한다. 물론 무녀의 수하가 불꽃 일족의 남자들이라면 마을 여자들에게 해를 가한다고 보기는 어려웠다.

오히려 위험한 건 족장 회의에 참석하는 후이마와 랑후아 쪽이다. 하지만……,

“뭐, 디온 씨와 황녀 전속 근위대가 있다면 괜찮지 않을까요? 기미마피아스 씨도 상당히 강하다고 하고요…….”

늑대술사와 디온이라면 디온이 더 강하다는 모양이고, 적에 불꽃 부족의 전사들이 가담한다고 해도 어떻게든 될…… 것이다.

어쨌거나 할 수 있는 수배는 다 했다. 미아가 고안한 것이 아니라 루드비히가 생각해준 것에 미아가 허락(좋아요!)한 이상, 더 보완할 수 없다.

이제 적이 뭘 하려고 해도 괜찮을 터…… 라고는 생각하지만, 아무래도 일말의 불안을 지우지 못하는 미아였다.

"어쨌거나 아벨도 누님이 신경 쓰일 테니까, 빨리 기마왕국 일을 어떻게든 해야겠네요……."

기합을 새롭게 다진 일행이 출발했다. 목적지는 기마왕국의 '남방 수도'이다.

제33화 각자의 관점

 족장 회의가 열리는 땅, 기마왕국의 남방 수도는 불꽃 일족의 은 거지에서 말을 타고 이틀이라는, 비교적 가까운 거리에 있었다.

 보통 마차 안에서 꾸벅꾸벅 졸며 태평하게 갔을 테지만, 이번에 미아는 일부러 말을 타고 가기로 했다.

 그건 마롱의 아이디어였다.

 "기마왕국의 백성은 외국의 귀한 아가씨는 말 같은 건 타지 않을 거라고 생각하거든. 말을 잘 타기만 해도 평가가 많이 좋아질 거야."

 "그렇군요. 뭐, 많이 먹기 위해 조금 운동해두는 것도 좋지 않을까요?"

 그렇게 생각한 미아는 흔쾌히 받아들였다.

 아무튼 열두 부족의 족장이 모인다는 족장 회의다. 분명 맛있는 먹거리가 나올 게 틀림없다고 확신했다. 진수성찬을 흡입하기 위해서는 호감도를 벌어둬서 나쁠 게 없다.

 그런 미아의 호위를 맡은 게 후이마였다. 불꽃 일족을 위해 여러모로 힘을 쓰는 미아에게 보답하고 싶다고 했는데…….

 ——흐음. 그나저나 후이마 양, 역시 조금 기운이 없어 보여요.

 미아는 옆에서 나란히 말을 모는 후이마에게 힐끗 시선을 보냈다.

 불꽃 일족의 마을에서 나온 뒤로 어째서인지 별로 기운이 없는 후이마였다.

아니, 잘 생각해 보면 랑후아와 회담했을 때부터 조금 가라앉은 것처럼 보였다.

——라피나 님도 그렇고, 뭔가 안 좋은 것이라도 먹은 걸까요? 하지만 그런 것치고는 제가 아무렇지도 않다는 게 이상하단 말이죠. 제 위는 지극히 섬세하고 예민할 텐데…….

안느가 입수한 요구르트 덕분에 오늘도 배 상태가 아주 좋은 미아였다.

……뭐, 그건 그렇다 치고. 이대로 후이마가 가라앉아있는 것도 기분이 답답했다.

그런고로 미아는 무언가 후이마가 기운을 되찾을 법한 화제를 던져보기로 했다.

당연히 그 화제란…….

"그런데 후이마 양……. 그 말, 아주 훌륭한 말이네요."

미아는 후이마를 태운 흑마를 보며 말했다. 그건 빈말이 아니라 완전한 진심이었다.

황람에게도 뒤지지 않을 듯 탄탄하고 우아한 몸뚱이. 힘차게 대지를 박차는 다리와 곧게 앞을 응시하는 맑은 눈. 윤기가 반지르르한 검은색 털은 이 말이 얼마나 귀한 대접을 받았는지 드러내는 것 같았다. 특징적인 부분은 그 하얀 코일까. 밤처럼 캄캄한 털 속에서 그곳만이 빛나는 것처럼 보였다.

"혹시 그건 월토마인가요?"

그렇게 묻자 후이마는 씩 웃었다.

"역시 미아 황녀. 말을 보는 안목이 정확하군. 이건 우리 불꽃 일족의 재보다. 마취 오라버니의 애마인 영뢰와는 형제로, 이름은 형뢰(螢雷)라고 하지. 기마왕국의 전통마인 월토마의 순혈종으로, 위로 거슬러 올라가면 시조 구앙룽 시대까지 간다. 이 말의 혈통을 노래한 역사가(歷史歌)도 있는데⋯⋯."

밝은 목소리로 설명하는 걸 보며 미아는 조금 웃었다.

──흠, 기운이 난 것 같아 다행이에요. 역시 후이마 양은 이래야죠. 아니면 저마저 상태가 이상해지니까요⋯⋯.

그렇게 만족스러워하고 있을 때,

"⋯⋯안 물어보는 건가?"

"네?"

불현듯 후이마가 진지한 얼굴로 바라보았다.

"묻는다니, 무엇을요?"

"이 말을 팔아서 돈을 마련하지 않냐고. 식량으로 바꾸지 않는 거냐고, 안 물어보는 건가?"

후이마는 형뢰의 목덜미를 부드럽게 쓰다듬으며 말했다.

"우리 구앙룽의 후손에게 말은 친구. 말은 가족. 하지만 일족의 존망 위기이기도 하지. 그런 상황에서 훌륭한 말을 계속 보유하고 있는 건 사치이자 응석이 아니냔 말을 들은 적이 있다. 하지만⋯⋯ 나는⋯⋯."

괴로운 듯 입술을 일그러트리며 말하는 후이마에게,

"어머? 그건 아니지 않을까요?"

미아는 의외라는 어조로 말했다.

"애초에 말을 팔아버린다니, 말도 안 되잖아요."

그건 미아에겐 자명한 일이었다.

확실히 말을 팔아서 식량을 얻는다면 일시적으로 파멸을 면할 수 있을 것이다. 하지만…… 그건 어디까지나 일시적이다. 임시 방편이다.

말을 팔아서 손에 넣은 돈은 쓰면 사라지고, 음식은 위로 들어가 버린다.

배가 불러 움직이는 게 귀찮아졌을 때 파멸이 덤벼들면 어떡하나. 말이 없으면 도망칠 수 없지 않은가!

그렇기에 미아는 생각한다.

말이라는 탈출 수단은 언제 어느 때든 최후의 순간까지 곁에 남겨놓아야 한다고.

따라서 미아는 말한다.

"말은 어디보다도 먼 곳으로 저희를 데려가 주는 존재. 손에서 놓아버린다니 언어도단이에요. 죽을 때는 말과 함께 죽겠다 정도로 생각해두는 게 좋지 않을까요?"

그건 끝까지 도망치는 걸 포기하지 않는다는 미아의 단단한 신념! 흔들림 없는 부분이었다.

그 말을 들은 후이마는 입을 떡하니 벌리고 있었으나…… 이윽고 작게 웃음을 터트렸다.

"후후후, 그렇군. 정말 옳은 말이야. 놀랐어. 미아 황녀는 기마 왕국의 백성보다 훨씬 말을 잘 알고 있구나."

한바탕 신나게 웃은 후, 후이마는 고개를 저었다.

"역시 내가 친구로 인정한 사람다워."

"어머? 그렇게 말씀해주시다니 기쁘네요."

대체 뭘 좋게 본 건지 잘 이해하지 못했지만…….

──뭐, 후이마 양이 기운이 났다면 그게 최선이니까요.

그렇게 생각하는 미아였다.

그런 두 사람의 속내를 아는지 모르는지 미아를 태운 동풍이 흐아암 하품을 했다.

참으로 평화로운 광경이었다.

"으으음…… 후후후."

좁은 실내에 남자의 굵은 목소리가 울렸다.

"아아…… 참 근사하구나. 이 아름다운 갈색 체모……, 이 매끈한 엉덩이……. 아아, 정말 참을 수 없어!"

늘씬하게 뻗은 다리를 더듬더듬 만지면서, 남자는 히죽히죽 넘쳐날 듯한 미소를 지었다.

"아아…… 사랑스러워라. 너야말로 내 딸. 사랑하는 딸이다."

그렇게 남자는 눈앞에 서 있는 의붓딸의 뾰족한 코끝에 입 맞췄다. 그러자 긴 속눈썹 너머 맑은 눈동자가 남자를 똑바로 향했다. 촉촉하게 젖어 마치 보석과도 같은 눈동자에 남자는 만족스러운 한숨을 후우 흘렸다.

"아, 이렇게나 아름다울 수가. 아름답구나. 기다리렴, 곧 또 새 친구를 데려와 줄 테니까. 크흐흐흐."

"아버지…… 심하게 역겹…… 사와요…….”

갑작스러운 지적에 남자── 샨 푸마(山富馬)는 재빠르게 돌아보았다. 그러자…… 싸늘하게 식은 눈빛을 보내는 친딸이 서 있었다…….

마구간 입구에 서서 기가 막힌다는 듯 고개를 내젓고 있었다!

"무슨 말이냐? 말을 감상하는 건 고상한 취미란다. 보거라, 이 완벽한 털을. 미끈한 보디라인과 길쭉한 다리. 월토마 중에서도 그녀만큼 아름다운 말은 없지. 이 자태에 반하는 건 인간으로서 당연한 일이 아니냐!"

푸마는 눈앞에 선 의붓딸, 즉 갈색 털의 말을 가리키며 항의했다.

"아버지…… 아주아주 역겹, 사와요……."

하지만 딸의 태도는 변하지 않았다. 오히려 한층 질린다는 기색이 짙어졌다.

그러나…… 어쩔 수 없는 일일지도 모른다.

완전히 외국물이 든 딸은 현재 베이르가 공국의 드레스를 입고 등까지 기른 머리카락에는 밀라나다 왕국의 리본을 달았다. 10대 중반이라는 섬세한 나이. 꾸미고 싶어 하는 건 당연한 일이긴 하지만.

──옛날에는 말을 타고 초원을 달리곤 했었는데…….

푸마는 참으로 적적함을 느꼈다.

──지금은 열흘 중 이레 정도 말을 타는 수준에 그치게 되었어. 아아, 통탄스럽구나.

……비교적 자주 타고 있었다!

"들거라, 딸아. 우리는 기마민족이란다. 말의 수로 권세를 자랑하지. 외국에서 좋은 것을 도입하는 것 자체는 현명한 판단이긴 하지만, 중요한 것이 바뀌어서는 안 된다. 말이 전부, 말이 곧 목숨이다!"

기마왕국 열두 부족 중 하나, 산(山) 일족.

최대세력인 수풀 부족에 다음가는 규모를 자랑하는 이 일족은 '남방 수도'를 지키는 마을 지기 일족이기도 하다. 적극적으로 타국과 교류하며 개화적인 일족으로 알려져 있다.

렘노 왕국의 군부와도 가까운 사이로, 승마술 지도를 위해 부족원을 여러 명 파견하기도 했다.

그런 사정도 있기에 전통을 중시하여 종종 보수적인 경향이 눈에 띄는 기마왕국에서는 비교적 타국의 문화를 도입하는 일족이었다.

그리고 그 족장인 샨 푸마는 뼛속 뿌리까지 말을 사랑하여 통칭 말덕으로 유명했다.

"아버지는 오해하고 계십, 사와요. 저는 딱히 말을 싫어하는 게 아니, 와요."

외국 느낌의 말투에 영 적응하지 못한 건지 고개를 갸웃거리는 딸이었다. 아무튼 확실히, 실제 마을 지기인 산 일족은 말을 타는 빈도가 그렇게까지 많지는 않다. 열흘에 이레는 말을 타고 노는 딸은 말덕인 족장에 걸맞게 말 애호가라고 할 수 있으나.

"다만 저는 아버지처럼 말을 가둬놓고 사랑하는 걸 좋아하지 않는 것뿐이어요. 아, 지금은 꽤 매끄럽게 붙었…… 사와요."

흡족해하며 고개를 끄덕이는 딸을 보며 푸마는 절레절레 도리질했다.

"정말 무슨 말을 하는 건지⋯⋯. 내 말을 물려받을 사람은 너밖에 없는데. 뭐, 좋다. 내 보물이 더 풍족해진다면 너도 알 수 있는 날이 오겠지. 후후후, 여기에 불꽃 일족의 재보가 더해진다면 내 보물도 한층 완벽해질 텐데. 아아, 참으로 기대되는구나. 으흐흐."

히죽히죽 음흉하게 웃던 푸마는 불현듯 떠올렸다는 양 딸에게 고개를 돌렸다.

"그런데, 무슨 일이 일어난 거지?"

"아. 네, 맞사와요. 수풀 부족의 마요 족장님에게서 사자가 왔사와요."

"흠. 그 호인인 마요가? 무슨 말을 했지?"

"아버지가 집착하시던 불꽃 일족에 대해⋯⋯."

"뭣?!"

어깨를 움찔 떠는 푸마. 그걸 보고 딸은 한숨을 쉬었다.

"무언가 또 좋지 않은 일을 하고 계셨사와요?"

"그그, 그럴 리가 있느냐. 나는 어디까지나 좋은 말은 가져야 할 자가 가져야 한다는 생각에서⋯⋯."

딸이 빤히 응시하자 푸마는 말을 이었다.

"게, 게다가 나쁜 짓은 아니야. 다만 돈과 식량 대신 말을 달라고 했을 뿐이다."

그 대답을 듣자 딸은 '아아' 하며 하늘을 우러러보았다.

"동족에게서 말을 산다? 그건 참으로 족장 회의에서 문제가 될 법한 일이어요. 아니, 먼저 불꽃 일족이 궁핍할 때 양을 고가에

사들였던 건 그걸 위해서였사와요?"

양이나 염소는 중요한 식량원이다. 평범하게 기르면 새끼를 낳고 수도 늘어난다. 기다리다 보면 늘어나는 재산이라 할 수 있다.

하지만 한때의 가난으로 그걸 팔아버린다면 나중에 남는 건 그냥 돈. 쓰면 사라질 뿐인 돈이다.

"먹을 것이 없어져서 궁지에 몰리면 말을 팔 거라고 생각하신 것이와요?"

딸의 추궁에 푸마는 눈을 이리저리 굴렸다.

"아니, 그게…… 응? 말을 좋아한다면 이해하지?"

그런 아버지의 반응에 딸은 '하아아아……' 하며 기나긴 한숨을 쉬고는,

"이거……, 족장 회의에서 혼쭐이 나게 생겼사와요."

질린다는 듯 고개를 내저었다.

제34화 미아의 진짜 관점 ~미아 황녀, 문외한에게 말에 대해 설파하다~

　기마왕국의 남방 수도는 간이나마 성벽이 세워진 어엿한 도시였다.

　열두 부족의 어느 부족이든 우열을 인정하지 않고 평등한 위치에 놓여있다는 취지인 그 특수한 국가 시스템으로 인해 '왕도(王都)'라고 불리지는 않으나……, 그래도 그 규모는 소국의 왕도라고 불러도 지장이 없을 정도였다.

　미아 일행은 그 남방 수도 주변에 펼쳐진 초원에서 쉬고 있었다.

　장시간의 승마에 아무리 미아라고 해도 몹시 피곤해져서 완전히 기운이 없……,

　"흐음……. 좋은 운동이 되었네요. 어쩐지 조금 날씬해진 것 같지 않나요?"

　……어지지 않았다!

　오히려 만족스러운 듯 위팔을 주무르고 있었다.

　"……어머? 이상하네요. 별로 변하지 않은 듯한……."

　미아는 잠시 고민했지만…… 생각을 그만두었다. 그리 신경 쓰지 않는 게 정신 건강에 좋을 것이라는 미아의 본능을 따랐기 때문이다.

　"그나저나 말이 어마어마하게 많네요……."

　초원에는 수많은 말이 무리를 지어 느긋하게 풀을 뜯고 있었다.

자꾸만 야금야금 세고 싶어지는 걸 참으며 미아는 팔짱을 꼈다.

"역시 기마왕국이에요. 말이 많군요. 저 말 떼는 야생마일까요……. 훌륭해요."

그렇게 중얼거리고 있을 때,

"아하하하. 저건 잡종입니다."

갑작스러운 웃음소리. 그쪽으로 시선을 돌리자 장년의 남자가 걸어오고 있었다. 그 옆에는 마롱의 모습도 있었다. 그렇다는 건 기마왕국의 인간인 걸까.

──흠, 머리카락은 마롱 선배처럼 검은색이고, 기마왕국 백성의 특징도 있지만……. 그렇다기엔 복식의 느낌이 조금 다르네요. 마치 저희와 같은 스타일이에요…….

여하간 상대방과는 초면. 여기선 자기소개라도 하는 게 좋을까…… 같은 고민을 하고 있을 때…….

"하하하. 제국의 예지의 이름은 우리 일족에게도 들려올 정도인데 다소 식견이 부족하시군요. 좋은 말을 보신 적이 없는 듯합니다."

난데없이 시비를 걸었다!

"푸마 님, 그건……."

얼굴을 찡그리며 타이르려는 마롱. 하지만 미아는 그걸 기다리지 않고 입을 열었다.

"어머나, 생각지도 못한 말씀이네요. 저는 베이르가 공국의 학원에서 월토마를 타본 적도 있답니다."

그 황람과 쌓아온 나날을 미아가 잊은 적은 없다. 게다가 화양과 석토도 마찬가지다. 남자의 말은 황람을 비롯해 미아가 탔던 많은 말을 모욕하는 발언이었다. 여기에는 차마 가만히 있을 수 없는 미아였다.

이런 때에 화를 내지 않는 기수(騎手)를 어느 말이 도와주려 할까? 어느 말이 함께 단두대에서 도망쳐주려고 할까?

이것은 말의 동기 고취에 관련된 문제이다!

"베이르가의 학원에서? 기마왕국의 백성이 아닌 영애가 월토마에 탔다? 아……, 그러고 보면 예전에 베이르가 공국에 말을 선물한 일족이 있었던가……. 분명 월토마라고 해도 다른 종의 피가 섞인 잡종. 순혈을 유지한 우리 일족의 말들과는 비교도 할 수 없겠죠. 저급한 말이라는 건 마찬가지입니다."

그 말투에 미아는 혈압이 치솟았다. 하지만 바로 무언가를 깨달은 건지 작게 한숨을 쉬고 고개를 저었다.

——저도 참……. 안 되겠네요. 무지에 의한 무례에 쌍심지를 켜는 건 무의미한 일이에요.

눈앞의 남자가 늘어놓는 주장도 뭘 모르기 때문에 할 수 있는 말. 그렇다. 남자는 모르는 것이다. 말에게 중요한 진실을.

그렇다면 오히려 정정하고 타이르는 것이야말로 아는 자의 의무.

미아는 여유로 넘치는 미소를 머금고 남자를 바라보았다.

"후후후, 그건 참…… 어리석은 기준이군요. 이치를 모르는 자의 발언이에요."

"뭣?!"

미아의 대답이 의외였는지 입을 떡 벌린 남자에게 미아는 온화한 어조로 말을 이었다.

"어떤 말이라 한들 말은 말. 저희를 먼 곳까지 데려가 주는 위대한 존재입니다."

그렇다…… 미아는 알고 있다. 말은…… 아주 좋은 것이다.

어떤 말이든 거기에 있으면 타고 도망칠 수 있다. 만약 없다면 무슨 일이 있을 때 자신의 발로 도망쳐야만 하지 않은가! 그러면 지친단 말이다!

더 말하자면 어떤 말이라고 해도 적어도 자신보다는 빠르다는 걸 미아는 알고 있다.

만약 미아보다 느린 말이 있다면 그건 말이 아니다. 말로 변신한 해파리 같은 무언가다.

그러니 미아는 어떠한 말에게도 경의를 잃지 않는다.

만약 미아에게 극도의 충성을 바치는 근위가 있다고 치자. 그 근위가 미아를 업고 옆나라까지 걸어갈 수 있을까?

생각할 필요도 없다. 못 간다.

제국 최강의 기사, 디온 알라이아라고 해도 그런 건 불가능…….

──아니, 그러고 보면 디온 씨는 저를 안고 숲에서 탈출한 적이 있었죠……. 어쩌면 저를 옆구리에 끼고 국경을 넘는 것도 가능할지도 모르겠네요. 저도 사실은 의외로 가벼우니까요…….

……농담은 넘기고, 아무튼 미아에게 말은 어떤 개성을 지니고 있다 해도 경의를 표해야 할 존재다.

하지만 그걸 알아챌 수 있었던 건 오로지 이전 시간축에서 겪은 경험이 있기 때문이다.

그렇기에 미아는 뭘 모르는 남자에게…… 산 부족의 족장, 푸마에게 타이르듯 말했다.

"말은 말. 말에 귀천 같은 건 없습니다."

"허허허, 이것 참. 푸마 님. 한 방 먹으셨구려."

여기에 새로운 사람이 난입했다.

목소리가 들린 쪽으로 시선을 돌리자 한 명의 노인이 걸어오는 게 보였다. 푸근한 미소를 지은 노인은 미아 앞으로 오더니 깊이 허리를 굽혔다.

"이리 먼 곳까지 잘 오셨습니다. 미아 루나 티어문 황녀 전하. 이 늙은이는 이번 족장 회의의 의장인 펑 구앙마(風光馬)라고 합니다."

"정중한 인사 감사합니다. 미아 루나 티어문입니다."

승마용 바지를 살짝 잡아 올린 미아를 향해 노인은 활짝 웃으며 대답했다.

"허허허, 그나저나 황녀 전하는 역시 제국의 예지라고 불릴 만한 인물이구먼. 참으로 깊은 고찰……. 감탄했습니다. 혹시 그 녀석이 황녀 전하의 말인지?"

노인이 가리키는 곳에는 여기까지 미아를 데려다준 말, 동풍의 모습이 있었다.

"네. 그렇습니다."

"그렇군. 조금 전의 말을 증명하기에 걸맞은 말이구먼. 어디, 괜찮다면 이 노인에게 남방 수도까지 에스코트를 맡겨주시겠습니까? 반가운 우리의 동포와도 안장을 나란히 할 수 있다면 더없는 기쁨일 텐데……."

"네. 딱히 상관은 없는데요……."

미아는 작게 고개를 갸웃거리면서도 선량해 보이는 노인의 미소를 바라보았다.

그 모습을 보며 마롱이 얼굴을 찡그리고 있었다는 걸 미아는 눈치채지 못했다.

제35화 미아의 입성, 장대한 복선……?

기마왕국의 남방 수도는 이날 조용한 긴장감에 휩싸였다.

임시로 열린 족장 회의. 여기에 잃어버린 일족인 불꽃 일족의 사람을 초대하였으니 긴장이 차오르는 건 필연이라 할 수 있었다.

심지어.

"아무래도 성녀님이나 제국의 황녀님도 오신다는데?"

"제국의 황녀님? 왜 그런 사람이 와?"

"불꽃 일족의 여자애와 친구라나."

이런 소문이 퍼졌으니 평소와는 다른 분위기가 감돌아도 이상하지 않았다.

참고로 그 정보를 흘린 사람은 수풀 부족의 족장, 마요였다.

미아를 말에 태우고 입성시키는 것도 그렇지만, 전부 연출의 일환이었다.

오랫동안 잃었던 자들, 불꽃 일족의 사람들이 기마왕국에 복귀하는…… 그런 특별한 일이 일어나도 이상하지 않다는 분위기를 만들어 추진력을 얻으려 한 것이다.

자, 그렇게 사람들의 주목을 모으며 들어온 일행. 그 선두에 있는 건 열두 부족의 족장 중 최연장자인 바람(風) 부족의 족장, 구앙마였다.

바람 부족은 지금도 시조, 구앙룽에게서 이어진 전통을 굳건하게 지키고 있는 유목민 중의 유목민으로 알려져 있다. 정착을 극도로 싫어하며 대평원을 말 그대로 자유롭게 누빈다. 평소엔 봄바람처럼 온화하지만 가볍게 본다면 눈보라처럼 사납게 역습하는, 말 그대로 바람의 일족이라 할 수 있었다.

그런 구앙룽의 에스코트라도 받듯이 들어온 소녀를 본 사람들은 고개를 갸웃거렸다.

소녀는 낯선 이국의 복장을 하고 있었다. 아니, 뭐 엄밀하게 말하자면 낯설다고 단언할 순 없다. 남방 수도의 주민은 대부분 렘노 왕국민을 많이 봤고 그중엔 귀족도 포함되어 있다.

그렇기에 완전히 처음 보는 느낌은 아니었다.

하지만 그렇기에 그들은 경악을 감추지 못했다.

그들은 알기 때문이다.

귀족 영애는 말을 잘 타지 않는다.

그들과 교류하는 렘노 왕국이나 베이르가 공국에선 그런 상식이 널리 퍼져 있었다. 귀족 영애는 오히려 말 냄새를 싫어하거나 승마를 야만적인 행동이라고 생각하는 경향이 있다.

그런데 저 소녀는?

그 제국의 황녀가 마차가 아닌 말을 타고 있다. 그것만으로도 그들이 미아에게 친근감을 느끼는 건 상상하기 어렵지 않았다.

하지만…… 그 흥분은 그녀가 탄 말을 봤을 때 다소 식어버렸다.

그건 그들이 최고로 꼽는 월토마가 아니었다. 그 다리는 월토마처럼 길고 날씬하지 않았다. 굳이 따지라면 짧고, 굵고, 탄탄한 인상이었다.

그 털은 월토마보다 훨씬 길어 덥수룩한 인상이 강했다.

그 눈은 몽롱하니 졸려 보여서, 빠르게 달리기보다는 느긋하게 초원에서 잠드는 게 더 어울릴 것 같은 말이었다.

기마왕국 백성에게 족장의 격은 타는 말에 따라 정해진다.

그 판단기준에서 말하자면 미아는 결코 경의를 표할 상대가 아니었다.

물론 상대는 기마왕국 사람이 아니다. 어떤 말을 타고 있든 보통은 신경 쓰지 않는다. 하지만 미아가 일부러 말을 타고 입성한다는 연출을 해버렸기에 그 자리에 모여있는 사람들은 오해하고 말았다.

그녀가 자신들과 같은 가치관을 지닌 사람이라고…….

하지만 그런 그들의 관심은 바로 다른 것으로 옮겨갔다. 그건 미아의 대각선 뒤를 따라가는 불꽃 일족 족장의 동생, 후이마……가 탄 말!

"훌륭한 말이야……."

그 말을 보기만 해도 그들은 후이마가 자신들의 혈족임을 확신했다.

시조 구앙룽이 내려준 준마. 그 혈통이 끊어지는 일 없이 오늘까지 지켜왔다는 건 그녀가 탄 말, 형뢰를 보면 알 수 있었다.

그 훌륭한 털의 윤기, 아름답게 붙은 근육, 맑은 눈동자, 시원스럽게 뻗은 코와 기품있는 얼굴. 이 말을 얼마나 소중히 키웠는지……. 이 말을 탄 사람이 얼마나 말을 사랑하는지 손에 잡힐 듯 알 수 있었다.

그래……. 그녀는 확실히 자신들의 먼 친척. 같은 시조를 공유하는 사람이다…….

잃어버렸던 자, 자신들의 형제……. 그 귀환이 무엇을 부르는지. 사람들이 그런 걸 신경 쓰는 한편…… 미아는…….

──아아, 다행이에요. 주목이 옮겨갔어요.

조금 안도하고 있었다!

그랬다. 미아는 '말을 타고 입성하시죠?'라는 꼬드김에 넘어가버렸으나…….

앞서가는 구앙마를 보고 퍼뜩 깨달았다.

자신의 어설픈 승마술을 보여줘도…… 괜찮은 걸까?

미아는 자신이 말을 제법 잘 타는 편이라고 생각했다. 세인트 노엘에 다니는 영애들을 봐도, 제국 내를 둘러봐도 미아만큼 말을 잘 타는 영애는 거의 없을 것이다.

하지만 여기는 기마왕국.

남녀노소 불문하고 말을 타는 나라이다. 에스코트를 자청한 구앙마를 보자 그걸 절절히 실감할 수 있었다.

──이런 할아버지마저 가뿐하게 말을 타는 나라에서는 제 승마술쯤이야 어린아이 장난이나 마찬가지. 큭……, 자만했었던 게 부끄럽기 그지없어요.

한 번 깨달은 이상 그게 너무너무 신경 쓰여서……. 괜히 몸이 뻣뻣해지는 악순환.

자신이 추태를 보이고 있음을 자각하고 있던 미아에게는 시선이 옮겨간 게 천만다행이었다.

　이렇게 이런저런 계산을 굴리며 미아 일행은 남방 수도에 입성했다.
　훗날 이 입성이 제국의 예지의 장대한 복선임을 깨닫게 된다는 걸……, 사람들은 아직 눈치채지 못했다.

제36화 제국의 예지가 던진 물음

깊은 한숨이 실내에 울려 퍼졌다.

그곳은 수풀 부족의 족장을 위해 준비된 방.

다소 정신 사나운 이국의 양탄자 위에 떡하니 앉은 아버지에게 마롱은 조금 전 일을 보고했다.

"그렇군. 역시 구앙마 족장은 불꽃 일족의 복귀를 반대하는 건 가……."

어쩐지 피곤한 얼굴인 아버지, 마요. 마롱 본인도 자신의 미숙함에 이를 악물었다.

"당했어. 이쪽의 책략을 완전히 거꾸로 이용했으니까……."

남방 수도 입성. 그들은 두 가지 목적을 노리고 그 장면을 획기적인 이벤트로 연출하려 했다.

하나는 불꽃 일족이 돌아와도 이상하지 않은 듯한…… 특별한 일이 일어날 것 같은 분위기를 만들어내는 것.

그리고 또 하나는 미아의 발언권을 얻는 것이다.

성녀 라피나와는 다르게 미아는 그저 외국의 황녀다. 제국이 아무리 대국이라고 하나 족장 회의에서 발언권을 줄 이유는 되지 않는다.

하지만 미아의 지혜를 빌릴 수 없다는 건 너무나도 마이너스. 그렇기에 다른 족장이 미아를 높이 평가하도록 꾸민 거였으나…….

"말을 타고 입성. 그로 인해 그녀가 평범한 황녀가 아님을 알게 해주고 싶었는데…… 반대의 효과가 나왔나."

펑 구앙마는 마요의 꿍꿍이를 파악하고, 그걸 짓밟으러 왔다.

"질이 낮은 말을 타는 사람의 발언은 들을 가치가 없다."

아마도, 만약 족장 회의에 미아가 개입한다면 그는 이렇게 주장할 것이다.

그렇기에 처음 계획으로는 남방 수도에 들어가기 전에 다른 말로 갈아타게 한 후 들어오려고 했는데…….

"푸마 님이 그때 개입하지 않았다면 이렇게 되진 않았을 텐데……."

"타이밍이 안 좋았어. 아니, 구앙마 족장은 수완가지. 일부러 그 상황에 모습을 드러낸 건가……."

푸마와의 대화가 없었다면, 어쩌면 미아에게 말을 바꿔 타게 할 수 있었을지도 모른다. 수풀 부족이 자랑하는 월토마를 타고 입성할 수 있었을 것이다. 그랬다면 당당하게 족장 회의에도 참석해서 발언해달라고 했겠지만…….

그러나…… 그건 실패했다. 왜냐하면 미아가 푸마의 입을 봉쇄한 그 말은 틀림없는 정론이었기 때문이다.

말은 말. 말에 귀천은 없다. 모든 말에 경의를 표해야 한다.

마롱은 그 말을 들었을 때 충격을 받아버렸다. 그건 기마왕국의 백성이 잊어서는 안 되는 소중한 진리였기 때문이다.

그렇기에 미아가 본인의 말을 타고 입성하는 걸 막지 못했다. 미아를 월토마에 태우는 건 말에 귀천은 없다고 한 그녀의 말을 부정하는 셈이 되기 때문이다.

"하지만 제국의 예지는 의외로 순수하군……. 제국에서 지혜로 이름을 날리고 있으니 조금 더 선악을 모두 받아들이는 인물인 줄 알았는데……. 아니, 나이가 나이이니 그것도 무리는 아닌가."

아버지는 아쉽다는 듯 중얼거린 뒤 고개를 저었다. 그걸 본 마롱은 마음속에 무언가가 걸리는 걸 느꼈다.

"안 되겠어……. 너무 기합이 들어가서 책략을 과하게 생각했나 봐. 나도 참…… 마음이 조급해졌던 모양이야."

"미아 아가씨가 순수하다는 건 나도 동의하지만……. 그래도 아버지, 나는 아가씨만큼 말을 이해하는 인간은 만난 적이 없다고 봐."

마롱에겐 지금도 떠올리는 기억이 있다. 미아가 이야기한 말의 진리. 그것은 미아가 마구간에 찾아왔을 때의 일이다.

영락없이 재채기를 뒤집어쓴 일을 항의하러 온 줄 알았는데……. 미아는 말했다.

말은 머나먼 곳까지 데려다줄 수 있다고…….

확신에 찬 목소리로…… 그것을 온전히 믿으며 아무런 의심도 품지 않은 얼굴로…… 말했다.

"아버지. 내 생각인데……. 그 아가씨의 말을 어떤 이유든 부정해버리면 우리는 기마왕국이라고 말할 수 없게 되는 거 아닐까?"

더없이 올바른 미아의 말. 그걸 부정하면서까지 밀고 나가야만 하는 가치란 무엇인가. 어떤 말이 우수하고, 어떤 말이 우수하지 않다고 평하는 것……. 그것 자체가 오만이 아닌가……?

"말에 귀천은 없다……."

눈앞에 들이닥친 말은 날카롭기에……, 마주 본 이는 고민할 수밖에 없다.

말의 가치를 마음대로 재단하는 자신들은 대체 무엇인가…….

"그렇다고…… 가슴을 펴고 말할 수 없는 내가 답답하구나."

대답하는 아버지의 얼굴도 어딘가 씁쓸함이 퍼져 있었다. 그 얼굴에 번진 것은 죄책감과 자조가 뒤섞인 복잡한 표정이었다……. 정리할 수 없는 감정을 억지로 미소로 바꾼 마요가 어깨를 으쓱했다.

"족장이라는 것도 참, 고생이 심하다니까……."

어딘가 지친 듯한 아버지를 보고 마롱이 쓰린 표정을 지었다.

자신을 몇 겹으로 옭아매는 멍에를 느끼고 암담한 감정이 든 마롱이었다. 말을 타고 있을 때는 그렇게나 자유로운데……. 그 손을, 다리를, 보이지 않는 사슬이 동여매서 속이 울렁거렸다.

마음을 다잡듯 고개를 저은 아버지, 마요가 말했다.

"그래서 미아 황녀는 뭘 하고 있지?"

"구앙마 님의 권유를 받아 저녁을 먹으러 갔어. 라피나 아가씨도 같이 있을걸."

"그렇구나……."

……이때의 두 사람은 알지 못했다.

기마왕국의 상식도, 굴레도, 가치관도…… 그 모든 것을 삼키고도 여유로운, 마치 지모신(地母神)…… 아니, 수모신(水母神)과도 같은 제국의 예지의 압도적인 도량을…….

입을 크게 벌린 해파리(水母) 미아가 기마왕국을 집어삼키기 위해 코앞까지 다가와 있었다…….

제37화 속편·말로 보는 인생 상담

"속이 안 좋아…… 젠장."

마롱은 밖으로 나와 한 마디를 내뱉고는 힘껏 숨을 들이마셨다.

가슴속 깊은 곳에 휘도는 검은 안개를 뱉어내려고 하는 양 숨을 들이마셨다가 내쉬기를 반복했다.

불어오는 밤바람은 차갑고 맑았다.

그 시원함이 기분 좋아 마롱은 눈을 감고 잠시 그 자리에 우두커니 서 있었다.

그렇게 눈을 떴을 때……, 문득 그 시야에 멍하니 서 있는 라피나의 모습이 들어왔다.

"응? 저건 라피나 아가씨……?"

그 모습에 묘한 위화감을 느꼈다.

멍한 얼굴로 고개를 숙인 라피나. 그 옆얼굴은 무척 몽환적으로 보였다. 내버려 두면 어디론가 녹아서 사라져 버릴 것처럼…….

"라피나 아가씨……, 무슨 일 있어?"

말을 건 순간, 가느다란 어깨가 겁을 먹은 듯 흠칫 떨렸다. 하지만 마롱을 보고는 바로 안도한 표정을 지었다.

"아아…… 마롱 씨……."

그 반응을 보고 마롱은 깨달았다. 아무래도 라피나는 호위와 함께 있지 않은 모양이다. 남방 수도 한복판에 있다고는 하나 자신의 입장을 잘 분별하고 있는 라피나답지 않은 행동이었다.

아니, 그렇게 따지자면 여기에 오는 동안에도 계속 라피나답지 않은 행동이 많았던 것 같다.

어딘가 기운이 없었고, 생각에 잠기는 일이 많았던 것처럼 보였다.

"미아 아가씨와 같이 식사하러 가지 않았던가?"

"맞아……. 속이 좀 안 좋아져서 밤바람을 쐬러……."

"호위도 없이?"

"그건……."

말끝을 흐리고 다시 고개를 숙여버리는 라피나.

──평소였다면 그럴싸한 이유 한두 개쯤 쉽게 떠오를 법한데……. 이상하네. 내버려 둘 수도 없고……. 아이고야…….

귀찮다며 머리를 긁적인 후…… 마롱은 문득 쓴웃음을 지었다.

──아니, 이상한 건 나도 마찬가지인가…….

평소의 자신이었다면 분명 귀찮아하지 않고 억지로라도 사정을 캐물었을 것이다. 내버려 둔다는 선택지는 찰나라도 떠오르지 않았을 테니까.

"하이고……, 끙끙 고민이나 하고. 정말 나답지 않다니까. 좋아."

뺨을 짝짝 두드린 마롱은 자신다운 행동을 하기로 했다. 즉……,

"아가씨, 잠깐 말 좀 같이 타 줘!"

그렇게 말하며 씩 웃었다!

"…………어?"

작게 고개를 갸웃거리는 라피나에게 마롱이 말했다.

"나도 이래저래 속이 답답하던 참이거든. 같이 잠깐 바람 쐬고

오자고."

그렇게 말하며 마롱은 손가락 피리를 불었다. 그러자 어디선가 그의 애마가 달려왔다.

"아니, 하지만…… 그……."

당황하는 라피나를 마롱이 한숨을 쉬며 안아 들었다.

"꺅!"

"잠깐 실례."

등을 한쪽 손으로 받치고 반대쪽 손은 무릎 밑에 넣는………… 소위 공주님 안기였다!

"어, 어…… 어?"

당혹스러운 듯 마롱을 바라보며 입을 뻐끔거리는 라피나. 그런 그녀를 말 위에 훌쩍 올린 뒤 마롱은 그 뒤에 탔다.

호위? 그런 건 상관없다.

말을 타고 있는 한 마롱은 자유롭고, 어떠한 굴레에도 붙들리지 않는다.

"꽉 붙잡으라고."

다리를 한곳에 모아 앉은 라피나가 자신의 옷을 단단히 붙드는 걸 확인한 후, 마롱은 말에게 지시를 보냈다.

그날 밤의 비밀스러운 승마는 이렇게 시작되었다.

은은하게 빛나는 달. 하늘 가득 반짝이는 별. 그곳을 한 마리의 말이 나아간다.

밤거리에 따그닥따그닥 느긋한 말발굽 소리가 울렸다.

"어때? 꽤 좋지? 조금은 기분이 개운해지지 않았어?"

"어…… 아, 응, 그래……."

무언가 묘한 목소리를 내는 라피나. 그쪽을 보자 가만히 고개를 숙인 채 딱딱하게 굳어 있었다.

"하하하, 그렇게 얼어붙지 않아도 괜찮아. 떨어질 것 같으면 제대로 잡아줄 테니까."

마롱이 웃으며 말하자 라피나는…… 발끈한 얼굴로 노려보았다.

"따, 딱히 겁먹은 건……."

그렇게 항의하다가도, 곧바로 체념한 듯 후우 한숨을 쉬었다.

정적 속에서 빛나는 별들이 라피나의 마음을 연 걸까……. 아니면 마롱의 비상식적인 행동에 왠지 될 대로 되라는 기분이 들어버렸기 때문일까…….

라피나는 작게 중얼거리듯 이야기하기 시작했다.

"나는…… 날 믿을 수 없어서……."

"응……?"

"나는 기마왕국의 문제를 해결하기 위해 왔어. 베이르가의 성녀로서……. 그런데 나는, 미아 님이 후이마 양을 친구라고 말한 것에 집착해서…… 질투하고……."

라피나는 살짝 고개 숙였다.

"베이르가의 공녀가…… 그런 일에 사로잡혀있을 때가 아니야. 이래서는 안 돼……. 미아 님과 친구가 되는 바람에 이렇게나 마음이 흔들린다고, 그런 생각이 들었을 때였어. 그럼 미아 님의 친구를 그만둬야만 하는 게 아닌가……. 이런 식으로 고민하는 것 자체가 성녀답지 않잖아. 그렇게 생각하는데…… 알고 있는데, 미아 님의 친구를 그만두고 싶지 않아……, 그런 건 생각하고 싶지도 않아……."

거기까지 말했을 때 불현듯 라피나의 말문이 막혔다. 그 눈동자에는 희미하게 눈물이 맺혀 있었다.

혼란스러운 듯 눈동자가 흔들리는 라피나는 주저 없이 결단을 내리는 통치자의 얼굴이 아니었다. 많은 백성에게 사랑받는 성녀의 얼굴도 아니었다.

"……어쩌지, 나…… 어떻게 해야 할지 모르겠어."

작은 중얼거림. 갈등에 떨리는 목소리는 교우 관계로 고민하며 막막해하는 평범한 소녀였다.

"괜찮지 않아? 그게 인간답잖아. 친구를 위하고, 그 친구에게 가장 소중한 사람이 되고 싶어 하는 건 인간의 자연스러운 감정인걸. 좋아하는 사람과 계속 친구로 지내고 싶어 하는 것도."

그렇게 말했지만 라피나는 여전히 고개를 들지 않았다.

"으음, 그래……."

마롱은 생각했다. 이윽고 '자신답지 않은 말'로 격려하기보다는 자신의 말로 이야기해야 한다는 결론에 도달했다. 그래서!

"말을 타는 인간 중에는 지독한 인간도 있거든."

"…………어?"

뜬금없이 시작된 말 이야기에 라피나의 눈이 휘둥그레졌다. 그러거나 말거나 마롱은 말을 이었다.

"솔직히 말이 불쌍하다고 생각한 적이 있어. 인간이 없다면 말도 더 행복하지 않을까······. 하지만 아마, 그렇지 않을 거야."

"무슨······ 의미야?"

"이 땅은 신께서 만들고, 그곳에 살아가는 인간도 동물도 신께서 창조했지. 그리고 우리 기마왕국에는 신의 사자와 함께 말을 내리셨어. 그건 인간은 말을 기르는 자, 말은 인간을 태우는 자로 창조되었다는 거야. 그러니까 말의 행복이란 인간과 함께 살아간 끝에 있지. 말의 행복을 원한다면 야생에 보내는 게 아니라, 우리가 말의 좋은 파트너가 될 수 있도록 고민해야 한다는 거야. 그것과 마찬가지지."

"······저, 저기? 으음?"

라피나가 명민한 그녀치고는 드물게도 어리둥절한 얼굴이 되었다.

어딘가 어리고 앳된 그 얼굴이 우스워서 마롱은 웃었다.

"그러니까, 신께서 인간을 인도하는 '인간'으로서 성녀를 둔 거잖아. 그렇다면 성녀란 '인간'이어야 한다고 봐. 인간이 말을 기르도록 만들어진 것과 마찬가지지. 아가씨는 인간으로서, 인간인 채로, 인간다운 성녀여야 해. 친구 일로 고민하지 않거나 판단에 방해가 된다고 친구를 버리는 건, 나는 인간이 아니라고 봐."

그렇게 말하며 마롱은 하늘을 올려다보았다.

"그러니까 라피나 아가씨는 지금 이대로도 괜찮아. 그게 더 낫지 않아? 많은 것을 고민하고, 슬퍼하고, 좋은 친구들과 함께 웃고. 성녀든 민초든 그러면 되는 거 아닐까."

마롱은 놀리듯 웃었다.

"적어도 나는 그게 더 좋아."

"어, 으…….”

어째서인지 눈을 부릅뜨는 라피나. 마롱은 그 눈꼬리에 맺힌 눈물을 검지로 닦아준 뒤…….

"하하하, 친구 일로 고민하다가 울어버릴 정도가 그 나이다워서 귀엽다고 보는데.”

"어, 어린애 취급, 하지 마세요.”

발끈해서 노려보는 라피나. 그 뺨은 살짝 상기되어 있었다.

──안색을 바꿀 정도로 화나게 했나……. 이런, 어렵네.

마롱은 쓴웃음을 짓고 어깨를 으쓱했다.

"뭐, 아무튼 미아 아가씨는 그런 걸 별로 신경 쓰지 않을걸. 라피나 아가씨의 고민도 제대로 받아들여줄 거야.”

마롱이 고개를 작게 저었다.

"뭐니 뭐니 해도 미아 아가씨는 말의 마음을 이해하는 인간이니까. 자유롭고, 융통성 있고, 어떤 것에도 얽매이지 않는 마음을 지녔지. 정말 부럽기 짝이 없다니까.”

참고로 그 무렵 미아는…….

"으음……. 이 바니치아라는 요리 제법인데요. 보기에는 빵인데 바삭바삭한 파이 속에 치즈가 들어있어요. 위에 올라간 채소와의 상성도 훌륭하고……. 호오, 소금에 절인 고기를 올려서 먹는 게 전통이라고요……? 흐음, 하지만 이건 반대로 달콤한 요구르트도 어울리지 않을까요? 다양하게 시험해봐야겠네요.”

자유를 만끽하고 있었다!

자유롭게, 융통성 있게, 전통적인 방식에 새로운 개념을 추가해서 새 방식을 찾아내는 식문화의 개척자.

그것이 바로 미아였다.

제38화 미아의 무서운 꿈

그날 미아는 꿈을 꾸었다.

그것은 이전 시간축의 꿈…… 이 아니라, 순수한 악몽이었다.

"어머? 여기는 대체……."

어느새 미아는 폐허가 된 낯선 성의 복도에 서 있었다. 어두운 복도는 어둠에 가라앉아 램프로는 도저히 빛을 비출 수가 없다.

"흐음…… 이건 어떻게 된 거죠? 저는 이런 곳에서 무엇을?"

'여긴 어디? 나는 미아' 상태로 주위를 두리번거리던 미아의 코에 불현듯 무척 매혹적인 냄새가 풍겼다. 어쩐지, 무척…….

"아아, 참으로 맛있는 냄새예요. 흐음…… 가 볼까요?"

어쨌거나 어딘가로 가야만 한다면 맛있는 냄새가 나는 곳으로 가는 게 낫다.

미아는 그렇게 믿고 냄새가 나는 방향으로 걸어갔다.

이윽고 거대한 파티홀이 나타났다.

기다란 테이블 위에는 따끈따끈한 김이 오르는 요리가 가득했다.

그것은 어제의 연회를 방불케 하는 근사한 요리였는데…….

"음? 어제의 요리…… 으음? 저는 무슨?"

"어머? 참으로 기품 없는 모습이구나. 맛있는 요리가 보이자 바로 달려들다니, 참으로 꼴사나워."

불쑥 찌르는 듯한 목소리가 들렸다. 시선을 돌리자 그곳에는 한 명의 여성이 서 있었다.

나이는 20대 초반 정도일까. 날카롭게 올라간 눈매와 심술을 부리듯 일그러진 입술, 어둠 속에 녹아버릴 듯한 칠흑의 머리카락.

그렇지만 무엇보다 특징적인 건 그 몸을 휘감은 커다란 뱀이었다.

참으로…… 그, 취향이 의심스러운 복장이었다.

하지만 그 특징적인 차림새에 미아는 어떤 인물을 떠올렸다.

뱀……, 몸에 뱀을 감은 여성……. 그건 바로!

"뱀의 무녀…… 호, 혹시 당신이, 발렌티나 형님이신가요?!"

미아의 질문에 여성은 참으로 밉살맞게 입꼬리를 올렸다.

"예비 시누이의 얼굴도 모르다니, 참으로 무례하구나. 그러면서 아벨과 결혼하려고 하다니 백 년 정도는 이른 게 아닐까?"

심술이 가득한 얼굴로 미아를 날카롭게 노려보았다.

"게다가 그렇게 토실하다니. 어젯밤에 꽤 배부르게 먹었나 보네."

그렇게 말하며 긴 손가락으로 미아의 팔뚝을 꾸아악 꼬집었다!

"무슨? 하, 하지만 기마왕국의 음식은 몸에 좋다고 들었는걸요. 게다가 그렇다고 믿고 먹으면 토실해지지 않는다는 이야기를 어디선가 들은 적이……."

"미신이야. 완전한 미신! 그러면서 제국의 예지라니, 웃기지도 않아!"

……타당하신 말씀이다. 아무런 반론도 하지 못하는 미아였다.

미아도 어렴풋하게 눈치채고는 있었다. 그런 행복한 일은 현실이 아닐 거라고.

"게다가 만사에는 한도라는 게 있잖아. 믿고 먹으면 살찌지 않는다는 게 맞는 말이라고 해도…… 당신은 명백하게 과식이야."

꿈은…… 종종 꾸는 사람이 바라는 걸 반영한다.

미아는 의심하면서도 믿지 않았다.

그렇기에 한도를 설정했다. 즉 아주아주 많이 먹으면 안 되지만, 많이 먹는 정도라면 믿고 먹어도 괜찮다고…….

무의식중에 조건을 단 셈이다. 포기하지 않고 타협점을 찾는 미아다운 꿈이라고 할 수 있었다.

"그래서는 몸이 무거워져서 가볍게 밟아야 하는 댄스 스텝도 어려워지잖아?"

그 말과 동시에 몸이 훅 무거워졌다. 확실히 이렇게 무겁다면 춤을 출 수 없는데…….

"하, 하, 하지만……."

"역시 당신은 아벨의 파트너에 걸맞지 않습니다. 실격입니다!"

쿵! 또다시 느껴지는 충격. 그리고 미아는 비명을 지르며 어디론가 떨어지고, 떨어지더니…….

"으헉……."

그때 눈을 떴다.

"무슨, 앗, 꾸, 꿈…… 인가요?"

멍하니 흐릿한 눈을 부비며 주변을 둘러보았다. 그러자 어느새 자신의 배 위에 벨의 머리가 올라가 있었다…….

"흠……. 그렇군요, 벨의 무게 때문에 몸이 이렇게 무겁게 느껴진 거군요…….'

미아는 한숨을 쉬며 자신의 몸 위에 올라온 벨을 치웠다. 머리 밑에 베개를 찔러넣어 주자…… 벨은 방긋 웃고는…….

"미아, 언니……. 우후후, 저, 더는 못 먹어요."

행복한 잠꼬대도 지금 미아의 귀에는 조금 따가웠다.

"조금 전의 꿈은 과식했다는 죄책감에서 꾼 꿈인 걸까요?"

아니면 무언가 하늘의 계시이기라도 한 걸까?

미아는 무심코 생각에 잠겨 자신의 행동을 돌아보았다.

"선크랜드에서의 만남이 충격적이라 그만 지나치게 먹은 건 부정하지 못하죠. 역시 뱀의 무녀예요. 이쪽의 약점을 적확하게 찌르다니. 참으로 짜증 나는 녀석이었어요……."

적은 뱀이다. 이렇게 뻔한 약점을 방치하는 건 좋은 선택이 아니다.

"운동해야만 하겠네요……."

아벨의 누나, 발렌티나 렘노와의 대결이 다가오고 있다.

자신의 약점을 드러내지 않기 위해서도, 아벨과의 관계를 인정받기 위해서도 날씬해져야 한다…….

"무언가 방법을 생각해야겠군요……. 흐음."

그렇게 팔짱을 끼는 미아였다.

제39화 한 걸음도 물러날 수 없는 싸움

슥, 슥. 머리카락 위로 빗이 흘러간다.

거울 속에서 자신의 머리카락을 정중하게 빗기는 안느를 향해 미아는 웃으며 말을 건넸다.

"손놀림이 아주 좋아졌네요. 안느."

"감사합니다. 미아 님."

마치 베테랑 메이드처럼 담담한 얼굴로 고개를 끄덕이는 안느. 문득 거울 너머로 시선이 마주치자 두 사람은 동시에 웃음을 터트렸다.

"하지만 미아 님의 머리카락은 빗질하기 쉬워서 매번 감사해한 답니다."

"아아, 그 말 그림 샴푸가 질이 좋으니까요. 우후후."

흡족하게 웃은 미아는 문득 배를 문질렀다.

"후우……."

조금 전까지 속이 더부룩한 듯한 느낌이었지만…… 아무래도 착각이었던 모양이다. 미아의 건강한 위가 벌써 공복을 호소하기 시작했다.

잘 먹고 잘 잔다. 미아는 건강우량아다.

──어디, 아침 식사는 뭐가 나올까요……?

미아가 배를 문질문질하고 있자 안느가 걱정되는 듯 얼굴을 살폈다.

"괜찮으세요? 미아 님. 역시 어제 연회에서 말리는 게 늦었던 걸까요?"

"아아. 아뇨, 딱 적당했습니다. 역시 대접해주는 건 남기지 않고 먹는 게 예의니까요. 그만큼 조금 과식한 감은 있지만…… 후후후, 이것도 일인걸요."

"하지만 계속 그렇게 드시다간 미아 님의 몸이……."

"그만큼 운동으로 보완하면 그만이에요. 힘들기는 해도 늘 있는 일은 아니니까요. 그럴 때도 있는 거죠. 아, 맞아요. 괜찮다면 나중에 운동에 어울려주겠어요?"

뻔뻔하게 그럴싸한 말을 늘어놓는 미아에게 감동한 듯한 안느가 주먹을 불끈 쥐고는,

"물론입니다. 도와드리겠습니다."

기합이 들어간 목소리로 대답했다.

미아는 수풀 부족의 마롱과 함께 아침 식사 자리에 앉았다.

눈앞에 나온 건 기마왕국 전통 수프였다. 톡 쏘는 향신료의 향이 참으로 맛있어 보이는 수프에는 하얀 밀 반죽으로 건더기를 감싼 '백월포(白月包)'가 떠 있었다.

——이 요리의 재료는 양고기와 채소……, 그리고 버섯이었죠……. 후후후, 기마왕국의 버섯이 어떤 맛인지 듬뿍 맛봐주겠어요!

기마왕국에 오기로 했을 때부터 밑조사를 빼놓지 않은 미아였다.

"안녕, 아가씨. 어제는 어땠어?"

그때 마롱이 말을 걸었다.

"아……, 마롱 선배. 안녕하신가요. 네, 어제 말이죠."

미아는 어젯밤 바람 부족의 연회를 떠올리며 길게 한숨을 쉬었다.

"사전에 연구하고 왔는데도 제대로 당했다는 느낌이었어요."

선크랜드에서 기마왕국의 식재와 만났을 때, 그게 무척이나 맛있다는 건 알고 있었다. 하지만…….

──얕보고 있었다고 해야 할까요……. 설마 그렇게까지 방심해서 마음껏 먹어버리다니……. 그래서 뱀의 무녀에게 추태를 보이게 된다면 정말 꼴불견이겠죠.

"그렇구나. 역시 아가씨는 미리 조사했었던 건가. 대단해."

"물론이죠. 사전정보는 중요하니까요."

아무리 미아라고 해도 기마왕국의 모든 음식을 다 먹는 건 불가능하다. 그렇다면 무엇과 무엇을 먹을지, 무엇은 반드시 먹어야만 하는지를 조사하는 건 중요했다.

"여하간, 한 방 먹었네요. 앞으로 만회할 수 있도록 지금부터 생각해놔야겠어요……."

"……만회할 수 있다고?"

그 질문에 미아는 힘차게 고개를 끄덕였다.

"물론이죠."

미아에겐 각오가 있었다.

아무튼 아벨의 누나와 대면한다. 그 전에 날씬해지는 것쯤은 식은 죽 먹기.

그런 생각을 하다가 바로 고개를 저었다.

아니, 그게 아니다. 애초에 간단한지 아닌지는 지금 문제가 아니다.

문제는 하냐, 하지 않냐다.

한 걸음도 물러날 수 없는 싸움이 그곳에 있다.

──역시 운동이 중요하죠. 이 기마왕국에서 맛있는 요리를 앞에 두고 먹지 않는다는 건 거의 불가능해요.

미아는 자기 자신을 안다.

확실히 먹는 양을 제한한다면 어느 정도는 날씬해지겠지만……, 이 기마왕국에서 그런 게 가능할 리 없다. 무리라는 걸 안다면 그 가능성은 고려할 게 못 된다.

그렇다면 미아가 할 수 있는 건 오직 하나. 운동이다.

──안느에게도 부탁해두었지만, 역시 효율적인 운동이 핵심이에요. 문제는 어떻게 운동할 지인데……. 으음, 어렵네요.

"그래……. 역시 미아 아가씨구나. 아직 포기하지 않았다는 건가."

"당연하죠. 물러날 수 없는 국면이라는 게 있으니까요."

아벨의 누나와의 대결은 피하기 어렵다. 그렇다면 할 수밖에 없다.

그렇게 기합이 들어간 미아의 눈을 똑바로 바라보며…… 마롱은 고개를 크게 끄덕였다.

"알았어. 나도…… 할 수 있는 일은 할 생각이지만, 아가씨는 아가씨의 판단대로 움직여줘. 우리 아버지도 어느 정도는 맞춰줄 수 있을 거야."

"? 네……? 뭐, 협력해주신다면 감사한 일이지만요……."

그후 미아는 무심코 쓴웃음을 흘렸다.

"그나저나 마롱 선배는 변함없이 후배를 잘 돌봐주시네요."

아벨의 누나와 만나기 전에 날씬해지고 싶은 미아. 그런 미아를 이렇게나 진지한 얼굴로 도와주겠다고 하는 마롱.

아무리 그래도 너무 잘해주는 게 아니냐며 쓴웃음이 나온 미아였다.

한편 미아의 지적에 마롱의 얼굴도 이상하게 구겨졌다.

"그건 부정하지 못하지만, 나보다 더 사람 좋은 아가씨에게 들으니까 좀 묘한 기분인걸."

작은 중얼거림은 미아의 귀엔 닿지 않았다.

──하지만, 그래요. 먼저 족장 회의에서 다른 부족과 불꽃 부족을 중재해야만 하죠. 운동은 그 후에⋯⋯. 지금은 신경 쓰지 않는 게 좋겠어요. 음⋯⋯.

이렇게 운명의 족장 회의가 시작되었다.

마지막 열두 부족 회의라고도 불리는, 전설적인 회의가⋯⋯.

제40화 미아벨의 복수, 시작…… 할지도 모른다?

"이런, 역시 미아 아가씨는 대단해……."

아침을 다 먹은 마롱은 자신의 말에게 먹이를 주기 위해 밖으로 나왔다.

"사전에 조사했으니 만회할 수도 있다고……. 나 원, 정말 굉장하다니까."

아버지, 마요도 그렇지만 마롱은 제대로 만사를 생각하며 준비하는 인간을 존경한다.

──하지만 잘 생각해 보면 그렇겠지. 혼돈의 뱀이랬던가…….

최근에 듣게 된 수수께끼의 집단. 아무래도 불꽃 부족과 관련이 있다는 듯한 그 사교도들을 상대로 미아와 라피나가 싸우고 있다고 한다. 세인트 노엘에 있을 때 마롱은 그런 줄은 전혀 눈치채지 못했다.

──미아 아가씨는 아무 생각도 없이 말을 타는 것처럼 보였지만……. 아니, 때때로 절박한 듯한 느낌으로 탈 때가 있었지. 그건 그런 이유였나…….

먹이를 주고 빗질도 마친 뒤 마롱은 문득 고개를 갸웃거렸다.

"응……?"

등 뒤에서 기척을 느끼고 돌아보자…… 무언가 하고 싶은 말이 있다는 얼굴로 서 있는 라피나의 모습이 있었다.

"아, 라피나 아가씨잖아. 안녕. 잘 잤어?"

인사하면서 웃는 마롱. 라피나는…… 힐끗 시선을 주…… 나 싶더니, 바로 눈을 돌려버렸다. 무언가 마음에 걸리는 건지 한 손으로 아름다운 머리카락을 만지작거리면서 머뭇거리고 있었다.

"조, 좋은 아침입니다. 마롱 씨."

자그마한 목소리로 그렇게 대답했지만…… 어쩐지 상태가 이상했다.

──아직도 고민하는 건가? 아니면…….

조금 걱정이 된 마롱은 천천히 라피나의 이마에 손을 가져갔다.

"힉!"

작은 비명을 지르며 펄쩍 뛰어오르는 라피나.

"흠…… 열이 좀 있나? 혹시 어젯밤에 추워서 감기 걸린 건가?"

"아니, 그런 건……. 열도 없으니까 걱정할 필요는……."

한두 걸음 뒤로 물러난 후 상기된 목소리로 말하는 라피나. 마롱은 고개를 갸웃거리면서도 '뭐, 괜찮다니까' 하고 수긍했다.

"뭐 어제 그걸로 기분 전환이 되었다면 좋겠는데. 그나저나 오늘은 잘 부탁해, 라피나 아가씨. 오늘 족장 회의에서 미아 아가씨는 쉽게 움직이지 못할 테니까."

"뭐……? 그건 어째서…….."

의아해하는 라피나에게 마롱은 어제 입성의 의미를 가르쳐주었다.

"그래……. 어제 그 일에 그러한 실패가 있었구나…….."

설명을 들은 라피나는 그제야 평소와 같은 차분한 표정으로 돌아갔다.

"미아 아가씨는 만회할 수 있다고 했지만, 우리는 우리대로 행동해야만 하겠지. 그래봤자 나는 족장 아들일 뿐이니까. 아직 할 수 있는 일은 한정적이지만⋯⋯."

족장 회의는 기본적으로 열두 부족의 족장들이 참석하여 상의한다.

이번에는 어쩌다 보니 관계가 깊은 마롱도 참석할 수 있게 되긴 했으나, 자신의 발언에 얼마나 귀를 기울여줄지는 몹시 불안했다.

"그 점에서 베이르가의 성녀의 발언에는 무게가 있으니까. 무시당하진 않을 거야. 미안한데 잘 부탁해."

깊이 머리를 숙이는 마롱에게 라피나는 산뜻한 미소를 지으며 고개를 끄덕였다.

"그래. 물론이지. 기마왕국의 슬픈 악연을 풀기 위해 저도 전력을 다하겠습니다. 제가 할 수 있는 건 모두 하죠. 그런데, 그건 그렇고⋯⋯."

거기서 일변. 라피나는 조금 난처한 듯 조심스러운 얼굴로 말했다.

"저기⋯⋯, 어제 일 말인데, 가능하다면 아무에게도 말하지 않았으면 하거든."

"응? 그래, 그건 상관없는데⋯⋯."

그 대답에 얼굴이 환해지는 라피나⋯⋯ 였으나⋯⋯,

"아, 하지만 그 아가씨에게는 이미 말해버렸어."

이어지는 말에 꽝꽝 얼어버렸다.

"누, 누, 누구에게? 누구에게 했는데요?"

"그 왜, 미아 아가씨와 같이 있는 그 아이. 벨이라고 하던……."

라피나의 몸이 휘청 기울었다. 그 입에서는 소리 없는 비명이 새어나갔다.

긴 시간을 넘어…… 지금, 성황제 라피나에게 미아벨의 복수가 시작되려 하고 있었…… 던 건지도 모르지만, 뭐 어찌 되든 상관 없는 이야기였다.

남방 수도 중앙부에는 비교적 큰 건물이 세워져 있다. 그 이름 은 '그레이트 홀스 캐슬.'

산 부족의 족장, 푸마가 세운 제법 큰 저택이다.

건축양식은 렘노 왕국의 영향을 강하게 받았다. 그래서 요새의 기능도 어느 정도 갖추고 있다지만…….

아무래도 이름이…….

"그, 그레이트…… 홀스 캐슬……."

참으로 그렇고 그런 작명 센스에 미아는 무심코 어지러워졌다.

하다못해 기마왕국풍의 이름을 붙이면 좋았을 텐데, 어쩐지 억 지로 외국 느낌이 나는 이름을 붙였다는 게 생생하게 느껴져 서……. 실로 안절부절못하는 기분이 들었다.

……참고로 자신이 타는 말에 '실버문'이라는 이름을 붙이거나 손녀의 이름을 '미아벨'이라고 지어버리는 등 미아의 작명 센스도 상당히 좀 그렇지만……. 그런 건 기억 저편으로 휙 집어던지는

미아였다.

그렇게 저택문을 통과한 미아는 그 직후에 발견했다.

자신들을 내려다보는 거대한 말…… 의 조각상을.

"호오. 이거 훌륭한 조형인데요……. 실력이 좋아요. 제 말 모양 빵의 완성도를 올리는 데 큰 도움이 될 것 같아요……."

가까이 다가가 조각상을 관찰하던 미아는 문득 발견했다.

그 말 조각상에 붙은 제목…….

"나의 사랑하는 딸 '낙로(洛露)'에게 바친다. 흐음, 말의 이름은 기마왕국답지만……, 딸이라…….."

미아는 새삼 말 조각상을 올려다보며 신음했다.

──중요하진 않지만, 아바마마도 그렇고 권력자는 왜 이렇게 자기 딸의 모습을 조각상으로 세워놓고 싶어 하는 걸까요……. 돈을 조금 더 유익하게 쓸 수 있는 방법이 있을 텐데…….

그런 식으로 미아가 세상 권력자의 우행을 한탄하고 있을 때…….

"잘 오셨습니다, 와요."

등 뒤에서 목소리가 들렸다.

돌아보자 그곳에는 한 명의 소녀가 서 있었다.

나이는 미아의 또래 정도. 기마왕국 백성의 특징인 검은 머리카락을 이국의 귀여운 리본으로 묶은 소녀는 스커트 자락을 살짝 들어 올려,

"산 부족 족장 푸마의 딸, 샤오리(小驪)라고 합니다, 와요."

어색한 미소를 지었다.

"친절한 인사 감사합니다. 저는 미아 루나 티어문. 티어문 제국

의 황녀예요."

반면 미아는 완벽하게 고상한 예법으로 돌려주었다.

그걸 본 샤오리가,

"……진짜배기 아가씨어요."

얼떨떨한 얼굴로 미아를 바라보고 있었으나, 바로 고개를 젓고는 발을 돌렸다.

"어, 음, 여러분을 안내하라는 아버지의 분부를 받았습, 사와요. 이쪽으로 오시어요."

제41화 제국의 예지의 교섭

샤오리의 안내로 족장들이 모이는 큰 방에 도착한 미아.

영락없이 건물 구조로 보아 거대한 원탁이라도 놔두었을 줄 알았는데, 족장들은 다들 바닥에 깐 양탄자 위에 앉아 있었다.

——흐음, 이 사람들이 기마왕국의 족장들…….

한 명 한 명의 얼굴을 최대한 기억해야 한다고 생각하던 미아는 바로 펑 구앙마의 모습을 발견했다. 그는 실내의 가장 안쪽에 당당히 앉아 있었다.

——여기선 인사해두어야 할까요……?

각종 경험상 미아는 알고 있다. 인맥과 예절은 무슨 일이 있을 때 자신을 구해주는 하나의 동아줄이다.

물론 거기에 전부 맡기는 건 어리석은 짓이지만, 없는 것보다는 있는 게 낫다.

이번 회의를 잘 진행하기 위해 연장자인 구앙마의 힘을 빌릴 수 있다면 좋다.

——흐음……. 아무래도 다들 저에게는 별 관심이 없는 모양이군요. 바람직한 일이지만…… 어떻게 해야 할까요…….

지금 이곳에서 구앙마에게 말을 걸었다간 아주 눈에 띌 것 같다. 모처럼 눈에 띄지 않고 느긋하게 참관할 수 있는 포지션을 순순히 놔버려도 될까. 짧은 망설임 후 미아는 바로 결단했다.

——흠, 역시 조금 눈에 띄겠지만 인사하는 게 좋겠네요.

그리하여 미아는 바로 입을 열었다.

"간밤에 잘 주무셨는지요, 구앙마 족장님. 어제는 신세 졌습니다."

"허허, 황녀 전하. 저야말로 어제는 제법 즐거운 시간이었습니다. 특히 그 바니치아에 단 과일을 올리는 건 꽤 좋은 아이디어더군요."

"우후후. 저도 그렇게 잘 어울리다니 예상하지 못했습니다. 무척 즐거운 시간이었으니, 또 나중에 같이 할 수 있다면 좋겠네요. 다음에는 제국에 와 주셨으면 좋겠어요. 후하게 대접하겠습니다."

"하하핫. 그렇습니까. 그럼 기대하기로 할까요."

거기까지 말한 구앙마는 미소를 거두고 미아를 빤히 바라보았다.

"한데, 오늘은 친히 걸음 하게 하여 면목이 없습니다. 심지어 문제는 우리 기마왕국의 핏줄 간의 일. 우리가 직접 해결해야만 하는 문제이니, 크게 발언하실 일도 없을 텐데……."

그런 말을 하는 구앙마에게 미아는…… 조금 감동했다!

──아아. 저, 이번에는 외부인 취급이군요. 심지어 구앙마 씨는 어쩐지 아주 의욕적인 느낌이고……. 제가 없어도 다른 분들끼리 어떻게든 해줄 것 같아요……. 이보다 더 행복한 일은 없죠…….

우리 일은 우리가 해결할 테니까 미아의 손을 번거롭게 하진 않겠다는 구앙마의 발언에 미아는 감사를 금치 못했다.

애초에 미아의 계획은 자신이 엮이지 않아도 되는 문제부터 해결하게 하고, 그동안 무녀를 어떻게든 할 방법을 생각하는 것이었다. 따라서 만약 손을 쓰지 않아도 괜찮다면 그게 최선이다.

아무튼 문제는 아벨의 누나, 그리고 이유는 잘 모르겠지만 자신을 친구라고 부르는 후이마와 관련이 있다. 만에 하나 '기마왕국 안에서는 해결된 일'이 되어버린다면 골치가 아프고, 뒷맛도 아주 나쁠 것이다.

──족장들 중에 뱀의 관계자가 없다는 보장도 없으니까요. 제대로 상황을 제어하는 게 중요해요. 그러기 위해서는…….

미아는 후이마 쪽으로 시선을 주었다.

"아뇨. 조금이라도 제가 할 수 있는 일이 있다면 힘껏 협력하고 싶습니다. 친구를 위해서니까요. 이 정도는 아무렇지도 않죠."

먼저 이건 친구와 관련이 있는 일인 이상 너무 대충 처리하면 가만히 있지 않겠다고 못을 박았다. 이어서 미아의 시선은 라피나 쪽으로…….

"게다가 제 또 다른 친구인 라피나 님도 이번 일을 크게 우려하고 계시니까요. 라피나 님께서 이 문제를 한층 좋은 해결법으로 이끌어가려고 하신다면 제가 힘을 빌려드리지 않을 순 없죠."

어디까지나 자신은 돕기만 할 뿐이라고 자연스럽게 어필하면서도 라피나가 이 건에 개입했다는 걸 강조했다.

성녀 라피나 앞에서 몹쓸 짓을 저질렀다간 어떤 일이 일어날지 뼈저리게 아는 미아이다. 게다가 라피나가 있다면 설령 뱀의 수하가 있다고 해도 쉽게 손을 대지 못할 터.

여기선 라피나가 분발해줘야 한다는 의미에서 독려를 던진 셈이지만…….

미아의 말을 들은 라피나는 몽실몽실한 미소를 짓더니……, 바로 날카롭게 벼려진 얼굴로 돌아와서,

"고마워. 미아 님. 나도 전력으로 이 분란을 수습할 생각이야."

기합이 들어간 목소리로 대답했다.

그 눈동자가 살짝 감동으로 촉촉해져 있다는 걸 눈치챈 사람은 없었다.

그리고 감동한 사람이 한 명 더 있었다.

일련의 대화를 보고 있던 마요였다.

——참으로 훌륭한 솜씨야. 저게 제국의 예지란 말인가…….

어제의 입성 연출 실패로 그 존재감은 완전히 사라져버렸을 터. 그런데 지금은. 다른 족장들의 시선은 전부 미아에게 빨려 들어가 있었다.

——바람 부족의 연회에 초대받았다고 들었을 때는 구앙마 님이 무언가 꾸미고 있다고만 생각했는데…….

열두 부족 족장 중 최고령이자 이번 회의의 의장을 맡은 인물, 펑 구앙마.

그런 그의 초대를 받아 연회에 참석하고, 그걸 강조함으로서 미아는 강제로 족장들에게 뇌리에 상기시켰다.

애초에 미아가 구앙마의 에스코트를 받으며 이 남방 수도에 입성했음을!

——자신의 발언력을 축소하기 위한 행동을 반대로 이용해서 다시 발언권 부활을 노리다니……, 정말…….

지극히 치밀하면서도 날카로운 전략적 회담을 앞에 두고 마요는 아무런 말도 할 수 없었다.

자신도 나름 책략을 부리는 편이라고 생각하던 마요였으나, 눈앞의 대화와 비교하면 어린아이나 마찬가지임을 적나라하게 깨닫고 말았다.

──그래. 이게 제국의 예지구나. 당장에라도 만회할 수 있기 때문에 그때 구앙마 님과 입성하는 걸 받아들였던 거겠지.

바닥을 알 수 없는 미아의 그릇에 전율을 숨기지 못하는 마요였다.

제42화 소용돌이 미아, 강림

"먼저 이러한 기회를 마련해준 것에 감사합니다. 저는 불꽃 부족의 장로, 휘 랑후아. 그리고 이 아이는 불꽃 부족 족장의 동생, 후이마입니다."

천천히 일어나 입을 여는 랑후아. 날카로운 안광으로 족장들을 바라본 후 조용히 머리를 숙였다.

그 박력은 족장들의 이목을 끌기에 충분했으나…… 무엇보다 일동의 시선을 사로잡은 건 족장의 동생이라고 소개받은 후이마 쪽이었다.

입성할 때 그 훌륭한 말을 깔끔하게 다루던 소녀였으니까.

역전의 전사처럼 날카롭게 가다듬은 표정, 늠름한 행동거지에 감탄하는 한숨이 흘렀다.

이는 방심할 수 없는 상대, 범상치 않은 인재임이 틀림없다고…… 저마다 얼굴에 긴장이 퍼졌다.

보유한 말이 최대의 평가 기준인 기마왕국의 지론이 어른거리는 일면이라고 할 수 있으리라.

그 후 다른 이들의 자기소개가 끝나자 마지막으로 라피나가 조용히 입을 열었다.

"베이르가 공국의 공작 영애, 라피나 오르카 베이르가입니다. 몇몇 족장님과는 만나 뵌 적이 있죠……."

작게 고개를 기울이며 청량한 미소를 지었다.

그러고는 가만히 눈을 감은 라피나가 신성전의 한 구절을 읊었다.

『신께서 지상에 강림하시니, 양을 기르는 자들이 용감히 맞이하였노라.』

"우리의 신을 가장 먼저 맞이하고, 그럼으로써 위대한 축복을 받은 양치기. 그 후손인 여러분의 회의에 참석하게 된 것은 예상 밖의 기쁨입니다. 부디 이 회의에 신의 축복과 위대한 인도가 있기를."

엄숙한 기도는 그 자리에 있던 사람들의 마음에 맑은 바람을 불게 했다.

그렇게 족장 회의가 조용히 시작되었다.

입을 연 사람은 이번 회의의 의장인 구앙마였다.

"이번 회의를 소집한 이는 수풀 부족의 족장, 마요 님이었지. 먼저 이 회의의 취지를 설명해주게. 어떠한 연유로 우리가 이 자리에 모이게 되었는지……. 무엇을 원해서인지 설명을 듣고 싶네만, 어떠한가? 마요 님."

"하하하, 구앙마 님에게 '마요 님'이라고 불리는 건 다소 겸연쩍은데."

화살이 날아오자 마요는 장난기 있게 웃은 뒤 천천히 일어났다. 그러고는 긴 소매를 소리 내어 다듬은 후 족장들을 향해 조용한 시선을 보냈다.

"자, 그럼 친애하는 족장 여러분. 이번 소집에 응해준 것에 감사의 말씀을. 또, 이런 멋진 순간을 함께 할 수 있게 됨에 기쁨을 금할 수 없다."

노래하듯 경쾌하게, 무대 위 연기자처럼 낭랑한 목소리로 말했다.

"흐음, 멋진 순간이라니?"

구앙마의 질문에 마요는 고개를 크게 끄덕였다.

"네. 우리는 잃어버렸던 형제를 다시 찾아냈습니다. 과거의 갈등으로 헤어졌던 핏줄과 지금 다시 만나려 하는 이 순간. 분명 우리의 조상님들도 기뻐하시겠죠."

그 호소에 몇몇 족장이 순수하게 감명을 받은 듯 고개를 끄덕였다.

감동한 듯 눈시울이 촉촉해진 사람도 있었다. 기마왕국 백성은 기본적으로 선량하고 솔직한 사람들이다.

"그래. 즉 마요 님은 그 감동을 나누고 싶기에 우리를 불렀다, 그렇게 이해하면 되겠는가?"

"물론 그것만이 아닙니다. 듣자 하니 불꽃 일족은 흉작으로 인해 궁핍한 상태라더군요. 그 결과 도적이라는 악행에 손을 댄 자도 있습니다. 이걸 방치하는 건 우리나라의 수치. 우리의 시조, 구앙롱께 면목이 없지 않겠습니까?"

"흠. 즉 궁핍한 불꽃 일족을 지원하는 데 협력해달라는 게로군?"

구앙마는 짝 손뼉을 치고 웃었다.

"그런 것이라면 쉽지. 피를 나눈 일족이 곤경에 처했으니 말일세. 음식이야 얼마든지 지원해주겠네. 게다가 타국과의 절충도 필요하겠지. 도적 피해를 입은 나라에 사자를 보내고 제대로 보상해야겠구먼."

구앙마의 말에 이번에는 모든 족장들이 고개를 끄덕였다.

과거에 어떤 갈등이 있었다고 해도 동포를 돕는 건 당연한 이치. 논할 가치도 없는 일. 그건 기마왕국의 상식이다.

기본적으로는 선량하고 솔직한 사람들이다.

하지만…… 여기서 마요는 한 걸음 더 파고들었다.

"아뇨, 구앙마 님. 거기서 끝이 아닙니다. 나는 기마왕국의 미래에 대해 논하기 위해 여러분을 소집한 겁니다."

구앙마의 눈이 가늘어졌다. 마요는 아랑곳하지 않고 말을 이었다.

"불꽃 일족이 곤경에 처한 것은 불행한 일. 하나 동시에 나에게는 하늘의 계시로 느껴졌다. 부디 각 족장 여러분들이 생각해주었으면 해. 불꽃 일족을, 헤어졌던 우리의 형제를 다시 우리의 품에 받아들이는 것을."

그 한마디에 그 자리의 분위기가 순식간에 얼어붙었다.

"그건 즉, 수풀 부족이 불꽃 일족을 품고 싶다는 뜻인가? 아니면 불꽃 일족을 다른 열두 부족에 분산해서 합친다는……."

"그게 아니라는 건 알고 계시지 않습니까? 구앙마 님이라면……."

마요는 족장들의 얼굴을 둘러본 뒤 말했다.

"나는 이렇게 생각해. 지금이 바로 열두 부족이 다시 열세 부족으로 돌아갈 때가 아닌가……. 다른 족장들도 분명 나와 같은 입장이라면 같은 생각을 하지 않았을까? 나처럼 불꽃 일족을 처음 찾아냈다면……."

"글쎄. 실제로 그 일을 겪어보지 않는 이상은 모르지. 아무래도 마요 님은 불꽃 일족에 지나치게 타협하는 것처럼 보여. 그대는 역사가(歷史歌)의 명수였을 터. 과거 우리가 갈라선 이유를 전부 잊어버린 건가?"

그 지적은 구앙마 다음으로 나이가 많은 족장의 발언이었다. 다른 족장들도 어딘가 곤혹스럽다는 듯 마요를 바라보고 있었다.

도와주는 건 당연하다. 하지만 헤어진 일족을 다시 국가에 포용하는 것……, 그 커다란 변화가 무엇을 불러올지 불안을 느끼지 않는 사람이 없었다.

그때였다. 랑후아가 살며시 손을 든 뒤 입을 열었다.

"아니, 마요 님에게는 면목 없지만 사실 수풀 부족이 처음이 아닙니다. 이미 교류가 있는 족장님이 있죠. 산 부족의 푸마 님에겐 이전에도 신세 졌습니다."

불쑥 날아온 화살에 푸마의 어깨가 흠칫 떨렸다.

"어라, 그랬습니까?"

마요는 조금 놀란 듯 말했다. 그러고는 아쉬워하며 고개를 저었다.

"푸마 님도 말씀해주셨다면 좋았을 것을."

살짝 안색이 파리한 푸마에게 시선을 준 뒤 마요는 랑후아에게 물었다.

"그렇다면 불꽃 일족은 산 부족과 교류가 있었다는……?"

"아, 아니, 그건……."

무언가 말하려는 푸마를 가로막듯 랑후아가 말했다.

"네. 우리가 가난에 허덕일 때 푸마 님이 제안했습니다. 우리의 가축을 사겠다고. 처음에는 양, 다음은 염소, 끝에는 말까지…….”

그때 첫 번째 커다란 흐름이 발생했다.

“……어떻게 된 일인가? 푸마 님……?”

몸집이 유독 큰 족장이 굵은 목소리로 말했다.

참고로 조금 전에 마요의 연설에 감동해서 눈물을 글썽거렸던 남자였다. 단순하고 감수성이 풍부하며 참으로 인정이 깊은 남자로 유명하다.

“아, 아니, 그…….”

다른 족장들에게도 싸늘한 시선을 받자 푸마는 우물쭈물 말을 흐렸다.

오랫동안 헤어졌던 불꽃 일족의 사람들은 모르는 일이었으나, 혈족의 위기를 무상으로 돕는 건 고대 열두 부족 내에서 공유한 일종의 규율이었다.

그 행위는 자신의 이익을 추구해서는 안 된다. 거래가 아니고, 장사도 아니다.

상대가 다시 일어날 수 있도록 손을 내밀기 위한 행위, 완전한 자선 행위이다.

그럼에도 푸마는 가난해진 불꽃 일족의 가축을 샀다고 한다.

가축은 재산. 더 말하자면 생활에 필수 불가결한 존재. 그걸 잃으면 한때의 돈은 얻을 수 있다고 해도 그 후에 더 큰 가난이 기다리게 된다.

그걸 알고 있으면서 가축을 산다는 것……. 그건 규율을 깨는, 용서받을 수 없는 행위이다.

회의실의 분위기는 단숨에 푸마를 비난하며, 동시에 불꽃 일족을 동정하는 흐름으로 바뀌어 갔다.

그건 마요의 계산대로였다.

불꽃 일족에 일방적인 온정을 베풀어 복종을 요구하는…… 그러한 형태로 그들을 맞는 건 마요가 원하는 바가 아니다. 그 균형을 잡기 위한 조치였다.

하지만 완성되려던 흐름을 깨트리는 듯한 무거운 한마디가 울렸다.

"하지만…… 늑대는 어떨 셈이지?"

목소리의 주인, 구앙마는 조용한 안광으로 랑후아와 그 옆에 있는 후이마를 바라보았다.

"늑대를 버린다고 한다면 이해할 수 있네. 그게 우리가 갈라선 원인이니까. 그걸 버리겠다면 기꺼이 불꽃 일족을 받아들이지. 하나……."

생각에 잠기듯 침묵한 뒤, 구앙마는 말을 이었다.

"수풀 일족에서 흡수한다면 수풀 일족의 규율을 따를 필요가 있네. 동시에 바람 부족에는 바람 부족의, 산 부족에는 산 부족의 규율이 있지. 자연스레 늑대를 버리게 될 게야. 그러나 불꽃 일족을 불꽃 일족인 채로 받아들이게 된다면 불꽃 일족의 규율도 받아들여야만 하네. 그렇다면 늑대를 부린다는, 그 관습도 받아들여야만 하지. 그렇지 않은가?"

"그, 그래. 그 말씀대로. 이야, 역시 구앙마 님. 나도 불꽃 일족은 우리의 동지로 인정할 수 없었기에 양을 샀을 뿐인…… 어라?"

푸마가 무어라 변명을 했으나……, 아무도 듣지 않았다.

서로를 노려보는 구앙마와 마요로 인해 만들어진 교착 상태. 그걸 타파하는 건 둘 중 한 명이라고 다들 확신하고 있었기 때문이다. 족장들은 군침을 삼키며 상황을 지켜보았다.

하지만 다음 흐름은 완전히 다른 장소에서 발생하려 하고 있었다. 지극히 강력하며, 모든 것을 집어삼키는 소용돌이 같은 흐름이. 어느 온화한 목소리를 계시로 만들어지려 하고 있었다…….

자 그래서, 족장들의 이야기를 가만히 듣고 있던 미아는 우선 안도했다.

──흐음, 역시 한 식구 이야기라서 그렇군요. 제대로 해결할 수 있을 것 같아요.

미아가 봤을 때 그들이 싸우는 건 불꽃 일족을 어떻게 돕냐는 방법에 대해서다. 마요의 주장대로 기마왕국에 복귀시킬 수 있다면 가장 좋지만, 최저한이라도 식량 지원은 받아낼 수 있을 법한 상황이다.

누구 한 명 등을 돌리자고 주장하지 않는다는 건 참으로 좋은 일이었다.

──타협점을 찾는 건 역시 본인들만 할 수 있는 일이니까요. 이대로라면 제가 끼어들 필요는 어디에도 없겠어요. 좋아요…….

그렇게 미아는 팔짱을 끼고 조용히 눈을 감았다.

무언가를 세서 무료함을 달래는 건 아니었다. 오늘 그런 걸 하는 건 시간 낭비다.

오늘의 미아는 진심 모드였다.

진심으로 마주 보려 하고 있었다. ……자신의 토실함과.

──이 회의가 끝나면 드디어 형님과 대치해야만 하니까요……. 시간은 예상보다 부족해요. 어떻게 하는 게 효과적일까요……? 진지하게 생각해야겠어요…….

문제는 어떻게 효과적으로 운동을 하는가.

미아는 자신이 결코 운동을 싫어하는 게 아니라는 건 알지만, 그래도 먹은 만큼 움직인다는 건 상당히 어려운 일이었다.

──오래 갈 것 같은 방식을 생각해야겠죠. 그렇다면…….

미아는 조용히 고개를 끄덕인 뒤 살며시 눈을 뜨고,

"그래요. 말을 타는 게 좋지 않을까요……."

뭐니뭐니 해도 여기는 기마왕국.

그렇다면 말을 타는 건 당연한 흐름이라 할 수 있었다.

──매일 열심히 타면 좋은 운동이 될 테고, 아벨과 같이 타는 것도 즐거울 거예요. 이거라면 오랫동안 할 수 있을 테니 조금쯤은 과식해도 괜찮지 않을까요?

그렇게 자신의 발상에 히죽히죽 웃었던 미아는 바로 깨달았다.

자신에게 박힌 족장들의 시선을.

"그건…… 무슨 의미입니까? 미아 황녀 전하."

구앙마조차 초연한 평소 태도를 무너트리고 다소 떨리는 목소리로 물었다.

"…………허어?"

미아는 얼떨떨해하면서도 민감하게 감지했다.

흐름이 다시 바뀌려 하고 있다는 것을.

자신이 흐름을 바꾸고 말았다는 것을…….

하지만 그런 미아도 눈치채지 못한 게 있었다. 그건 자신이 만들어내고 만 흐름이 족장들을 모조리 집어삼키는 거대한 소용돌이라는 점이었다…….

"말을 타는 게 좋지 않을까요……."

미아의 그 한마디에 마롱은 머리를 세게 얻어맞은 듯한 충격을 받았다.

그리고 그건 그만이 아니었다. 다른 족장들도, 각 부족을 다스리고 침착하고 용감하고 지혜로워야 하는 족장들이 모두 말문이 막혀버렸다.

그중에서 가장 먼저 부활한 구앙마가…….

"……그건, 설마…… 아니."

무언가를 부정하듯 고개를 저었다.

"이 상황에서 말을 탄다면 하나밖에 없지 않습니까. '말 판결'죠."

하지만 마롱은 단언했다.

말 판결—— 그건 기마왕국의 오래된 심판법이다.

간단하게 말하자면 말을 타고 먼저 목적지에 도착하는 자의 주장을 듣는다는, 지극히 심플한 판정법이었다. '말의 빠르기로 우리에게 신의 뜻을 내려주소서'라고 신에게 청한다는 의미이다.

냉정하게 생각하면 그건 말을 잘 타는 사람, 혹은 좋은 말을 지닌 사람에게 아주 유리한 방법이긴 하지만……. 어쨌거나 결과

힘으로 자신의 주장을 밀고 나가려는 방법보다는 다소 평화로운, 참으로 기마왕국다운 방법이긴 했다.

하지만 그런 말 판결도 최근에는 좀처럼 이뤄지지 않게 되어버렸다.

그렇기에 보통은 타국의 황녀가 제안한다고 생각하지 않을 테지만……, 마롱은 똑똑히 들었다.

"그러고 보면 미아 아가씨가 그랬지……. 기마왕국에 대해 사전에 조사했다고……."

그렇다. 미아는 사전에 기마왕국에 대해 다방면으로 치밀하게 조사했다고 말했다.

……실제로는 그렇게까지 말하지 않았으나, 마롱 안에서는 정보가 딱 맞아떨어졌으니 어쩔 수 없다.

그의 머릿속에서 미아는 기마왕국의 역사를 열심히 조사해서 이번 소동을 해결할 방법을 제대로 생각해온 사람이 되어있었다.

"그렇군……. 말 판결은 전통적인 방식. 만약 이로써 불꽃 일족을 받아들여야 한다는 결과가 나온다면 필연적으로 다들 받아들일 수밖에 없지. 늑대를 다루는 힘을 지닌 채로 그들을 받아들이는 걸 모두가 수긍하기 위해서는 이 정도는 할 필요가 있겠구먼."

구앙마가 천천히 턱을 문지르며 말했다.

"즉 산 부족의 족장 푸마와 불꽃 족장의 동생 후이마가 말 판결을 하면 된다고, 황녀님은 그리 말씀하시는 겁니까?"

"……네? 아, 아니, 왜 우리가 그런……?"

난데없이 화살이 날아와서 크게 당황하는 푸마. 그런 그에게 싸늘한 시선을 보낸 뒤 구앙마가 말했다.

"불꽃 일족은 늑대를 다루기에 기마왕국의 일원이 아니다. 따라서 양을 샀다. 그렇게 말한 건 자네가 아닌가. 그렇다면 불꽃 일족의 귀순을 가장 반대해야 할 사람은 자네라고 본다만."

"그…… 그건…… 끄응……."

지금이라면 아직 그레이존. 하지만 화해하게 되어 불꽃 일족이 정식으로 돌아온다면 불꽃 일족에게 저지른 부도덕한 짓이 한층 부각되는 형태가 되어버릴지도 모른다. 원칙적으로 법이나 규율은 시간에 역행해서 적용되지 않는 법이나, 그래도 이미지가 나쁘다는 건 부정할 수 없다.

그렇게 반론을 봉쇄한 구앙마는 조용히 미아를 바라보았다.

"한데, 미아 황녀 전하. 기마왕국에 대해 열심히 조사해오신 모양이다만……, 말 판결에서 패배한 쪽이 어떤 벌을 받는지는 당연히 알고 계실 테죠?"

──네?

고개를 갸웃거릴 뻔한 미아였으나, 꾹 참고 구앙마를 빤히 바라보았다. 그러자 구앙마는 미아의 대답을 기다리지 않고 확인하듯 말했다.

"패자는 승자가 원한다면 자신이 탄 말을 승자에게 넘겨줘야만 한다……. 그 규칙도 포함해서 제안하신 거겠죠?"

──으응?

순간 무슨 말을 들은 건지 이해하지 못해 고개를 기울이는 미아. 그런 미아에게 구앙마는 가차 없이, 혹은 오해의 여지도 없이 말했다.

"즉…… 만약 불꽃 일족의 소녀가 진다면 그 말은 저기 있는 푸마의 것이 될지도 모른다는 겁니다. 아니, 그토록 훌륭한 말이니 필시 그리되겠지요. 푸마도 그 위험을 알고 자신의 말을 내놓는 겁니다. 그에 맞는 보수를 요구하는 건 다들 받아들일 터. 그걸 알면서 제안하시는 거죠?"

──아, 이거 제 맘대로 오케이했다간 큰일 나는 거예요!

미아는 즉시 깨닫고 후퇴를 결단했다. 지금이라면 아직 늦지 않았으니 입을 열려고 했으나…….

"물론이다. 문제를 승부로 정할 수 있다면 이견도 없다. 기꺼이 받아들이지."

그 전에 후이마가 대답해버렸다. 아주아주 당당하게 가슴을 펴고…….

──크윽, 늦었어요! 후이마 양, 쓸데없는 짓을!

무심코 머리를 부여잡고 싶어진 미아였다.

이 상황은 얼핏 보면 활로가 열린 것처럼 보일 수도 있다. 하지만…….

──져도 식량 지원은 받을 수 있을 테지만…… 후이마 양은 애마를 잃어버려요. 그런데다 불꽃 일족은 기마왕국의 일원으로 인정받지 못하고 되죠. 혹은 늑대를 버리고 어딘가의 부족으로 흡수되는 방법도 있겠지만…… 어쨌거나 위험부담이 너무 커요!

심지어 미아의 머릿속에는 며칠 전 후이마에게 쫓길 때의 기억이 남아있었다.

그때는 확실히 후이마에게 따라잡혔지만……, 그렇다면 만약 자신이 황람을 타고 있었다면 어땠을까? 어쩌면 잡히지 않을 수 있지 않았을까?

──조건만 좋다면 저라도 도망칠 수 있었을지도 몰라요. 적어도 후이마 양은 늑대술사나 마롱 선배에 비하면 다소 실력이 부족한 느낌이에요.

후이마가 반드시 이길 수 있다면 모를까, 모 아니면 도인 도박은 소심한 미아의 전략에는 적절하지 않다. 그보다는……, 오히려…….

직후, 찰나의 번뜩임!

미아는 자신의 직감을 따라 입을 열었다.

"아뇨……. 구앙마 족장님, 한가지 착각하고 계십니다."

"호오. 착각이라……? 그건 뭘 말씀하십니까?"

"당연한 것 아닌가요? 후이마 양이 말 판결에 나간다는 점이에요."

"무슨 의미지? 미아 황녀."

이 발언에는 구앙마만이 아니라 후이마도 의아해하는 표정을 지었다. 거기에 조용히 미소지으며 미아는 자신의 가슴에 손을 대고 말했다.

"출전자는 후이마 양이 아닙니다. 바로 저예요!"

그 말에 회의실은 다시 소란스러워졌다.

제43화 미아의 계획 ~페가수스 프린세스의 참전~

모 아니면 도, 승리하면 큰 이득을 얻지만 패배하면 큰 손실을 부담해야 한다……. 그런 방식은 미아가 선호하는 바가 아니다.

그렇지만 후이마가 승부를 받아버린 시점에서 이미 사태를 막는 건 불가능. 그렇다면 어떻게 하는 게 최선인가…….

그렇게 순식간에 머리를 굴린 끝에 미아는 정했다.

자신이…… 말 판결에 나갈 것을.

당당히, 자신만만하게 말한 미아에게는 확고한 승산이 있었다.

그 생각의 중추는 '딱히 져도 괜찮지 않나?' 정신이다.

아무리 미아라고 해도 기마왕국 사람과 승마술로 겨뤄서 이길 수 있다고 생각할 만큼 무모하지 않다.

——1년 정도 진심으로 승마에 임한다면 모를까, 지금의 저로서는 다소 힘들겠죠.

……상당히 무모한 생각을 하고 있지만, 아무튼 이길 수 있다고 여기는 건 아니었다. 그렇다면 미아가 노리는 것은 무엇인가.

그건 '가장 좋은 조건에서 지는 것'이다.

——다행히 식량 지원 자체는 약속해주었죠. 구앙마 씨도 다른 족장들도 그게 당연하다는 반응이었어요. 그렇다면 여기선 거기서 만족해야죠. 마요 씨에게는 죄송하지만, 불꽃 일족의 귀환은 시간이 해결해주길 바랄 수밖에 없어요.

미아가 졌을 경우 문제가 되는 건 미아가 탄 말을 푸마에게 빼앗기는 점이지만, 사실 이 부분도 그렇게까지 걱정하지 않았다. 왜냐하면 구앙마가 말했기 때문이다.

'상대가 원한다면' 말을 넘겨줘야 한다고.

──아무래도 동풍을 무시하고 있었으니까요. 그랬으면서 내놓으라는 건 순전히 화풀이죠.

그건…… 참으로 체면이 안 서는 행동이었다.

불꽃 일족에게 한 행위로 인해 푸마의 입지는 나쁘다. 말 판결에서 승리하여 결백을 증명하는 건 괜찮다. 승부의 정당한 대가라고 할 수 있을 것이다. 하지만 여기에 더해 상대의 말을 빼앗으면 어떻게 될까? 그것도 상대의 말을 갖고 싶어서 빼앗는 게 아니다. 상대를 괴롭히기 위해 빼앗는 것이다.

그게 다른 족장들의 눈에 어떻게 비칠까……?

──게다가 제가 기마왕국 백성이 아니라 타국의 황녀라는 것도 여기서는 유리하게 작용하겠죠.

아무리 미아가 말을 탈 줄 안다고 해도 그건 기마왕국 밖의, 그것도 높은 신분의 영애치고는 잘 탄다는 정도이다. 태어났을 때부터 계속 말을 탔을 법한 기마왕국 인간과 비교하면 승부가 되지 않는다는 건 너무나도 명백하다! 그래서 좋다!

구앙마는 말했다. 말을 잃을 '위기'에 걸맞은 보답을 요구하는 게 당연하다고.

하지만 미아가 상대라면…… 거기에 위기는 없다.

──후후후, 오히려 저와 승부해서 위기를 느낀다면 기마왕국

의 일원이라고 말하는 걸 포기해야 할 거예요.

그런 '이기는 게 당연한' 승부에서 이기고, 심지어 화풀이 대신 자신이 깎아내렸던 상대의 말을 빼앗는다?

그건 틀림없는 추태! 참으로 눈 뜨고 보기 어려운 행위다!

——그리고 만약 빼앗긴다고 해도…… 동풍을 함부로 대할 리는 없죠.

어쨌거나 기마왕국. 그곳에서 사는 사람들의 말 사랑에 절대적인 신뢰를 느끼는 미아였다. 하지만 이번엔 여기에 '말 판결 승부에서 화풀이로 빼앗은 말'이자 '타국의 황녀가 탔던 말'이라는 조건이 추가된다.

그런 말을 함부로 대할까?

답은 아니오다. 오히려 푸마는 다른 족장들이 보는 앞에서 동풍이 절대로 다치거나 병을 앓지 않도록 정성껏 보살펴야만 하게 된다.

——이건 오히려 푸마 씨에게 가는 게 군마로 사는 것보다 편하게 살 수 있지 않을까요?

그렇게 질 것을 전제로 생각을 정리하고, 여기에…… 미아는 그 자리에 있는 모든 인간에게 호소했다.

"저는 이렇게 생각합니다. 늑대를 다루는 게 그렇게까지 나쁜 일인가요?"

어차피 질 테지만, 모처럼 주목이 모였으니 자신의 주장을 어필해두었다.

"여러분의 이야기를 들으며 계속 생각했습니다. 확실히…… 과거 불꽃 일족을 추방했을 때는 불안했겠죠. 실제로 늑대를 기른다면 어떻게 될지 알 수 없으니까요. 부족을 이끄는 자의 판단으로서는 타당하다고 봅니다."

미아도 그렇게 판단할 것이다. 소심한 미아로서는 무척 이해하기 쉬운 사고방식이었다. 하지만 미아는 조용히 고개를 저었다.

"그 당시 사람들의 판단으로서는 이해할 수 있습니다. 하지만 아직도 그 판단에 묶여있는 건 현명하다고 할 수 없어요. 왜냐하면 불꽃 일족은 푸마 씨에게 팔아버릴 때까지는 제대로 양을 길렀고, 말도 후이마 양이 탔던 말은 아주 훌륭했었잖아요? 그건 어엿한 기마왕국의 백성의 생활이 아닌가요? 늑대를 기르는 데 어떤 문제가 있다는 건지, 저는 모르겠습니다."

늑대를 길러도 아무 문제 없다는 걸 불꽃 일족이 증명하지 않았는가. 이래도 여전히 거부하는 건, 미아의 눈에는 먹지도 않고 편식하는 행위처럼 보였다.

──황월 토마토는 맛없다고 믿고 주방장이 만들어준 스튜를 먹지 않았던, 그 무렵의 저와 마찬가지예요.

미아의 뇌리를 스치는 건 그날의 씁쓸한 기억이었다.

그 후회를 아는 사람으로서 미아는 도저히 간과할 수 없었다. 따라서 말해야만 했다.

"그게 여러분의 신념이라고 한다면 어쩔 수 없지만, 저는 분명 여러분의 마음은 이해하지 못할 테지만……. 그래도, 그렇지만…… 그건 앞으로도 소중히 지켜나가야만 하는 것인지. 지금 이 기회에 생각해 볼 문제가 아닐까요? 모처럼 불꽃 일족 사람들과 재회해서 직접 대화할 수 있게 되었으니, 후이마 양이나 랑후아 씨를 제대로 보고 생각해주세요. 그렇지 않으면 중요한 것을 놓쳐버릴지도 모릅니다."

황월 토마토 스튜는 미아가 사랑하는 음식 중 하나가 되었다.

그 맛도, 주방장의 배려도 '싫은 것'이라는 믿음에 사로잡혀 있었다면 맛볼 수 없었다.

자신과 같은 전철을 밟지 말라는 마음에서 미아는 호소했다.

그리고 그 진솔한 연설은 분명히 족장들의 마음에 꽂혔다.

다들 말문을 잃어버린 가운데 오직 한 명, 구앙마가 입을 열었다.

"……그렇군. 그 호소가 옳은지 아닌지는 말 판결에서 드러나게 되겠지요."

"글쎄요. 그건 신께 여쭤볼 **필요도 없이** 명백한 일일지도 모르죠."

자신이 질 가능성이 지극히 높은 이상 미아는 그렇게 말할 수밖에 없었다…….

"여하간 이번 재회가 기마왕국의 앞날에 좋은 영향을 주기를 기도합니다."

"그렇군요……. 꼭 그렇게 되길 바랍니다."

깊이 고개를 끄덕인 구앙마는 산 부족의 족장, 푸마에게 시선을 돌렸다.

"그나저나 푸마 님도, 이거 질 수 없겠군요. 기마왕국에 부끄럽지 않도록 최고로 자랑스러운 말을 마련해야겠습니다?"

"네……? 아, 아뇨, 하지만, 그게, 아, 그래. 그런 어른스럽지 못한 일을 할 수는 없습니다. 말 판결을 받아들이는 건 그렇다 쳐도 저희가 최고의 말을 마련하면 미아 황녀님에게 승산이 없죠. 황녀님은 말에 귀천이 없다고 말씀하셨으니 분명 당신의 **그 말**을 타실 텐데요. 그렇다면 저희도 거기에 맞춰서……."

내키지 않는 듯한 푸마였다.

그것도 당연했다. 이겼을 때의 이득이 너무 없기 때문이다. 최고의 말을 내놓을 리 없었으나……,

"무슨 말인가? 신성한 말 판결에 최고의 말을 준비하는 건 당연지사. 기마왕국 열두 부족의 죽장이라면 그 이름에 걸맞은 말을 마련하는 게 도리인 법."

구앙마의 말을 들은 다른 족장들도 동의했다.

아무리 대국 티어문의 황녀라고 해도, 다소는 말을 탈 줄 안다고 해도…… 기마왕국의 백성이 질 수는 없다. 반드시 이길 수 있는 최고의 말을 준비하는 게 당연했다.

동시에 그것은 벌이기도 했다.

아무튼 그는 동족의 궁지를 돕는 게 아니라, 약점을 잡아 양을 샀다. 그런 불경한 자는 벌을 받아야 한다는 게 족장들의 생각이었다.

그렇기에 푸마가 적당히 하는 건 용서할 수 없다. 제대로, 말판결에 소중한 말을 내놓으라고 당부했다. 그리고,

"하지만 확실히 기마왕국의 백성이 아닌 황녀를 족장이 상대하는 건 너무 치졸한 짓이지. 그대에겐 황녀와 동년배인 딸이 있었을 터. 기수는 그 딸에게 맡기면 되지 않겠는가?"

말은 최고의 말로 준비하고, 핸디캡은 기수에 적용하라는 듯이

었다.

"샤오리 말입니까? 아니…… 하지만."

투덜투덜 무언가 반박하려고 한 푸마였으나, 결국 받아들일 수밖에 없었다.

불꽃 일족에게 폭거를 저지른 이상, 그가 선택할 수 있는 길은 거의 없었기 때문이다.

이리하여 훗날 페가수스 프린세스라고 불리는 미아 루나 티어문의 말 판결 의식 참가가 정해졌다.

제44화 악의 어린 시선

족장 회의에서 미아가 난동을 부리는 사이, 루드비히 일행은 남방 수도를 돌아다녔다.

멤버는 루드비히와 디온, 아벨과 호위인 기미마피아스, 여기에 벨과 슈트리나도 동행했다.

"정말로 괜찮으신 겁니까? 아벨 전하."

기미마피아스의 물음에 아벨은 조용히 고개를 저었다.

"그래. 마음만으로는 당장 가고 싶긴 하지만……."

말끝을 흐린 뒤, 아벨은 어깨를 으쓱했다.

"혼자 돌격해서 동귀어진하려는 정열적인 생각은 없거든. 뭐, 미아가 잡혀있는 거라면 생각할 수도 있겠지만."

농담처럼 웃은 아벨은 표정을 가다듬었다.

"아마 지금은 목숨을 위험에 드러낼 때가 아니야. 목숨을 걸어야 할 때는 따로 있을 거야."

"그렇군요. 싸움에도 시기가 있다는 말씀입니까. 훌륭히 성장하셨습니다……."

"아니, 그런 건 아니야. 다만, 음. 지금은 할 수 있는 일을 하려는 것뿐이지."

그렇게 말하더니 새삼 시선을 굴리는 아벨이었다.

그들이 남방 수도의 거리에 나온 것은 딱히 관광하기 위해서가 아니었다. 뱀의 수하가 어딘가에 숨어있진 않을지 조사하러 나온 참이었다.

뱀의 무녀가 보낸 사도사(蛇導士)들. 아마도 선크랜드에서 에샤르 왕자에게 접근했다는 기마왕국풍의 남자도 그중 한 명일 것이라고 의심한 루드비히 일행은 경계를 강화했다.

이 남방 수도에는 기마왕국 백성만이 아니라 렘노 왕국의 상인도 출입한다. 굳이 따지라면 폐쇄적인 다른 부족과는 다르게 타국인의 출입도 많다.

따라서 수상한 인간이 숨어있다고 해도 이상하지 않다.

하물며 족장 회의에 맞춰서 수행원들도 여럿 찾아왔다. 거기에 섞여 미아의 목숨을 노릴 가능성은 부정할 수 없었다.

"하지만 여기서 찾는 건 제법 힘들겠는데. 루드비히 경, 무언가 방책이 있을까?"

아벨의 질문에 루드비히는 가볍게 안경 위치를 고쳤다.

"글쎄요……. 그리 획기적인 아이디어는 아니라 면목이 없지만, 미아 님께 접근할 가능성이 큰 인물을 중심으로 살피는 게 좋을 것 같다고 생각합니다."

루드비히는 생각을 정리하듯 천천히 이야기하기 시작했다.

"솔직히 인원도 시간도 없습니다. 그러니 기본은 미아 님 곁에서 바로 지켜드리는 게 최선이죠."

다행이라고 해도 괜찮을지는 알 수 없으나, 선크랜드의 백아와는 다르게 사도사는 무리를 지어 행동하는 건 그리 특기가 아닌 듯했다.

직접적인 습격이라면 황녀 전속 친위대로 대처할 수 있을 것이다.

"가장 경계해야 하는 건 역시 독입니다. 이건 기미를 보는 식으로 대처할 필요가 있지만……."

준비 기간을 오래 잡았다면 모를까 미아가 족장 회의에 참석하기로 정한 건 지극히 최근이다. 만약 미아를 암살 계획을 세운다고 해도 준비할 기간이 너무 짧았다.

"아마도 기미를 피할 수 있는 특별한 장치는 어렵지 않을까요."

어딘가 명확하지 않은 루드비히의 말을 듣고 아벨도 씁쓸한 표정을 지었다.

루드비히는 이렇게 말하지만 실제로는 결코 완벽하지 않다. 뱀이라는 존재는 어찌 그렇게 찾아내기 힘들고 공격을 막아내기 힘든지…….

그래도 할 수 있는 일을 할 수밖에 없다.

"그 외에 미아 님께 접근할 방법이……."

"상인으로 분장하는 거지."

아벨은 그렇게 말하고 눈을 들었다. 시선 끝에는 남방 수도에서 가장 큰 시장이 떠들썩하게 펼쳐져 있었다.

"미아 님께선 이국의 식량에 관심이 있으십니다. 백성이 굶주리는 걸 몹시 싫어하는 분이시니까요. 분명 이 땅의 상인들과도 관계를 구축하려고 하시겠죠."

"그건 뱀도 알고 있겠지. 그렇다면 이 시장에 잠입했을 가능성이 큰 건가."

"어디까지나 가능성입니다. 어쩌면 이 남방 수도에는 없을지도 모르고, 있다고 해도 어딘가 다른 곳에 숨어있을지도 모르죠. 하지만 아쉽게도 할 수 있는 일은 한정적입니다."

"그 안에서 가능한 일을 할 수밖에. 우선 낯선 상인이 없는지 물어보고 다닐 수밖에 없겠어."

그렇게 심각한 대화를 나누는 루드비히 일행이었다. 한편……

"아, 저기 보세요. 리나. 트로이야가 있어요."

근처 노점에 호다닥 달려가는 벨. 떠들썩한 시장 분위기에 참으로 신이 난 상태였다.

"잠깐만. 벨……."

그 뒤를 쫓아가려고 한 슈트리나였으나…… 불현듯 멈춰서서 주위를 둘러보았다.

"어라? 왜 그러세요? 리나."

"응, 왠지 누군가가 쳐다보는 것 같은 느낌이 들어서……."

그렇게 말하면서 팔을 문지르는 슈트리나를 보며 벨은 고개를 갸웃거렸다.

"귀족 영애가 신기해서 그런 걸까요……?"

"으음……. 확실히 제국 귀족은 기마왕국과는 그리 연이 없을지도 모르지만……."

끈적하게 달라붙는 듯한, 조금 소름 돋는 시선이었기 때문에 조금 마음에 걸리긴 했으나……

"뭐…… 됐어."

어딘가 석연치 않은 느낌을 받으면서도 슈트리나는 벨의 뒤를 따라갔다.

이리하여 괴물은 쓰러졌도다

Then, The Monster Fell away.

기마왕국의 대부분을 차지하는 초원 지대. 그곳을 낯선 일행이 이동하고 있었다.

다수의 기마와 마차로 이뤄진 집단은 말할 것도 없이 제국의 예지, 미아 루나 티어문이 이끄는 일행이었다.

린 마롱의 아이디어로 말을 타고 이동하게 된 미아였으나…… 당연히 다른 영애들은 평소처럼 마차를 타고 이동했다.

라피나, 슈트리나, 벨, 안느라는 한창 때의 소녀들을 태운 마차는 미아와 후이마 바로 뒤를 따라 나아가고 있었다.

그런 화사한 마차 안에 애절한 한숨 소리가 울렸다.

후우…… 하며 가느다란 한숨을 내쉰 사람은 베이르가의 성녀, 라피나 오르카 베이르가였다.

턱을 괸 그녀는 마차 밖에서 앞서가는 미아 일행 쪽으로 시선을 주며 조금 쓸쓸하다는 듯…….

"좋겠다……."

그렇게 중얼거리고는 깊은 한숨을 한 번 더. 그 후 문득 고개를 든 라피나는……, 놀란 얼굴로 자신을 바라보는 안느와 벨의 얼굴을 발견했다!

참고로 슈트리나는 고개를 끄덕끄덕 주억거리고 있었다! 이해한다며 동의하듯이…….

"앗, 크흠……."

작게 헛기침을 하고 살며시 눈을 감아 마음을 다잡았다.

──안 되겠네. 나는 베이르가의 성녀. 이런 제멋대로인 생각을 하면 안 돼…….

그렇게 조용히 눈을 뜨고 청량한 미소를 지으려고 했을 때…….

"라피나 님, 미아 언니와 또 같이 말을 타고 싶으세요?"

벨이 날카롭게 파고들었다!

라피나는 콜록콜록 기침하며 성대히 당황했다.

왜냐하면 그녀는 자신의 미소에 얼마나 큰 힘이 있는지 제대로 파악하고 있었기 때문이다.

성녀가 청량한 미소를 지으며 바라보면 보통 사람은 그 이상 다가오지 않는다. 그건 이전 시간축에서 라피나와 가까워지고 싶어서 다가온 미아를 멀리 밀어낸 거절의 미소였다.

건드리기 어렵고 침범할 수 없는 존재. 그것이야말로 성녀이자 베이르가 공작 영애이다.

하지만…… 벨에게 그런 건 상관없었다!

모험심과 지적 호기심으로 넘쳐나는 탐험학의 권위자, 미아벨 루나 티어문은 자신의 호기심에 솔직한 사람이었다.

콜록콜록 귀엽게 기침한 뒤 라피나는 깜짝 놀란 얼굴로 벨을 바라보며 머뭇거렸다.

"어, 그…… 으음, 그게…….."

라피나치고는 드물게도 허둥거리며 주변을 둘러보았다. 그러고는 한 번 더 헛기침을 한 후 온화한 미소를 지었다.

"그렇지 않아. 왜 그렇게 생각한 거지?"

"그야 아까부터 굉장히 부럽다는 얼굴로 밖을 바라보고 계셨으니까요."

"어…………?"

라피나는 놀라서 눈을 깜빡이며 안느와 슈트리나의 얼굴을 순서대로 보았다.

안느는 조금 난처한 얼굴로 시선을 피했다! 한편 슈트리나는…… 어째서인지 몹시 자상한 얼굴로 고개를 끄덕였다!

"아니, 그……."

라피나는 터무니없이 부끄러워져서 자신의 얼굴을 덮었다. 어쩐지 뺨에 불이 난 듯 뜨거웠다.

──부, 부럽다는 얼굴이라니…… 나는 대체 무슨 얼굴을……?

거울을 보고 싶었지만, 지금은 아쉽게도 불가능하다.

라피나는 다시 정신을 집중했다.

현재 자신이 직면한 중대한 문제……. 기마왕국, 혼돈의 뱀에 의식을 집중하며 천천히, 천천히 심호흡. 그 후 조용히 얼굴을 들고…….

"딱히 그런 표정을 지은 적은 없어……. 정말이야."

작은 목소리로 '응, 그런 적 없지' 하며 스스로 확인하듯 중얼거렸다.

"네……?"

하지만 그 말을 들은 벨은 진지한 얼굴로 고개를 갸우뚱거렸다.

"그런가요? 하지만…… 굉장히 맛있는 케이크를 먹는 사람을 발견했을 때의 미아 언니 같은 얼굴이셨는데요……."

그리고는 조금 실례되는 말을 하는 벨이었다. 참고로 미아에게

실례인 건지 라피나에게 실례인 건지는 해석이 갈릴 법한 부분이
지만⋯⋯. 뭐, 그건 그렇다 치고⋯⋯.

"그래서 영락없이 미아 언니와 같이 말을 탔던 게 아주 즐거웠
나보다 했는데, 아니었어요?"

어리둥절. 진심으로 신기하다는 표정이었다. 전혀 악의가 없
는, 순수한 어린아이의 의문인 만큼 참으로 악질적이었다.

라피나는 으윽하고 가슴을 눌렀다.

얼마 전 미아와 함께한 승마가 뇌리를 스쳤다.

벨의 말대로 그건 아주 즐거웠다. 아주아주 즐거웠다!

얼버무릴 수도 없을 만큼 즐거웠기 때문에⋯⋯, 가슴이 욱신거
렸다.

처음이었으니까. 사이 좋은 친구와 그런 식으로 같이 논 건⋯⋯.

난생처음이었다⋯⋯. 아무런 걱정도 없이, 진심으로 웃은 건⋯⋯.

"무, 물론 미아 님과 말을 탄 건 즐거웠고 또 승마에 대해 여러
모로 배우고 싶어. 하지만 그건 세인트 노엘에 도착한 뒤에 하면
되니까⋯⋯."

우물쭈물 대답하는 라피나에게 벨은⋯⋯ 파고들었다. 휘둘렀다!

"그럼 역시 부러우셨던 거 아니에요?"

시원시원할 정도로 깔끔한 베기였다. 할아버지에게서 물려받
은 내리긋기였다.

그 검격을 받은 라피나의 눈이 살그머니 떨렸다.

"으⋯⋯ 그건, 뭐⋯⋯ 또 같이 승마할 수 있다면, 좋겠지만⋯⋯.
그래도 그건 내 제멋대로인 바람이고⋯⋯. 게다가 나는, 그⋯⋯

베이르가 공작 영애니까…… 성녀의 역할을 부여받은 사람이니까……. 그런 말은 할 수 없고……."

한참을 횡설수설하는 라피나였다.

그런 라피나를 보고…… 벨은 신기한 감각을 느꼈다.

그녀 안에 있는 어떤 이미지. 그게 완전히 무너지는 듯한…… 그런 감각.

성황제라는 강대한 괴물── 그게 쓰러지는 이미지를…… 느꼈다.

이 세계에 와서 몇 번 라피나와 대화하는 사이에 그녀에게 느끼는 공포는 흐려져 있었다. 친근감을 느끼는 일도 많아졌다.

하지만 그럴수록 벨 안에서 라피나와 성황제라는 존재가 분리되었다. 이 사람이 정말로 성황제가 될까? 그런 의문에 고개를 갸웃거렸다.

하지만 그 이미지가 지금…… 깔끔하게 이어졌다.

──아아, 그렇구나……. 라피나 님에게 미아 할머니는 무척 소중한 친구였던 거야……. 그래서 미아 할머니를 잃고 상처받은 라피나 님은 성황제가 된 거지.

그게 깜짝 놀랄 만큼 딱 맞아떨어졌고……. 동시에…….

──성황제도…… 우리와 마찬가지로 고민하거나 외로워하거나 부러워하거나…… 그런, 평범한 사람이었구나.

그걸 깊게 이해하고 말았다.

별것 아니다……. 그 세계를 공포에 빠트린 성황제도, 정체불

명의 괴물이 아니었다.

제대로 감정이 있는 인간이었다.

그리고 그렇다면, 공연히 두려워할 필요는 없을지도 모른다.

벨은 그런 생각이 들었다.

같은 마음을 지닌 사람이라면 대화할 수 있다. 같이 슬퍼하고, 같이 화내고, 같이 웃을 수도 있을지도 모른다.

어쩌면 서로를 이해할 수 있을지도 모른다.

벨은 그것을 깨달았다.

그건 오랫동안 벨 안에 군림해있던, 성황제라는 이름의 괴물이 쓰러진 순간이었다.

동시에 벨은 이런 생각도 들었다.

앞으로 자신이 성황제를 만나는 일은 아마 없을 것이다. 미아가 암살당하지 않는다면 성황제는 나타나지 않을 테고, 나타나길 바라지도 않는다.

──하지만 만약 만나게 된다면, 나는 대화해보고 싶어.

아니면 성황제처럼 어딘가 괴물 같은 사람과 대치하게 되면······ 마찬가지로 공연히 두려워하지 말자고····· 벨은 결심했다.

상대도 인간이다. 그렇다면 해야 할 일은, 말을 건네는 것이다.

"저기····· 벨 양? 왜 그래?"

문득 시선을 들자 갑자기 입을 다물었기 때문인지 라피나가 걱정하는 얼굴로 바라보고 있었다.

벨은 안심시키듯, 혹은·······.

"아뇨. 아무것도 아니에요. 그냥 라피나 님께서 이렇게 귀여운

분이신 줄 몰랐기 때문에 좀 놀랐어요."

놀리듯이, 장난기 어린 미소를 지었다.

이리하여 제국의 예지의 피를 이어받은 자, 미아벨 루나 티어문의 가슴에 둥지를 틀고 있던 성황제의 그림자는 완전히 사라졌다.

이때 새롭게 가슴에 싹튼 결의가 그녀 안에서 어떠한 영향을 불러오는지……

지금은 아직 아무도 모른다.

추억의 하얀 언덕을 넘어

RIDING ACROSS THE MEMORABLE WHITE HILL

제국의 예지 미아 루나 티어문은 친구가 많은 인물로 알려져 있다.

베이르가 공작 영애인 라피나, 티어문 제국 사대공작가의 에메랄다, 미아넷의 대표 클로에, 루돌폰 국경백 영애인 티오나 등 수많은 저명인사가 그녀의 친구로 이름을 올린다.

그런 친구 중에는 특이한 경력을 지닌 사람도 있다. 그중에서도 한때 도적이었다는 건 상당히 이채를 띨 것이다.

그 사람은 바로 훠 후이마라는 소녀였다.

과거 도적이었으며 기마왕국의 잃어버린 일족, 불꽃 부족의 일원.

애마 '형뢰'를 타고 종자인 전투 늑대 '우투'를 거느린 그녀는 미아의 친구 중에서도 몹시 화려한 인물이라고 할 수 있으리라.

그렇기 때문인지 미아 황녀를 모티브로 한 연극에 곧잘 등장하고, 사람들의 인기도 몹시 큰 인물이었다.

미아 황제와 그녀에 얽힌 에피소드는 상당히 많이 있지만, 그중 다수는 과도한 각색이 더해진 픽션이다.

신뢰할 수 있는 정사 『여제 미아전 저자 : 에리스 리트슈타인』에 그녀의 이름이 나타나는 것은 미아 황녀가 기마왕국을 방문한 이후. 기마왕국에서 후이마와 만난 미아는 그곳에서 우애를 다졌다는 기록이 남아있다.

그 전의 후이마는 일개 도적에 불과하였고…… 바꿔 말하자면, 제국의 예지와 만난 것이 그녀의 운명을 크게 바꿔버렸다고 할 수 있다.

이 사실을 염두에 두면 역사에 '만약'은 없다지만 자꾸 생각하게 되는 게 사람의 심리인 법.

만약 미아 황녀가 기마왕국을 찾아가지 않았다면?

만약 미아 황녀와 만나지 않았다면?

과연 휘 후이마라는 인물은 어떠한 인생을 보냈을까?

대륙에 이름을 떨친 대도적이 되었을까? 탁월한 실력의 기수로서 어느 나라의 기마병으로 초빙받았을까?

어딘가의 왕후·귀족의 눈에 들어 결혼하였을까……? 아니면…….

겨울의 기마왕국은 아름답다.

영지 대부분이 초원 지대인 기마왕국이지만, 눈이 내리면 시야 가득 순백으로 물드는 일도 드물지 않다.

대지의 백색, 하늘을 가득 덮는 회색 구름, 그 구름 너머로 엄숙한 빛을 쏟아내는 태양.

후이마는 옅은 색상으로 물든 세계가 좋았다.

어린 시절, 마을에서 몰래 빠져나온 후이마는 숲 밖에 백은빛으로 물든 초원에 시선을 빼앗겼다. 가쁜 숨조차 삼키고선 고요한 백색 세계에 발을 들여놓았다.

뽀득, 뽀득. 눈을 밟는 소리.

옆에서 기쁘다는 듯 헐떡이는 우투의 숨소리.

저 멀리 설원을 달리는 바람 소리.

마을에서 너무 멀리 떨어질 수는 없었기에 갈 수 있는 곳은 가장 가까운 언덕까지.

후이마는 눈에 덮인 하얀 언덕 위에 살며시 누웠다.

올려다본 하늘. 회색 구름에서 또다시 눈이 조금씩 내리고 있었다.

뺨에 닿은 한 방울의 냉기가 흥분으로 달아오른 피부에 기분 좋았다.

그녀의 바로 옆에서 몸을 바싹 붙이듯 우투가 엎드렸다. 자신의 얼굴을 들여다보는 우투를 향해 후이마는 슬쩍 웃었다.

"다음에는 말을 타고 오고 싶어. 이곳을 같이 달리면 분명 즐겁겠지."

말은 그녀들의 보물. 그런 말의 등에 타고 이 하얀 초원을 바람처럼 달린다면 분명 기분 좋을 것이다. 어디까지든 갈 수 있지 않을까. 그런 생각이 들었다.

이 언덕 너머, 대지는 저렇게나 멀리, 끝없이 이어져 있으니까…….

그러니 말이 있다면 어딘가 먼 곳에, 자신이 상상도 못 했던 장소에도 갈 수 있다고…… 그렇게 생각했다.

오늘 먹을 것이 없는 것도, 기마왕국과의 갈등도, 오빠의 일도 일족의 일도……. 그런 걸 전부…… 전부 잊고…… 내던지고. 언덕 너머, 땅끝까지 달릴 수 있다면 얼마나 좋을까?

그것은 어린 시절의 동경. 후이마가 가슴속에 계속 품어왔던 충동이었다.

하지만 결국 그녀가 여행을 떠나는 일은 없었다. 왜냐하면 후이마는 불꽃 일족 족장의 핏줄. 전부 다 버리고 도망치기엔, 그녀의 책임감은 너무 강했다.

　결국 자신을 속박하는 일족이라는 밧줄을 자르지 못한 채 후이마는 어른이 되어갔다.

　일족 내에서 많은 일이 일어났고, 세계 또한 크게 바뀌어 갔다.

　대기근이 대륙을 덮친 해, 불꽃 일족의 마을에도 그 영향이 미쳤다.

　식량부족은 전에 경험한 적이 없을 만큼 심각했다. 힘 없는 노인과 어린아이들을 구하기 위해 일족의 전사들을 이끌고 후이마는 도적이 되었다.

　『제 백성을 구하기 위해 무력으로 타국에게서 빼앗는다. 그건 당연한 거 아닐까?』

　뇌리에 울리는 누군가의 감미로운 목소리.

　가슴속에 맴도는 죄책감을 흩어주는 그 목소리에 몸을 맡기고 후이마는 계속 약탈했다.

　막아주는 사람은 없었다.

　발을 멈추는 건 일족의 아사로 이어졌으니까.

　게다가 불꽃 일족은 승마의 명수. 후이마는 뛰어난 지휘관이었다. 아군에게도 적에게도 일절 희생을 내지 않고 식량을 빼앗아 오는 건 어렵지 않았다.

　도와주는 사람도 없었다.

　그러지 않아도 괜찮다며 그녀들에게 손을 내밀어주는 사람은 나타나지 않았다.

　대기근에 끝은 보이지 않았다.

식량을 빼앗기면 굶게 되는 건 어느 나라든 마찬가지.

아무리 불살을 내걸고 있다고 해도 그녀들의 행동이 아사자를 내는 건 사실.

피해를 본 나라들이 치안 유지를 위해 군대를 파견하는 건 자명한 이치였다. 확실히 후이마의 도적단은 뛰어난 승마의 명수였지만 그래도 점점 희생이 늘어났다.

그리고…… 마지막 순간은 갑자기, 지극히 싱겁게 찾아왔다.

함정에 걸린 후이마의 도적단은 궁병 부대의 습격을 받아 패주. 추격자의 손에 전사들은 한 명 두 명 숨을 거두었다.

어떻게든 도망친 후이마는 홀로 눈 덮인 초원을 달렸다.

그 몸에는 여러 대의 화살이 박혔고, 그녀의 옷은 검붉은 피로 물들어 있었다. 어떻게든 말 위에서 자세를 유지하려고 했으나 힘이 들어가지 않는 몸으로는 별다른 속도를 낼 수 없다.

"큭, 내가 함정에 빠질 줄이야……."

중얼거림과 동시에 입꼬리에서 한줄기 피가 흘러내렸다.

작게 기침하며 몸을 덮치는 고통을 견뎠다.

갑작스러운 돌풍. 옆으로 떠밀린 후이마의 몸이 기울었다.

정신을 차렸을 때는 하늘을 보고 있었다.

뒤늦게 자신이 말에서 떨어졌다는 걸 이해했다.

"아아, 눈…… 이 없었다면, 죽었, 겠구나……. 낙마, 하다니……. 일족의 명예에, 먹칠을 했군."

어떻게든 일어나려고 했지만 바로 그 자리에 주저앉아버렸다.

아무래도 이 이상은 못 가는 모양이다.

문득 고개를 들자 걱정된다는 듯 코를 들이미는 애마, 형뢰의 모습이 보였다. 그런 애마의 코끝을 자상하게 쓰다듬으며 후이마는 어설프게 웃었다.

　"미안하다……. 형뢰, 나는, 이제, 네 속도를, 못 견딜 것 같아."

　후이마는 형뢰에게 매달리듯 기대어 일어난 뒤 허리에 찬 단검을 빼 들었다.

　"……형뢰…… 여기까지, 함께해줘서, 고맙다. 내가, 오늘까지, 역할을 다할, 수 있었던 건, 네, 덕분이야……."

　힘이 들어가지 않는 팔로 열심히 형뢰에게 씌웠던 고삐를 벗기고, 안장을 벗기고…….

　"너는…… 명마다. 불꽃 일족의, 기마왕국의, 보물이야……. 나를 따라오게, 할 수는, 없지…….."

　떨리는 손으로 다시 형뢰의 목덜미를 쓰다듬었다. 그러고는 형뢰의 엉덩이를 찰싹 때리며 소리쳤다.

　"가라. 형뢰, 네가…… 좋은 기수를 만나길, 기도하마."

　그 말을 끝으로 힘없이 무너지는 후이마. 그걸 걱정하듯 바라보던 형뢰였으나, 다음 순간 그 귀가 꿈틀 움직였다.

　컹 하고 굵은 울음소리가 울렸다.

　나타난 것은 한 마리의 전투 늑대……. 후이마가 신뢰하는 종자, 우투였다.

　형뢰를 쫓아 빠르게 다가오는 우투. 사나운 울부짖음에 형뢰는 천천히 달리기 시작했다. 도중에 자꾸만 멈춰서서 아쉬운 듯 후이마를 돌아보면서도…….

"그래…… 그러면, 돼. 형뢰쯤 되는 말이라면, 분명, 누군가, 좋은 기수와, 만나겠지……."

안도하듯 중얼거린 뒤 후이마는 우투 쪽을 보았다.

"우투, 잘, 해줬다……."

가족처럼 자란 늑대를 본 후이마는 우투의 머리를 쓰다듬었다.

굵게 컹 짖은 우투. 하지만 그 몸도 잘 보면 상처투성이다.

긍지 높은 백은색 털에는 군데군데 피가 엉겨 붙었고, 배에는 역시 화살이 깊이 박혀 있었다. 그걸 보고 후이마의 얼굴이 일그러졌다.

자신과 마찬가지로 우투도 그리 오래 버틸 수 없다는 걸 알아챘기 때문이다.

후이마는 비실비실한 손길로 그 털을 거듭 쓰다듬으며 작게 웃었다.

"……하하하. 심하게 더러워…… 졌군. 긍지 높은 늑대가, 그 모양이어서야, 네 형제들이, 웃겠어……. 나중에…… 강에서 씻어야…… 겠네."

붉게 물든 목덜미의 털을 쓰다듬었다. 그 순간 끄응하고 약한 울음을 흘리는 우투. 평소에는 늠름하게 쫑긋 서 있는 귀가 옆으로 축 누워버렸다.

"너는, 목욕을 싫어, 했지. 하지만, 그런 소리를 내도 안 돼. 봐…… 아름다운 털이, 엉망이잖아……."

쓰다듬을수록 털에 붉은 피가 달라붙었다. 후이마의 손은 어깻죽지에 난 상처에서 흐른 피로 더러워져 있으니까…….

"너무, 쓰다듬으면…… 더 더러워지겠군……."

후이마는 살며시 그 자리에 누웠다.

잘 보자 그곳은 어쩐지 그날의 언덕과 비슷한 느낌이 들어서…… 후이마는 무심코 웃어버렸다.

그 그리운, 고양 근처에 있는 하얀 언덕.

어린 시절의 그녀가 결국은 넘지 못했던 언덕과 흡사했으니까…….

"이렇게 있으니…… 왠지 그날이…… 떠오르는구나……."

목숨이 끝나는 땅이 이런 장소라는 건 나쁘지 않다고…… 그런 생각마저 들었다.

뇌리에 동료들의 얼굴이 떠올랐다가 사라졌다.

자신이 죽어도 괜찮을까? 과연 그들은 살아갈 수 있을까?

그저 그것만이 걱정이었다.

혼자 마을에서 도망치지 않았다는 건 후회하지 않는다. 그래서 도망치지 않기로 선택한, 그 너머에 있는 오늘의 종언에도 이런 식으로 죽는 것도 만족한다. 그럴 터이다.

"나는, 전사다. 일족 모두를, 구하기…… 위해, 목숨을 걸고, 싸웠고, 죽는다. 여기에, 어떤, 후회가 있을까."

확인하듯, 타이르듯 중얼거렸다.

이것은 긍지 높은 죽음이라고.

어디에도 후회는 없다고.

후회 같은 건…… 해선 안 된다고.

몇 번이고 중얼거리고는…… 피투성이가 된 입을 일그러트리며 쓴웃음을 지었다.

"후회 없는 인간은, 굳이 후회하지 않는다고, 말을 안 하려나……."

작게 콜록거린 후, 후이마는 옆에 있는 충성스러운 늑대에게 시선을 주었다.

"우투……. 이제, 가도, 된다. 너는, 네가 죽을 장소를, 찾아서…… 우투?"

그녀의 종자, 우투는 눈을 감고 있었다. 코끝에 손을 대자 이미 숨을 쉬지 않았다.

"내 옆을, 죽을 장소로, 택하다니……. 특이한, 녀석……."

그녀는 우투의 털에 얼굴을 묻었다. 친구였던, 가족이었던 늑대의 냄새를 폐에 가득 들이마시고…….

그렇게 후이마는 죽었다.

씻을 수 없는 후회와 무력감을 그 가슴속에 남긴 채.

그것은 제국의 예지가 없는 세상의 이야기…….

훠 후이마의 죽음은 역사의 어디에도 기록되지 않았고…… 남은 것은 이름 없는 도적이 대륙 한구석에서 토벌되었다는 기록뿐.

이윽고 찾아온 대륙의 혼란기에 그 기록조차 잊혀…… 불꽃 부족의 긍지 높은 소녀 '훠 후이마'의 이름은 마침내 모든 이의 기억에서 사라진다.

그녀가 무엇을 생각하고, 무엇을 바라고, 무엇을 했는지…….

그걸 아는 사람 또한 없다…….

그리하여 시간은 거꾸로 흐르고…….

따그닥, 따그닥, 평화로운 말발굽 소리가 울린다.

기마왕국 남동쪽, 남방 수도로 가는 길.

제국의 예지, 미아 루나 티어문 일행은 느긋하게 나아가고 있었다.

조금 전까지 맑았던 하늘은 어느새 구름으로 뒤덮여 당장에라도 비가 내릴 것 같았다.

"날씨가 영 좋지 않네요……."

제국의 예지, 미아 루나 티어문은 하늘을 올려다보며 한숨을 쉬었다.

"모처럼 기분 좋게 말을 타고 있었는데……."

조금 아쉽다는 얼굴인 미아에게 후이마는 거만한 어조로 말했다.

"흠, 그건 제국의 예지라기에는 무지한 발언이군. 미아 황녀."

"네……? 무지하다고요?"

고개를 갸웃거리는 미아에게 후이마는 씩 웃으며 말을 이었다.

"말을 타면 어떤 날씨든 상관없다는 뜻이다. 맑은 날에는 맑은 날의, 비 오는 날에는 비 오는 날의, 흐린 날에는 흐린 날의 즐거움이 있지."

"흐음…… 그래요. 그렇단 말이죠."

감탄하는 미아에게 후이마는 득의양양한 얼굴로 고개를 끄덕였다.

"확실히 맑은 날도 좋지만, 내가 추천하는 건 눈이 내리는 날이다. 손이 곱아들 듯한 눈이 내리는 날의 초원은 무척 아름답지. 하얗게 물든 세계에서 말을 타고 끝없이 멀리 가는 것은 참으로, 참으로……."

말이 끊어졌다. 별안간 하늘을 덮고 있던 구름이 걷히며 땅 위로 햇빛이 쏟아졌기 때문이다.

눈이 부셔서 무심코 고개를 돌린 너머——눈에 비치는 광경에 후이마는 숨을 삼켰다.

"앗……."

그곳에 보인 건 지금 걸어온 장소.

자신들이 지금 막 넘은 언덕이 햇빛을 받아…… 초원이 하얗게 빛났다…….

"저건……."

희게 물든 그 언덕이 후이마의 눈에는 어린 시절에 누웠던 그 장소로 보였다.

결코 넘지 못할 것이라고 생각했던 언덕……. 도적으로서 원정을 갈 때도 결코 넘을 수 있을 것 같지 않던…… 그녀의 마음속에만 존재하는, 그날의 하얀 언덕…….

그 언덕을 지금 이 순간 넘어온 것 같다는, 그런 생각이 들었다.

심지어 모든 것을 버리고 혼자 넘은 게 아니다. 일족 사람들의 운명을 모두 짊어지고, 전부 끌어안은 채 넘었다.

그리고 후이마의 손을 잡고 끌어준 사람, 미아는 지금 바로 옆에서…….

"아아. 후후후, 또 날이 개었네요. 저는 역시 맑은 하늘 아래를 달리는 게 더 좋아요. 아직 수업이 부족한 건지도 모르겠네요."

쾌활하게 웃고 있었다.

"그런…… 가. 이렇게나 평화롭게, 평온한 기분으로 언덕을 넘는…… 이런 미래도, 있었던 건가……."

후이마는 무심코 중얼거렸다.

과거 후이마는 그 언덕을 혼자 넘는 걸 택하지 않았다.

그녀는 동료들과 잡은 손을 놓지 않고, 동료들과 함께 그 땅에 머무르는 걸 택했다.

그런 후이마의 손을 제국의 예지가 힘껏 잡아당겼다. 후이마만이 아니라 손을 잡은 불꽃 일족 모두와 함께, 그 하얀 언덕을 넘기 위해.

"후이마 양?"

의아한 얼굴로 바라보는 미아에게 후이마는 씩 웃었다.

"아니, 아무것도 아니야. 친구가 된 것이 자랑스럽다. 미아 황녀."

"으음……? 갑자기 왜 그러시는 거죠?"

뜬금없는 말에 미아는 당황한 듯 고개를 갸웃거렸다.

그건 제국의 예지의 빛이 비추는 이야기.

훠 후이마가 이후 어떤 운명을 걷게 되는지……. 그걸 알기 위해서는 수많은 연극과 이야기의 기반이 된 에피소드를 조사할 필요가 있다.

하지만 그 작업은 지극히 어렵다.

왜냐하면 그녀는 인기가 굉장하고…… 그렇기에 각 에피소드에 더해진 각색의 영향을 전부 제거하는 건 쉽지 않기 때문이다.

따라서 그녀의 정확한 활약을 아는 건 상당히 까다로운 일이다.

다만 분명한 것은, 후이마가 미아 루나 티어문 황제의 소중한 친구 중 한 명이었다는 것.

그리고 미아 황제를 따르는 모든 사람에게 사랑받은 인물이었다는 점이다.

미아의
페가수스 _(의 날개처럼)
프린세스 _(의 지방도 뻗어나가는)
일기

MIA'S

DIARY
OF THE PEGASUS PRINCESS

TEARMOON
EMPIRE STORY

9월 25일

수풀 부족의 부락에서 갓 구운 빵과 버터를 먹음.

선크랜드에서 먹은 것도 맛있었지만, 기마왕국에서 먹은 건 또 각별. 흠잡을 곳 없는 맛. 훌륭하다! 무의식중에 흡입하듯 먹어버렸지만, 버터의 맛을 확인하려면 필요한 일이었다고 생각하기로. 역시 버터는 갓 만든 게 제일 맛있음.

이건 주방장에게 보고할 핵심으로 정리. 추천도 ☆☆☆☆☆

9월 27일

안면을 튼 후이마 양의 불꽃 부족 마을에서 포즈 수프 고기 경단쌈이라는 걸 먹음.

잘게 자른 고기와 채 썬 채소를 섞어서 밀가루 반죽으로 싼 뒤 삶은 듯한 요리. 밀가루 반죽으로 쌌기 때문인지 육즙이 가득한 고기와 조금 자극이 센 채소의 풍미가 절묘하게 어우러져서 근사함.

또 맑고 담백한 맛의 수프도 간이 좋음.

총평으로 코스 요리라기보다는 메뉴 하나로 완성된 요리라는 인상. 이것만으로 배가 꽉 차버리는 게 단점? 이번에는 모처럼

마련해준 요리이니 주는 건 남김없이 전부 먹기로 했음. 추천도 ☆☆☆☆

9월 28일

여행 도중 테무토르? 라는 이름의 수프를 먹음. 나중에 정식 이름을 조사할 필요 있음.

요컨대 요구르트로 만든 수프인 듯. 요구르트라고 하면 디저트라는 인상이었는데, 먹어보니 의외로 맛있음. 새콤하면서 깔끔한 수프라 아침 식사로도 충분히 들어갈 것 같음.

배를 쉬어주고 싶을 때 적절한 수프일지도 모름. 어쩐지 배가 꽉 차서 피곤했던 위가 개운해진 느낌. 또 오늘부터 맛있게 식사할 수 있을 듯. 추천도 ☆☆☆☆

9월 30일

흠, 이번에는 신경 써서 적은 덕분에 일기의 형식이 남아있어 다행이네요. 하지만 변함없이 식사에 관한 기록이 많은 건 어째서인지…….

역시 이 일기장, 저주받은 걸까요?

전에 쓰던 피투성이 일기장이라면 저주받았다는 느낌이 들지만, 이건 지극히 평범한 일기장일 텐데요……. 아니, 애초에 피투성이 일기장도 저주하는 주체는 단두대에 목이 날아간 저 자신이니까요…….

즉 제 저주에 걸리면 일기장에 맛집 후기만 적게 된다……?

……정말이지 기괴한 현상이에요.

뭐, 그건 그렇다 치고. 기마왕국에서도 많은 일이 일어나는군요.

먼저 늑대를 거느린 불꽃 일족의 족장 동생인 후이마 양. 그 늑대를 보고 깜짝 놀랐어요.

게다가 기마왕국의 잃어버린 부족. 설마 여기에 돌아가신 줄 알았던 아벨의 누님, 발렌티나 형님이 엮여있었다니 생각지도 못했다니까요.

마롱 선배는 전에 없이 긴장한 모양이고, 라피나 님도 조금 기분이 안 좋아 보이고요. 아벨도 누님을 걱정해서 그런지 컨디션이 무너진 것 같아 걱정이에요. 무언가 해줄 수 있는 일이 있다면 좋을 텐데요…….

그렇게 따지면 벨과 리나 양은 여전히 기운이 넘치고 여행을 만끽하는 것 같아 다행이죠.

벨은 미래 세계에선 여행 같은 걸 할 기회가 없었을 테고, 리나 양도 아무런 걱정 없이 여행할 기회는 없었겠죠.

아니지. 이 여행의 추억이 좋은 것으로 남을지, 아니면 떠올리고 싶지도 않은 기억이 될지는 앞으로 어떻게 되냐에 달려있으니 여러모로 열심히 해야겠네요…….

　그나저나 잘 생각해 보면 저도 어쩐지 요즘 상태가 이상해요. 피곤한 걸까요? 기마왕국에 온 뒤로 묘하게 몸이 무거운 날이 이어지는 듯한 느낌이 들어요.
　그러고 보면 제가 탄 말도 왠지 발걸음이 무거운 듯한 느낌이 들고요.
　여행이 길어져서 피로가 쌓인 걸까요?
　역시 제대로 운동한 뒤엔 잘 먹고 잘 자는 게 중요하다니까요.

　……그건 그렇고, 오늘의 식사는 뭐가 나올까요?

후기~최종 보스(?) 라피나의 우정과 사랑~

오랜만입니다, 모치츠키입니다.

여러분, 별일 없으셨습니까?

10권을 읽어주셔서 감사합니다. 이번에는 미아의 원정이 계속되어 기마왕국편이었습니다. 재미있게 읽어주셨을까요.

선크랜드에 이어 초기부터 이름만 나왔던 기마왕국. 거기에 설마 미아가 가버리다니……. 생각해 보면 멀리 왔네요.

그러고 보면 티어문 제국 이야기를 WEB에서 시작한 당시, '라피나가 최종 보스인 게 분명해!'라고 생각하시는 독자분이 무척 많았습니다. 작가로서는 라피나는 아주 귀여운 사람으로 쓰고 있었는데, 좀처럼 최종 보스 의혹을 불식시킬 수 없었죠……. 그런 의혹을 드디어 해소한 게 기마왕국편이었다는 느낌입니다. 우정에, 사랑에 휘둘리고 말았던 라피나 님이 앞으로 어떤 영애로 성장해나갈지…….

미아 : 그나저나 우유에 치즈에 버터……. 기마왕국은 어쩜 이렇게 맛있는 것으로 넘쳐나는 나라일까요……. 심지어 마음만 먹으면 언제든 말을 타고 멀리 나가 운동할 수 있다니……. 참으로 근사한 나라예요.

라피나 : 언제든 미아 님과 승마. 우후후, 그러게. 기마왕국, 정말 멋져.

벨 : 저도 그렇게 생각해요. 신사분과 함께 말을 타고 훌쩍 바람 쐬러 갈 수 있다는 것도 참 좋죠! 라피나 님.

라피나 : 벨 양?!

미아 : 으음……? 묘하네요. 오한이 들어요. 막연하지만 벨이 무의식중에 잠자는 사자의 꼬리를 잡고 붕붕 돌리고 있는 듯한……. 흠, 몸이 차가워져서 그런 걸까요? 아무래도 따뜻한 우유를 마셔야…….

여기서부터는 감사 인사입니다.

Gilse님, 매번 예쁜 일러스트를 그려주셔서 감사합니다. 후이마가 절묘하게 지금까지 없던 타입의 캐릭터 일러스트라서 너무 좋았어요!

담당자 F님, 늘 대단히 신세 지고 있습니다.

가족에게. 어찌어찌 10권까지 왔습니다. 언제나 응원해줘서 감사합니다.

그리고 독자 여러분. 여기까지 같이 와 주져서 감사합니다. 다음 권은 드디어 기마왕국편의 클라이맥스. 그리고…….

다음 이야기도 기대해주시면 좋겠습니다.

그럼 또 다음 권에서 만나요.

연애 토크?

좋아하는 타입? 예를 들면 어떤...?

으음, 저는 자연스러운 배려나 다정함이 좋더라고요.

후이마 양, 당신은 좋아하는 타입이 있나요?

옆얼굴...... 맞아요. 다부진 모습이 참....

나는, 그래.... 옆얼굴이 늠름한 게 중요하지.

그렇군.

무심코 넋을 놓게 되어버리죠.

그리고 탄탄하게 붙은 근육.

그리고 뭐니 뭐니 해도

음

아름다운 털.

털?

말 이야기였다.

티어문 제국 이야기

⇛10권⇚

구매해주셔서 감사합니다!

권말 보너스

만화판 제19화 미리보기

Comics Trial Reading

Tearmoon

Empire Story

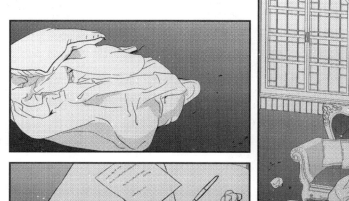

하아

......아아.

이건
옛날에......

우두커니...

하아

이 방,

......

이렇게
넓었던가요…….

......

...님.

미아 님......!

흐어?

두 번

어라?
그럼

조금 전의
그건
꿈......?

앗....

안느....

미아 님,
괜찮으세요?

서늘…

차가워서
기분 좋아…….

고마워요.

안느…….

키득 키득...

구욱

......윽.

휙

별로
관심 없네요.

어머나!

종자도
평민이지만
제법 잘생긴
남자인데......

그런 것보다
들으셨어요?
시온 왕자님
이야기.

앗,
미아 님.

일어나셨어요?

또......
꿈......

클로에......?

우
쭐

마스크라고
해서
감기가 옮는 걸
막아주는
도구랍니다.

역시
대상회의 딸.
철저하네요….

......그건 뭐죠?

이거
말씀이세요?

입에....

미아 님.

뭔가 원하시는 건 있으신가요?

먹고 싶은 음식이라거나....

또 전에 아버지께서 보내주신 감기약을 가져왔으니

나중에 드세요.

앗, 안느 씨는 지금 차가운 물을 뜨러 갔습니다.

휙!

......

클로에......

......무언가 이야기를

해주지 않으시겠어요?

네?

알겠습니다.

푸식...

어디 보자.

그럼....

......해주길 바라는 것 말이에요.

최근에 읽은 책 중에서 재미있는 게 있었다면

그 이야기를 해주세요.

꾸벅...

!

어느 마을에 한 소녀가 있었습니다.

소녀는 낯을 심하게 가려서 늘 혼자였습니다.

그런 소녀에게 친구가 되자며 불쑥 손을 내민 사람이 있었습니다.

그 사람은······.

미아는 혁명이 일어날 때까지

시온이나 티오나가 자신에게 어떤 감정을 품고 있는지 몰랐다.

그런 건 신경 쓰지 않아도 괜찮은데!

그것만이 아니라 주위에 있는 추종자들의 마음도 파악하지 못했다.

제국 귀족은 자식을 학원에 보낼 여유가 없었고

타국 사람들은 저물어가는 제국의 황녀라는 골칫거리와 엮이는 걸 피했기 때문에

그렇게 몇 년 후, 재정이 망가지고 각지에서 분쟁이 일어나 제국이 무너져가던 해.

미아는
외톨이가
되었다.

어째서

이런 일이?

내가 감기에
걸리고
미아 황녀가
낫는다면
바라는 바니까.

아니, 그게.

우리나라의 옛말에는
감기는 남에게
옮기면 낫는다는
말이 있거든.

하
하

멍
엉

어머......

아벨
왕자님도
참......

후
후

나도 귀국할 예정이지만……

조금 일찍 학교에 돌아오려고 해.

아벨 왕자님께선 어떻게 하실 건가요?

시무룩…

좀 아쉽네.

어쩌면 너와 여름방학 중에 어딘가에서 함께 시간을 보낼 수 있을지도 모른다고 생각했는데

쿵 쿵 쿵

이 사람은 어째서 이렇게 두근거리는 말을 진지한 얼굴로 할 수 있는 걸까요……

?

!

두근

미아의 방에
따뜻하고
떠들썩한
분위기가
차올랐다.

푹 자서
머리가
개운해졌기
때문이에요!

암!

그건

전 시간축에서는
결코 찾아온 적
없었던,
평온한
시간이었다.

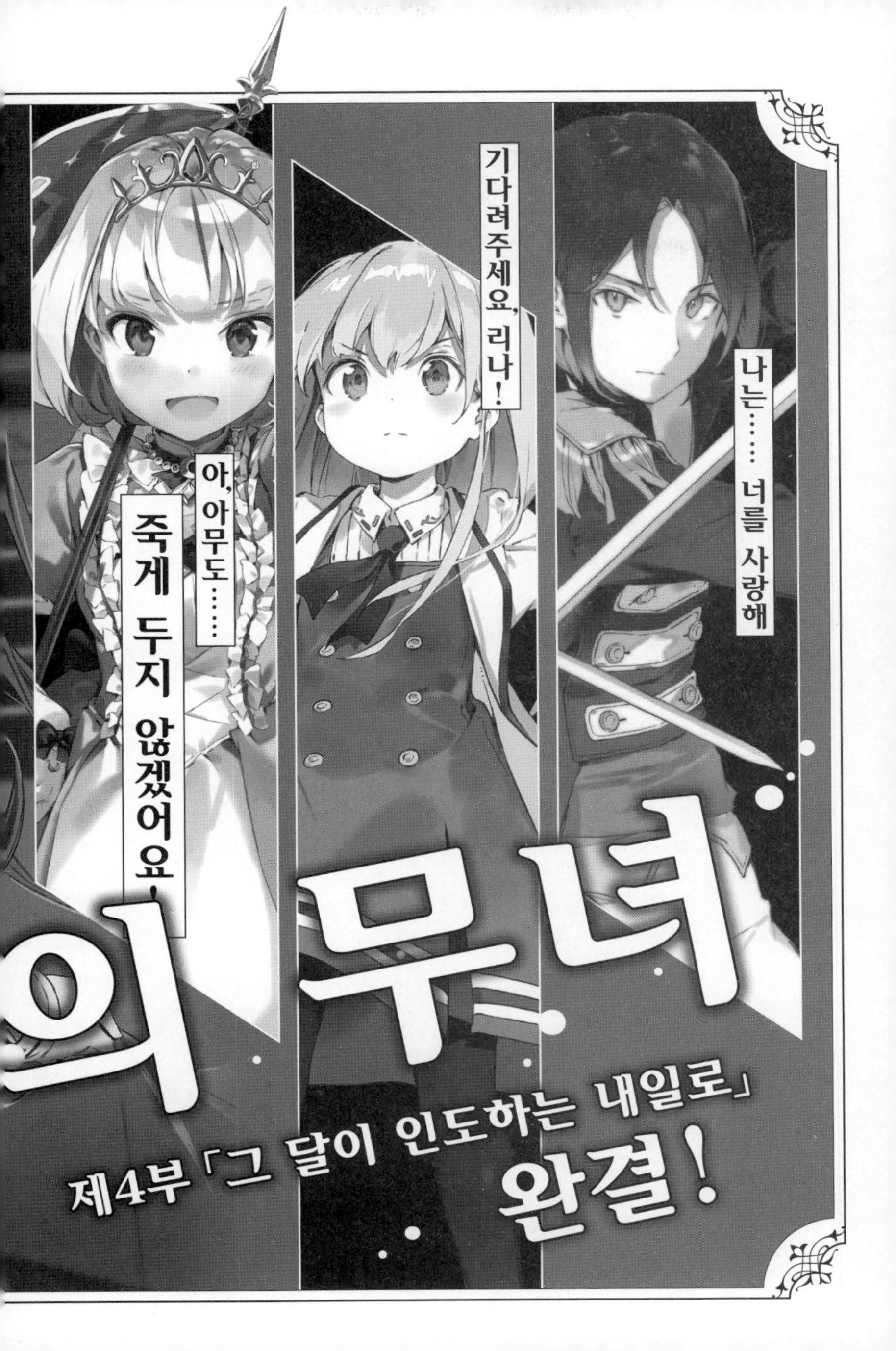

기다려주세요, 리나!
나는…… 너를 사랑해
아, 아무도……
죽게 두지 않겠어요!
의 무녀
제4부 「그 달이 인도하는 내일로」
완결!

Tearmoon Teikoku Monogatari 10~Dantoudai kara hazimaru hime no gyakuten story~
by Nozomu Mochitsuki

Copyright © 2022 by Nozomu Mochitsuki
Original Japanese edition published by TO Books, Inc.
Korean translation rights arranged with TO Books, Inc.
Korean translation rights © 2023 by Somy Media, Inc.

티어문 제국 이야기 10 ~단두대에서 시작하는 황녀님의 전생 역전 스토리~

2023년 2월 14일 1판 1쇄 발행

저   자 모치츠키 노조무
일 러 스 트 Gilse
옮 긴 이 현노을
발 행 인 유재옥
본 부 장 조병권
담당편집 정영길
편 집 1 팀 김준균 김혜연 박소연
편 집 2 팀 정영길 조찬희 박치우 정지원
편 집 3 팀 오준영 이해빈
미   술 김보라 박민솔
라이츠담당 김정미 맹미영 이승희 이윤서
디 지 털 박상섭 김지연
발 행 처 ㈜소미미디어
인쇄제작처 코리아피앤피
등   록 제2015-000008호
주   소 서울 마포구 토정로 222, 403호(신수동, 한국출판콘텐츠센터)
판   매 ㈜소미미디어
마 케 팅 한민지 최정연 박종욱
물   류 허석용
전   화 편집부 (070)4164-3962, 3963 기획실 (02)567-3388
          판매 및 마케팅 (070)4165-6888, Fax (02)322-7665

ISBN 979-11-384-1625-2 04830
ISBN 979-11-6507-670-2 (세트)

티어문 제국 이야기

단두대에서 시작하는 황녀님의 전생 역전 스토리

TEARMOON
EMPIRE STORY
WRITTEN BY
NOZOMU MOCHITSUKI

모치츠키 노조무 지음
Gilse 일러스트

10권 초판 한정
쇼트스토리 소책자

미아의 선창에 맞춰 춤춰라!(眞)

그날, 불꽃 일족의 마을에 오랜만에 밝은 불이 일렁였다.

타닥타닥……. 마른 장작이 튀는 소리가 밤의 시원한 공기를 흔들었다.

마을 광장 중앙에서 거대한 화톳불이 춤추고 있었다. 그 커다란 불을 에워싸고 사람들이 저마자 식사를 즐기고 있었다.

——아아, 이렇게 떠들썩한 건 얼마 만일까…….

돌이켜 보면 그것은 자신이 어린 시절. 불꽃 일족이 더 활기로 가득하던 시절의 일인 것 같았다.

——옛날에 이런 식으로 다 함께 불 앞에서 맛있는 음식을 먹은 적이 있었지……. 그것은 선대 뱀의 무녀님께서 살아계시던 때였던가…….

그래, 그건 마을에서 나간 젊은이가 돌아왔을 때의 일이었다고 후이마는 회상했다.

일족에 정이 떨어져서 나간 줄 알았던 청년의 귀환은 일족 모두를 기쁘게 했다.

그는 귀환하면서 맛있는 것을 잔뜩 가지고 돌아왔기에 그 기쁨은 한층 더 컸다.

바로 일족이 총동원되어 연회를 준비했다. 그때는 아버지도 어머니도, 오라비도 있었고…… 다들 웃었지만…….

——그때는 진심으로 즐거워할 수 없었지…….

어린 시절 후이마는 막연한 불안감에 사로잡혀 청년의 귀환을 기뻐하지 못했다.

청년의 어두운 눈이 무서웠다.

불길한 그림자를 두른 듯한 그 모습이 무시무시했다.

그가 바깥 세계에서 무엇을 했는지…… 어떤 일을 했기에……
이만한 진수성찬을 가지고 돌아올 수 있었는지……. 그런 생각이
들자 순수하게 기뻐할 수 없었다.

오늘 연회는 그때와 비교하면 소소했다. 어쩌면 질도 양도 부
족할지도 모른다. 무엇보다 여기에는 후이마의 가족인 오라비의
모습이 없다.

하지만…… 어느새 후이마는 웃고 있었다.

──아아, 오늘은 어쩐지 개운한 기분이구나. 아무리 약탈이
잘 풀려서 많은 전리품을 얻었을 때도 이토록 기분이 상쾌한 적
은 없었는데……. 이 기분은…….

그때였다. 문득 후이마의 뇌리에 미아의 말이 떠올랐다.

──그렇군……. 이 기분은 그 맛있는 쿠키를 먹었을 때와 비
슷해. 그래, 미아 황녀가 말했던 건 이런 거였나…….

『이 쿠키를 다 함께 먹을 수 있는데, 그 기회를 무시하려는 건
가?』

후이마는 그 물음의 의미를 생각했다.

──지금 먹고 있는 건 쿠키가 아니야. 하지만…… 그때 먹은
쿠키처럼 달콤하고 맛있어.

뭐라 말할 수 없는 충족감이 가슴을 점령했다. 그 감정에 이끌
리듯 후이마는 주변으로 시선을 던졌다.

불을 에워싸고 담소하는 사람들. 그곳에는 자신들, 불꽃 일족만 있는 게 아니었다.

머나먼 이국, 티어문 제국의 황녀와 병사들의 모습이 있었다. 베이르가 공국의 성녀와 그 일행이, 렘노 왕국의 왕자와 종자가 있었다.

게다가—— 계속 서로를 미워하던 동포의 모습마저 있다.

다들 맛있는 식사를 먹고 웃고 있다.

앙금도, 나라의 차이도, 전부 광장 중앙에서 춤추는 불꽃 속에 넣고 태워 연기처럼 사라져간다.

——이건…… 뭘까.

그것은 무척 신기한 모임이었다.

어제까지만 해도 도저히 상상할 수 없었던 신비한 광경…… 꿈을 꾸는 듯한 광경이었다.

하지만…… 이 안에 오라비의 모습이 없다는 게 후이마는 조금 슬펐다.

"후이마 양, 무슨 일 있나요?"

불쑥 들린 다정한 목소리. 시선을 들자 그곳에 있는 사람은…….

"미아 황녀……."

이 연회를 연출한 장본인, 미아 루나 티어문이었다. 걱정하는 얼굴로 이쪽을 바라보고 있었다.

"썩 많이 드시지 않고 있는 것 같은데요……."

그런 미아에게 후이마는 쓴웃음을 지었다.

"아니, 그렇지 않다. 제대로 먹고 있지. 지금은 잠시 쉬는 거다."

그렇게 대답하며 후이마는 배를 가볍게 문질렀다.

……사실 이 말은…… 거짓말이 아니었다!

그랬다. 약간 센티한 기분이 되어 과거를 회상하던 후이마이긴 했지만…… 착실하게 잘 먹고 있었다!

이미 접시를 비우고도 세 번이나 더 먹었다. 지금의 감성적인 회상은 잠시 쉬면서 떠올렸던 것에 불과했다.

이 정도가 아니면 기마병을 이끌고 약탈부대를 운용할 수 없다.

먹을 수 있을 때는 제대로 먹는다. 괴롭든 슬프든 배가 고프면 먹어야 한다. 그것이야말로 후이마의, 전사로서의 긍지다!

"어머, 그랬군요. 아, 그러고 보면 저기에 달콤한 빵과자를 굽고 있다고 하던데요. 수풀 부족 사람들이 실력을 발휘해서 만들었다는데……. 괜찮다면 같이 가실래요?"

"후후후, 미아 황녀. 달콤한 빵과 과자라면 우리 불꽃 부족도 지지 않는다고. 수풀 부족과는 비교도 되지 않을 만큼 맛있을 거다."

"오호. 참 흥미롭군요. 그렇다면 먹으면서 비교해보는 게 좋을까요……. 저는 오늘 열심히 일했으니까, 그 정도는 먹을 자격이 있다고 보거든요."

"재미있군. 그렇다면 나도 동행하지."

후이마는 작게 웃으며 일어났다.

후이마와 빵과 과자 비교를 한 미아는 완전히 배가 두둑해졌다.

──흐음, 후이마 양도 제대로 먹은 것 같아 안심이에요.

조금 전엔 식사를 잘하지 못하는 듯한 후이마를 보고 순수하게 걱정이 되었다.

　　──작은 일로 식욕이 사라지는 섬세한 저와는 다르게 후이마 양은 호방한 대식가. 식욕이 없어진다는 건 어지간한 일이라고 생각했는데⋯⋯ 후후, 잠시 쉬고 있었을 뿐이라니. 정말로 보기 좋을 만큼 잘 드신다니까요.

그렇게 자신의 식탐은 완전히 못 본 척하는 미아였다.

"미아 님⋯⋯. 아무리 그래도 조금 과식하신 게 아닐까요⋯⋯."

안느가 눈썹을 찌푸리며 주의를 줬다.

"흠⋯⋯ 그렇군요. 그럼 잠시 배를 꺼트리기 위해 걷도록 할까요⋯⋯."

"좋은 판단이십니다."

그렇게 미아를 따라가겠다는 자세를 보이는 안느.

"어머, 안느는 조금 더 느긋하게 쉬고 있어도 괜찮은데요? 광장을 가볍게 돌아볼 뿐이니까요⋯⋯."

"아뇨, 따라가겠습니다."

안느는 완강한 태도로 주장했다.

"음, 당신이 그렇게 말한다면⋯⋯."

결국 미아는 안느와 함께 걷기 시작했다.

광장의 몇몇 장소에서 요리를 만들고 있었다. 냄비를 사용해서 끓이는 요리, 고기와 채소를 꼬챙이에 꿰어 직화로 굽는 와일드한 요리, 밀가루를 반죽해서 만든 빵과 과자 등등.

"흠⋯⋯. 저 고기는 맛있어 보이지만⋯⋯. 지금은 조금 부담스럽겠군요. 더 일찍 발견했으면 좋았을 텐데⋯⋯. 조금만 더 걸어서 배를 꺼트리면, 어쩌면……."

그렇게 불길한 소릴 중얼거리는 미아는 문득 광장에서 조금 떨어진 곳에 앉은 아벨의 모습을 발견했다.

——어라? 아벨……. 저런 곳에서 혼자 먹고 있었던 건가요……?

이전 시간축에서 혼자 먹는 밥이 얼마나 서러운지 뼈저리게 느껴본 미아였다. 걱정이 되어 그쪽으로 발걸음을 옮겼다.

"아벨, 제대로 드시고 있나요?"

가까이서 본 아벨의 얼굴에는 어딘가 지친 듯한 그늘이 보였다. 하지만 고개를 들자 그곳에는 난처한 듯한 미소가 번져 있었다.

"아……. 미아. 응, 먹고 있어. 괜찮아."

전혀 안 괜찮아 보이는 얼굴로 허세를 부리는 아벨.

——역시 발렌티나 형님이 마음에 걸리는 거겠군요. 뭐, 당연한 일이지만…….

미아는 아벨이 다정한 사람이라는 걸 안다. 분명 누나를 생각하면 식욕이 사라질 것이다. 그건 이해한다. 이해하지만…… 그래도 걱정되는 건 걱정되는 것이니…….

"아벨……. 만약 누님이 걱정되시는 거라면…… 더욱 지금은 드셔야만 해요. 그렇지 않으면 여차할 때 힘을 낼 수 없는걸요."

무언가 말해야 한다고 생각했다. 하지만 평이한 말밖에 생각나지 않아서……. 그게 답답한 미아였다.

"그래……. 머리로는, 알고 있지만…….."

반면 아벨은 힘없이 자조하는 미소를 지을 뿐이었다.

그런 아벨의 얼굴을 보자 미아의 가슴이 애처롭게 조여들었다.

하지만 어떻게 해야 할지 알 수 없었다.

"뭐, 뭔가 맛있어 보이는 걸 찾아올게요."

미아는 도망치듯 그 자리를 떠났다.

——너, 너무 옆에 있어도 아벨이 절 신경 쓸 테니까요…… 혼자 있고 싶을 때라는 것도 있고…… 너무 끈질긴 것도 안 좋죠. 네……

일단 머리를 식히기 위해 걸었다. 그러자 이번에는 황녀전속 근위대의 일원이 모여앉아 식사하는 게 보였다. 그 얼굴에는 피로도 없고 표정도 밝아 보였는데……

——흐음…… 저처럼 적당히 도운 게 아니라 전력으로 일했을 텐데요…… 그 노고를 치하해두는 게 좋으려나요……?

애초에 이번 여행은 양젖 우유를 위해 미아가 고집을 부린 것이 컸다. 괜한 일거리를 늘렸다고 못마땅해하는 자도 있을 것이다. 세심한 배려가 필요했다.

결단을 내리자마자 미아는 바로 그쪽으로 향했다.

"아니 이런, 미아 황녀 전하……"

황송해하며 일어나려는 병사들을 향해 미아는 웃으면서 손을 흔들었다.

"그대로 앉아서 계속 식사하세요."

먹는 걸 방해받는 게 가장 싫은 미아이다. 치하하려는 상대의 식사를 방해한다니 말도 안 되는 일이라는 것쯤은 잘 알고 있었다.

미아는 병사들의 얼굴을 둘러본 후 작게 머리를 숙였다.

"여러분, 오늘은 고생 많았습니다. 여기까지 호위해줘서 감사드려요."

미아는 붙임성있게 생글거리면서 말했다.

뭐니 뭐니 해도 황녀전속 근위대는 미아의 방패. 여차할 때는 몸을 날려서 지켜주는, 무척이나 소중한 사람들이다.

양호한 관계를 구축해둬서 손해 볼 것이 없다.

"과분한 말씀이십니다. 황녀 전하."

병사들은 다들 몸 둘 바를 몰랐다. 귀족이나 왕족들은 보호받는 게 당연한 존재, 병사란 그들을 지키는 게 당연한 존재이기 때문이다.

자신들은 그저 직무를 수행했을 뿐……. 그런 자부심이 있었기에 굳이 위로의 말을 건네러 와 준 미아가 무척이나 감사한 존재로 느껴졌다.

"괜한 일거리를 늘려버려서 면목이 없네요. 하지만 이번 여행은 필요한 일이었어요. 조금 더 여행이 계속될 텐데, 힘을 빌려주실 수 있을까요?"

미아는 얌전한 태도로 말을 이어갔다.

왜냐하면 미아는 알기 때문이다.

말은 오해를 만들기도 하지만…… 침묵도 오해를 만든다는 것을.

그리고 말로 생긴 오해는 대화하다 보면 정정할 수 있지만, 침묵으로 인해 발생한 오해를 정정하는 건 어렵다. 상대방이 무슨 오해를 했는지도 알 수 없기 때문이다.

──그들은 저의 소중한 검이자 방패. 그렇다면…… 말을 아끼지 않고 이해를 요청해두는 게 중요하죠. 적어도 그런 자세를 보여주면 불만을 담아두지 않고 제게 말해줄지도 모르고요…….

가슴속에 담아둔 불만은 언제 폭발할지 알 수 없는 법. 막상 도움이 필요할 때 그게 폭발했다간 그야말로 큰일이다.

　그들의 힘이 필요해졌을 때…… 즉 단두대에 올라가게 될 것 같을 때 그들이 힘을 발휘할 수 있도록, 미아는 최대한 배려하고 있었다.

　미아는 언제나 변함이 없다. 모든 것은 단두대를 회피하기 위해서다.

　그런 미아가 바라본 시선 끝에서 그 자리의 전원을 대표하듯이 한 명의 병사가 일어났다.

　"저희 황녀전속 근위대……. 미아 황녀 전하께서 가시는 곳이라면…… 어떤 곳이든 따라가겠습니다."

　그 대답을 들은 미아는 사랑스럽게 생긋 웃었다.

　"고마워요. 당신들의 힘을 의지하고 있겠습니다."

　그 후 미아는 천천히 발걸음을 돌렸다.

　──이제 근위대 쪽은 걱정 없겠군요. 남은 건 아벨인가요……. 어떻게든 기운이 나게 해주고 싶은데요…….

　──흐음……. 역시 저 황녀님은 대단해…….

　떠나가는 미아를 바라보며 디온은 꼬챙이에 꿴 고기를 뜯어 먹었다. 입 안에서 물씬 흘러나오는 육즙과 톡 쏘는 짠맛에 무심코 술이 당겼으나…….

　"뭐, 아무리 그래도 술을 찾을 수는 없나……. 응……?"

　그때 그는 깨달았다. 자신을 향해 걸어오는 발소리를……. 그쪽으로 시선을 돌리자…….

"의외로 성실하구나. 디온 알라이아. 당신은 그런 건 신경 쓰지 않을 줄 알았는데……. 어차피 취했어도 어지간한 적은 쓰러트릴 수 있잖아?"

쿡쿡 화사한 웃음소리가 울려 퍼졌다. 그곳에 서 있던 사람은…….

"옐로문 공작 영애 아니신지. 무슨 일인데……?"

의아한 얼굴인 디온에게 슈트리나는 사랑스러운 미소를 지으며 물이 든 잔을 내밀었다.

"미아 님을 호위하느라 마실 것을 가지러 갈 새도 없을 것 같았는데, 아니었어?"

뜻밖의 대답에 디온은 순간 놀란 표정을 지었다가 미소를 돌려주었다.

"아니, 뭐 틀린 건 아닌데."

"후후후, 목이 마른 것도 잊고 적을 찾다니, 아주 무시무시해라. 정말 다행이야. 우리 옐로문 가가 당신과 직접 싸우게 되지 않아서."

"동감이야. 아무리 나라고 해도 독 앞에서는 무력하거든."

받아든 잔을 들고 디온이 어깨를 으쓱했다.

"이렇게 네게 받은 음료에 입을 대는 것조차 용기를 쥐어짤 필요가 있을 정도지."

그러자 슈트리나는 살짝 눈을 위로 올려 바라보면서 장난기 어린 미소를 지었다.

"어머, 만용을 자랑하는 디온 알라이아답지 않은 약한 소리인 걸. 아쉽게도 튼튼한 당신을 쓰러트릴 수 있을 법한 독은 들고 다니질 않으니 안심해도 돼. 무엇보다 어중간한 독을 먹었다간 독에 내성만 생길 것 같거든. 먹이려면 제대로 준비해야지."

"하하하. 아주 고평가를 해주는데? 천하의 옐로문 공작 영애가 직접 준비한 독이라면 나 같은 건 한 방에 뻗어버릴걸."

그렇게 유쾌한 대화를 즐기고 있을 때…… 불현듯 누군가 옷을 잡아당기는 걸 느꼈다.

시선을 돌리자 어느새 벨이라는 소녀가 눈썹을 찌푸리며 소매를 붙잡고 있었다.

"디온 장군님, 리나에게 너무 심술부리지 마세요. 리나는 디온 장군님이 마실 게 없다는 걸 깨닫고 정성껏 물을 가져온 거니까요."

"……아니, 장군은 아닌데."

참고로 디온은 이 벨이라는 소녀를 어떤 거리감으로 대해야 하는지 파악하지 못하고 있었다. 접점 자체는 별로 없을 텐데 그녀가 보내는 순수한 신뢰가 약간 민망하기도 했고…….

그는 자신답지 않게 주눅이 든 스스로에게 쓴웃음을 지었다.

"아무튼, 확실히 목이 말랐던 건 사실이고 심술이 좀 심했을지도 모르겠군. 친히 물을 가져다주셔서 감사합니다, 옐로문 공작 영애."

순순히 인사하자 슈트리나도 미묘하게 민망한 표정을 지었다.

"그렇게 고분고분하게 나오면 어떻게 대해야 할지 좀……. 벨도 참…… 괜한 소릴……."

그때였다. 주변에 떠들썩한 북소리가 울려 퍼졌다.

"어라? 저건……."

시선을 돌리자 화톳불 바로 옆에서 누군가가 춤추는 게 보였다.

"앗, 저기 보세요, 리나. 댄스 시간이 시작되었나봐요!"

슈트리나 옆에서 벨이 신이 나 환호성을 질렀다. 즐겁게 폴짝거리며 슈트리나의 손을 잡았다.

"저희도 가요. 페르장에서 보여준 저희의 춤사위를 보여줄 때가 온 거예요."

탓, 타탓. 어쩐지 은근히 날림인 듯한 스텝을 밟았다.

친구에게 강제로 손을 붙들린 슈트리나는 순간 놀란 듯 눈을 크게 떴다가 이내 조금 부끄러운 듯 작은 목소리로 대답했다.

"앗……, 응. 가자, 벨……."

친구가 같이 춤추자고 한 게 기뻐서 참을 수 없다는, 그런 얼굴이었다.

그건 조금 전까지 독 운운하던 소녀로는 보이지 않는 얼굴이라…….

디온은 무심코 쓴웃음을 지었다.

"독과 책략의 전문가를 친구와 춤추는 걸 즐기는 평범한 아가씨로 바꿔버리다니……. 역시 황녀님은 대단하다니까……."

디온은 나무잔을 작게 기울여 '건배' 하고 중얼거렸다.

한편 미아는 광장 구석까지 와 버렸다.

여전히 아벨에게 무엇을 해줄 수 있을지 찾지 못했다.

"으음, 역시 제 수제 샌드위치가 아니면 아벨의 기운을 북돋아 줄 수 없는 걸까요…….."

팔짱을 끼고 무시무시한 소릴 중얼거리기 시작한 미아.

"미아 님……. 광장으로 돌아가지 않으시겠어요?"

그런 미아에게 안느가 걱정하며 말을 걸었다.

"네? 아, 네. 그렇네요. 이 앞에는 먹을 게 아무것도 없을 테니까요. 으음, 아벨에게 무언가 먹여서 기운을 차리게 해주고 싶었지만……. 어쩔 수 없네요, 돌아가서……."

그때였다.

어둠 속에서 푸르릉 하고 코를 울리는 소리가 들렸다.

"어라……?"

눈에 힘을 주자 말들의 모습이 보였다. 둥근 눈동자로 미아 쪽을 빤히 바라보는 말. 다행히 코를 실룩거리며 재채기를 할 것 같은 말은 없었다. 정말 다행이다.

"후후후, 태평한 얼굴. 당신들은 마음이 편해 보여서 부럽네요. 인간과는 다르게 앞날에 대한 고민 같은 건 전혀 없지 않을까요?"

미아가 마침내 말에게 푸념하기 시작했다! 그러자 정면에 있던 말은 아무 말도 하지 않고…… 그저 조용히 미아의 얼굴을 바라보았다.

"어머……? 뭔가 하고 싶은 말이 있어 보여요……. 흐음."

고개를 갸웃거린 미아는 바로 쓴웃음을 지으며 도리질했다.

"아뇨…… 그래요, 그렇죠. 확실히 지금 한 말은 부당한 트집이었어요."

미아는 떠올렸다. 말들이 열심히 일했다는 것을.

"오늘 해야 할 일을 마친 후에 휴식하는 것. 해야 할 일을 다 했으면 그 후에 어떻게 보내든 자유인걸요. 그건 정당한 권리예요."

미아도 오늘 해야 할 일이 끝나면 침대 위에서 늘어지고 싶다. 뭣하면 오늘 할 일이 끝나지 않아도 침대 위에서 나태하게 널브러져 있고 싶다.

그 점에서 말들은 오늘 나를 짐을 다 나르고 느긋하게 쉬고 있는 것이니 불만을 들을 이유는 없었다.

"당신들에게는 그날그날 해야 할 일이 많이 있을 테니까요…….
그걸 마치면 태평하든 말든 아무런 문제도 없죠. 그리고 내일 또 일을 받으면 그 역할을 다할 뿐……. 내일 일은 내일의 나에게 맡기는……. 아, 그래요."

말을 붙잡고 말하던 도중 미아는 퍼뜩 깨달았다.

"이게 아벨에게 할 수 있는 말인 건지도……."

그 순간이었다. 별안간 경쾌하고 즐거운 듯한 북소리가 미아의 귀에 들렸다.

그쪽으로 시선을 던지자 화톳불의 불빛을 받으며 한 사람이 춤추고 있었다.

"저 사람은…… 불꽃 일족의……."

그 사람은 조금 전 후이마가 소개하려고 했던 노파였다! 그 나이에 의외일 정도로 교묘한 스텝을 보자 미아의 댄스 영혼이 자극받았다.

"후후후…… 즐거워 보여요. 그래, 모처럼이니 아벨에게 같이 춤추자고 하는 건 어떨까요…….”

오늘은 쉬라고 해봤자 체력이 남아돌면 괜한 것들을 상상해버리는 법이다.

“하지만 해야 할 일을 마치고도 힘이 남아 있는 건 나쁜 일이 아니죠. 남은 힘을 즐거운 일에 써버려도 아무도 뭐라고 하지 않을 거예요. 안느, 당신도 같이 가요.”

안느에게 따라오라고 한 뒤 서둘러 아벨에게 돌아가려고 했다. 그 도중 멍하니 서 있는 라피나와 눈이 마주쳤다.

라피나는…… 어째서인지 어두운 표정을 짓고 있었다.

──어머? 모처럼 불꽃 일족에게 구호물자를 무사히 전해주었는데 무척 기운이 없어 보이네요.

아벨에 이어 라피나까지 의기소침해하는 이 상황……. 미아는 어쩔 수 없다는 양 한숨을 쉬고 걸어갔다.

“라피나 님, 같이 어떠신가요?”

“어……? 앗, 잠깐, 미아 님?”

당황하는 라피나의 손을 잡아당겼다. 무언가 항의하는 목소리가 들렸지만, 지금은 무시다. 미아는 그대로 척척 걸어갔다. 중간에 아벨도 붙잡았다.

“자, 아벨도 가요.”

“잠깐, 미아. 대체 어디에…….”

당황한 듯 바라보는 아벨을 향해 미아는 씩씩하게 말했다.

“식욕이 없는 건 운동이 부족하기 때문일지도 몰라요. 춤추자고요.”

그 말에 아벨의 눈이 휘둥그레졌다. 하지만 그가 입을 열기 전에 미아의 말이 이어졌다.

"오늘 짊어져야 하는 짐은 전부 다 날랐는걸요. 그러니 괜한 체력을 남겨둘 필요도 없죠. 그리고 내일 짊어져야 하는 짐을 걱정하는 건 내일 또 하면 그만이에요."

아벨에게, 그리고 라피나에게 시선을 던진 미아는 솔선해서 춤추기 시작했다.

먼저 춤추던 노파를 곁눈질로 따라 하는 그 춤은 참으로 그럴싸하고 훌륭했다.

그런 미아에게 전염되듯, 혹은 체념한 듯 웃은 아벨이 춤에 끼어들었다. 라피나도 조금 부끄러운 듯 뺨을 붉히면서 춤추기 시작했다.

"자, 안느도 오세요. 루드비히도, 마롱 선배도 서 있지 말고 같이 춤추자고요."

미아는 눈에 보이는 대로 사람들을 춤판에 끌어들였다.

여기에 불꽃 일족, 수풀 일족, 황녀전속 근위대에서 각자 활발한 성격인 사람들이 나서자…… 춤추는 사람들의 수가 순식간에 불어났다.

유쾌하고 즐거운 북소리와 흔들리는 불꽃의 움직임에 맞춰서 다들 즐겁게 춤추었다.

내일의 불안도, 산적한 문제도 전부 잊고 즐겁게 춤추었다.

광장에서 조금 떨어진 장소……. 후이마는 자신에게 남은 유일한 가족, 전투 늑대 우투와 함께 그 광경을 보고 있었다. 수풀 부족을 위해 광장에는 가까이 가지 않고 있던 우투. 연회 때 혼자 있는 건 적적할 것이라는 생각에 찾아온 후이마였으나…….

후이마는 우투의 머리를 멍하니 쓰다듬으면서 무심코 중얼거렸다.

"아…… 이건……. 참으로 신기하구나……."

조금 전에도 느낀 감각. 그것이 점점 커졌다.

국가라는 벽도 없이, 과거의 화근도 잊고 불꽃 주변에서 춤추는 사람들. 다들 얼굴에 즐거운 미소를 짓고 있다. 그건 무척이나 신기한 광경이었다.

"이것이 제국의 예지, 미아 루나 티어문의 방식인가……."

오라비에게서 들었던 이야기를 절절히 느꼈다.

동시에 생각할 수밖에 없었다.

어떠한 결말이 나든 기마왕국과 불꽃 일족의 관계는 변할 것이다. 어제까지와 같을 수 없다. 결코 이전으로 돌아가지는 않는다.

그리고 그 변화는 아마…… 그리 나쁘지 않을 것이다.

이유는 자명하다.

같이 춤추고 식사한 사람들 사이에서 계속 앙금이 남아 있을 수 있을까?

보라. 저기에서 하나 되어 웃는 얼굴로 춤추는 수풀 부족 녀석들을 어찌 미워할 수 있을까…….

저 녀석들을 미워하라고, 용서하지 말라고, 그 누가 말할 수 있을까.

크홍! 불만 어린 콧소리가 들리자 후이마는 그쪽으로 시선을 돌렸다. 그러자 손바닥에 머리를 비비며 우투가 못마땅한 시선을 보내고 있었다.

"하하하, 미안하다. 우투. 그만 춤에 정신이 팔렸었구나."

조르는 대로 다시 쓰다듬어주자 우투는 기분 좋다는 듯 끄응 콧소리를 냈다. 반들반들한 털결을 쓰다듬으며 후이마는 한 번 더 중얼거렸다.

"신기하구나……."

타오르는 듯한 패기로 기마왕국에서 뛰쳐나온 불꽃 일족. 하나 지금은 그 희망의 불꽃은 꺼지기 직전이었다. 정말로 사그라들고 있었다. 얼마 전까지만 해도…….

하지만 지금은?

밤하늘을 태우며 일렁이는 불꽃. 저것은 어제까지 사라져가고 있던 희망의 불꽃이다.

크게 불타는 그것을 보고 있으면 거부하고 싶어도 마음이 밝아졌다.

저 불꽃을 크게 지피는 자는 눈앞에서 춤추는 이국의 황녀…….

제국의 예지, 미아 루나 티어문……. 나의 친구, 미아 황녀…….

그날 후이마의 가슴에 지펴진 불꽃은 크게 번져나가며, 이윽고 밤의 어둠 속으로 가라앉는 기마왕국에 밝은 아침의 방문을 알리는 빛이 되었으나…….

그것은 조금 더 미래에 일어나는 일이다.

티어문 제국 이야기

TEARMOON EMPIRE STORY

번외편 기마왕국 이야기집
~마롱과 아벨과 제국의 예지~

기마왕국 수풀 부족 족장의 아들 린 마롱과 렘노 왕국의 제2왕자 아벨 렘노.

한쪽은 정착지가 없이 초원을 달리는 용감한 유목민으로 자란 소년이고, 한쪽은 왕성 안에서 고이고이 자란 왕자.

환경이 전혀 다른 두 사람 사이에는 다소 기묘한 인연이 있었다.

마롱이 처음 아벨을 만난 건 12살 때였다. 렘노 국왕에게 초대받은 아버지와 함께 렘노 왕국의 왕도를 방문했을 때였다.

"와……."

수도 중앙에 우뚝 서 있는 거대한 성을 올려다보며 마롱은 저도 모르게 감탄을 흘렸다.

평소엔 가축과 함께 초원 지대를 이동하며 사는 그에게 커다란 건물이란 그것만으로도 경이의 대상이었다. 이걸 사람이 만들었다고 해도 쉽게 믿어지지 않았다.

그는 흥분을 숨기지 않은 채 아버지에게 말을 걸었다.

"산처럼 커. 아버지. 저게 렘노 왕국의 왕성이야?"

거대한 성문을 가리키며 웃는 얼굴로 말하는 마롱에게 아버지가 온화한 미소를 돌려주었다.

"그래. 우리가 사는 천막과는 다르게 돌로 만든 튼튼한 건물이야. 불에도 강하고, 짐승이 들어오는 일도 없어. 내부도 제법 흥미롭지."

아버지의 그 말에 거짓은 없었다.

성문을 통과한 뒤에 펼쳐진 광경에 마롱은 다시 숨을 삼켰다.

성 안에는 밖에서 봤을 때 느꼈던 투박함이 없었다. 화려한 장식이 들어간 복도에 당당히 걸린 역대 국왕들의 초상화를 신기해하며 구경하고 있으니 단정하게 차려입은 메이드들이 스쳐 지나갔다.

그 모든 게 마롱에겐 새롭고 무척이나 호기심을 자극했다.

"굉장해……."

"하하하. 적당히 구경하렴. 그리고 미안하지만, 나는 국왕과 대화해야만 해. 그동안 너는 왕자 전하를 상대해주겠어?"

당시 렘노 국왕은 자국의 기마전력을 증강하기 위해 기마왕국과의 관계를 강화하는 데 노력을 기울였다. 기마왕국의 뛰어난 기병단에 관심을 보이며 그 전술부터 말 훈련법까지 배우려고 했다.

이번에 부자가 왕도에 초대받은 것도 그러한 경위 때문이었다.

"상대하라니……. 왕자 전하와 무슨 이야기를 하면 되는지 짐작도 안 가는데."

부루퉁한 마롱에게 아버지는 기가 막힌다는 얼굴로 어깨를 으쓱했다.

"어휴. 너는 내년부터 그 왕자 전하나 왕녀 전하가 득시글한 세인트노엘에 입학할 예정이잖아……. 지금 미리 익숙해지지 않으면 나중에 고생한다."

"그렇긴 하지만……."

마롱의 표정이 떨떠름해졌다.

솔직히 타국민의 생활에 관심이 없는 건 아니다. 하지만 그건 초원에서 자유롭게 생활하는 것보다 더 매력적이진 않았다.

하얀 구름이 흐르는 푸른 하늘, 시야 가득 펼쳐진 초원 위로 바람을 뒤쫓아 그저 달린다……. 저 멀리 지평선을 향해 말과 함께 달린다…….

더없이, 더없이 멀고, 먼……. 끝없는 대지를 박찬다.

말에 몸을 맡기고 그저 달린다.

아직 본 적이 없는 광경에 설레는 가슴을 안고…….

그런 자유를 능가할 수 있는 건 없다는 걸 아는 마롱이기에 세인트노엘 입학도 썩 내키지 않았다.

"우선 왕에게선 말을 타는 기초를 가르쳐달라고 들었어."

"말 타는 법의 기초?"

의아한 표정으로 고개를 갸웃거리는 마롱에게 아버지가 고개를 크게 끄덕였다.

"그래. 전장에 나설 때 왕족이 말을 타지 못할 수는 없지 않냐고 하던데……."

그 말에 마롱의 얼굴이 살짝 일그러졌다.

"전쟁을 위해 승마술을 배운다고……."

그건, 어쩐지 말을 전쟁의 도구로 쓰는 것처럼 들려서 무척 불쾌했다.

확실히 기마왕국에서도 말과 함께 전장에 나선다. 하지만 그건 도구로서가 아니다. 전사의 전우로서 전장에 임하는 것이다.

그런데…….

"뭐, 너무 복잡하게 생각하지 말려무나. 말을 모르는 어린아이에게 알려주는 것뿐이야. 말을 타고 있으면 별로 지루하지도 않지?"

좀처럼 수긍하기 어려운 마롱이었으나, 여기서 고집을 부리는 것도 어린아이 같았으니…….

"에휴, 어쩔 수 없지……."

작게 고개를 끄덕였다.

그렇게 안내받은 곳은 상당히 넓은 승마 연습장이었다.

"말을 달리게 하기 위한 장소인가……."

솔직히 초원을 자유롭게 달리게 해주는 게 말의 건강에는 좋아 보였지만, 그래도 이만큼 넓다면 말이 운동 부족에 걸리진 않을 것이다.

"그래. 여기서 전쟁을 위해 승마 훈련을……."

못마땅한 듯 중얼거린 마롱을 향해 한 명의 소년이 걸어왔다. 검은 머리카락을 지닌 귀여운 소년이었다.

"저기, 혹시 기마왕국 수풀 부족의 마롱 님이세요?"

쭈뼛거리는 질문에 마롱은 한숨을 쉬며 고개를 끄덕였다.

"자, 잘 부탁드립니다. 린 마롱 님. 렘노 왕국의 제2왕자 아벨 렘노라고 합니다."

소년, 아벨은 등을 곧게 세우고 말했다.

"그래. 잘 부탁해."

퉁명스럽게 대답한 마롱이었지만…… 그 태도는 오래 가지 못했다. 아무튼…… 마롱은 골수 말 애호가다. 승마술을 가르쳐야

하는데 언제까지고 불만을 드러낼 수도 없었다.

"우와……."

마롱이 타고 온 마을 보자 아벨의 눈이 휘둥그레졌다. 그리고 는 조심조심 다가가려고 했다.

"말은 겁이 많으니까 너무 큰 소리는 내지 마. 그리고 뒤에서 다가가면 위험하니까 조심해."

그 말에 고개를 끄덕인 아벨이 천천히 신중하게 다가가 말의 목 덜미로 손을 뻗었다.

느릿느릿 손을 움직이며 '와아' 하고 탄성을 흘렸다.

"마롱 님은 이미 말을 탈 줄 아세요?"

무심코 나온 듯 순진하게 질문하는 아벨에게 마롱은 득의양양 한 미소를 지으며 대답했다.

"당연하지. 초원에선 말을 못 타는 녀석은 없어."

그렇게 마롱은 렘노 왕국에 머무르는 열흘 동안 아벨에게 승마 를 가르쳤다. 돌아갈 때는 마치 동생을 귀여워하듯 아벨을 대하 게 되었다.

아벨 또한 조금 장난꾸러기지만 믿음직스러운 마롱에게 완전 히 마음을 열어버렸다. 그렇게 시간은 쏜살같이 흘러가…… 작별 하는 날.

"다음에는 기마왕국에 와. 더 많은 말에 태워주고, 본 적도 없 는 걸 많이 보여줄 테니까."

그 후 마롱은 마치 비장의 비밀을 가르쳐주듯 살며시 목소리를 죽이더니…….

"왕도에서 타는 것과 초원을 달리는 건 전혀 다르거든? 특히 밤에 아무도 없는 초원을 달빛에만 의지하면서 달리는 건 기분 좋아……. 게다가 새벽에 해가 뜨는 초원의 광경은 아주 아름다워. 말은 더없이 먼 곳까지, 우리가 아직 본 적이 없는 광경을 보여주는 최고의 파트너야."

그 말을 들은 아벨의 미소가 반짝였다.

"네. 약속이에요, 마롱 님."

그런 약속을 하고 헤어졌다. 그게 두 사람의 첫 만남. 흐뭇하면서도 평화로운…… 시작의 기억이다.

시간은 흐르고…….

아벨과 만난 다음 해 봄, 마롱은 세인트노엘 학원에 입학했다.

익숙하지 않은 학원생활. 초원의 자유와는 거리가 먼 나날……이긴 했으나, 그는 나름대로 쾌적하게 지내고 있었다.

세인트노엘에도 말은 있었다. 당장은 그것만으로도 충분했다.

"설마 월토마까지 있을 줄은 몰랐지만……."

어떤 장소라고 해도 말을 탈 수 있다면 문제없다.

말은 언제나, 더없이 먼 곳까지 자신을 데려다주는 파트너.

여차하면 이 호수를 넘어 기마왕국까지 달려갈 수도 있다. 그렇게 생각하면 여기도 그 대초원과 이어져 있다고 느낄 수 있으니까.

그런 식으로 세인트노엘 생활에 대충 적응한 마롱이었으나, 이따금 불만도 있었다.

"말은 냄새도 지독하고 더러워. 왜 이런 게 세인트노엘 부지 안에 있는 거지? 전부 죽여서 치워버렸으면 좋겠어."

그런 소릴 하는 귀족 영애와 마주치는 일이 종종 있었기 때문이다.

다행히 베이르가 공작 영애인 라피나가 입학한 뒤로는 학원의 분위기도 개선되어 그런 무례한 소릴 하는 자는 없어졌지만…….

그래도 마롱의 마음에는 석연치 않은 기분이 남았다.

——뭐…… 세상에는 다양한 녀석이 있지. 말을 싫어하는 인간이 있어도 이상하진 않아.

스스로를 다독이듯이 되뇌며 어떻게든 수긍했다.

모든 인간이 기마왕국 백성처럼 말의 매력을 아는 게 아니다. 게다가 다른 나라 사람 중에도 이해할 수 있는 사람은 있을 터…….

"아벨 같은 녀석이 없다는 보장도 없고…….."

그렇게 생각하며 안 맞는 사람들과는 최대한 어울리지 않으며 하루하루를 보냈다.

이윽고 시간이 흘러 아벨이 입학하는 해가 되었다.

첫 만남 이후 아벨은 기마왕국을 몇 번 찾아왔다.

마롱이나 수풀 부족 사람들도 때때로 렘노 왕국을 방문해 승마술을 가르치며 교류를 다졌다.

"그러고 보면 최근 2, 3년간 못 만났는데……. 그 녀석 농땡이 피우진 않았으려나…….."

그렇게 중얼거리면서도 내심 재회를 고대하는 마롱이었다.

하지만 입학하고 석 달이 지나 여름을 앞두고도 그 기회는 오지 않았다.

기대했던 만큼 허탈한 기분이었다.

왕자로서 검술과 승마술을 갈고닦고 싶다고 했던 아벨이었으니 영락없이 승마부에 들어올 줄 알았는데…… 아무리 기다려도 아벨이 모습을 보이는 일은 없었다.

신기하긴 했지만 그렇다고 이쪽에서 데리러 가는 것도 이상했다. 게다가 아벨은 일국의 왕자. 이래저래 바쁜 일도 있으리라.

그렇게 생각하며 느긋하게 기다리던 마롱이었으나……. 오랜만에 재회한 아벨은 완전히 변해 있었다.

그날 세인트노엘 학원 복도에서 우연히 아벨을 발견한 마롱은 무심코 말을 걸었다.

"오, 아벨. 오랜만이네……."

"아, 아…… 마롱 님."

마롱의 모습을 본 아벨은 약간 불편하다는 듯이 웃었다.

"뭐야, 좀처럼 승마부에 견학하러 오지 않길래 영락없이 어디 아픈 줄 알았는데…… 건강해 보이네."

그렇게 말은 했지만 마롱은 좀 동요했다.

과거 말을 타고서 기쁘다는 듯 환하게 웃던 소년의 모습은 그곳에 없었다. 어딘가 그늘이 진, 비굴하게 웃는 소년의 모습이 있을 뿐.

"덕분에요. 즐겁게 지냅니다. 하하."

"어이, 아벨. 뭐 하는 거야? 곧 시작할 거야."

그때였다. 아벨의 뒤에서 경박해 보이는 소년이 말을 걸었다.

"아. 미안해. 예전에 알던 사람과 만났거든. 먼저 가 주겠어?"

"무슨 소리야? 네가 안 오면 시작할 수도 없잖아. 오늘에야말로 패배를 갚아주겠어."

"하하하, 물론 승부는 받아들이지. 다만 분위기가 달아오르기 전엔 영 의욕이 안 나거든. 먼저 가서 주역이 등장할 수 있게 준비해줘."

"맡은. 오늘에야말로 우리 가문의 이름을 걸고 렘노의 날라리 왕자를 꺾어버릴 거야."

까불거리는 말투로 그렇게 말하고 떠나는 소년. 마롱은 그 등을 노려보며 한숨을 쉬었다.

"카드 게임 유희부라……. 썩 좋은 소문은 못 들었는데. 아벨. 학생회장인 라피나 아가씨도 문제시한다고 하고, 제대로 된 클럽이 아닌 거 아니야?"

"뭘요. 어스름한 어둠도 나름대로 기분이 좋더라고요. 마롱 님. 보고 싶지 않은 걸 보지 않아도 되니까요."

경직된 미소를 짓는 아벨이었지만 마롱은 포기하지 않고 계속 말을 걸었다.

"뭐, 어디에 들어가든 네 자유지만…… 그보다 어때? 말을 타보지 않겠어? 보아하니 별로 안 탔었지? 말을 타면……."

그런 칙칙한 분위기는 금방 날아가 버린다고…… 그렇게 말하려 했으나…….

"말? 어째서죠?"

아벨은 어디까지나 희미한 미소를 지우지 않았다.

"제가 왜 그런 피곤한 짓을 해야 하는 거죠?"

그러더니 질린다는 듯 어깨를 으쓱했다.

"……왕자의 의무잖아? 검술과 승마술을 단련한다고 했었으면서……."

"아…… 아하하. 몇 년 전 얘길 하시는 건가요. 다 옛날 일이에요. 아무리 연습해봤자 제가 기마왕국의 기수를 따라잡을 수 있을 리 없잖아요?"

아벨은 작게 고개를 저은 뒤 말했다.

"검술이든, 왕위 계승순위든 변하지 않아요. 노력해봤자 달라지지 않는다면 노력한 만큼 소용없는 법. 그렇죠?"

마롱은 그런 아벨을 조용히 바라보며 물었다.

"……넌 정말 그래도 괜찮겠어? 아벨 렘노. 그건 진심으로 하는 말이야?"

"괜찮고 뭐고, 그게 진실입니다. 제가 필사적으로 노력해봤자 아무것도 변하지 않아요."

그렇게 아벨은 한 번 더 웃었다. 몹시 건조한, 경박한, 무언가를 체념한 듯한 미소였다.

──애가 이런 식으로 웃는 녀석이었던가…….

기억 속에서 말을 타고 순수하게 웃던 아벨과 눈앞의 아벨이 기묘하게 겹쳐지지 않았다.

얼굴은 같은데도…… 왠지 가면을 쓰고 있는 듯한, 그런 기묘한 감각에 사로잡혔다.

그렇게…… 새삼 생각했다.

——만약 말을 탄다면…….

그때 아벨은 말을 타고 웃었다. 즐겁다는 듯, 진심으로……. 그러니 말에 태우기만 한다면 다시 그 시절의 그로 돌아가는 게 아닐까……. 그런 생각이 들었지만…….

마롱은 작게 한숨을 쉬었다.

——말에 타는 게…… 모든 인간의 구원이 되는 건 아니야.

말은 냄새난다고, 더럽다고 말하는 자가 있다. 죽여서 치우라는 자가 있다.

어쩌면 기마왕국의 백성이 아닌 다른 사람들에게 말이란 썩 중요치 않은 존재인 게 아닐까……?

불현듯 싹튼 의문이 마롱을 주저하게 만들어 그 입에서 말을 빼앗았다.

결국 그가 한 말은 딱 한 마디.

"그래……. 귀찮게 했구나."

그렇게 마롱은 발걸음을 돌렸다.

결별의 순간이었다.

그 후 마롱이 아벨에게 말을 거는 일은 없었다. 그가 얼마나 방황하며 인생을 낭비한다고 해도 더는 상관없는 일이었다.

시간이 흐르고 아벨이 치정 싸움으로 찔려 죽었다는 이야기를 들었다.

하지만 마롱의 마음은 움직이지 않았다.

——무언가 자신이 해줄 수 있는 일이 있었던 게 아닐까?

순간 고개를 들어 올렸던 감정은 곧바로 수그러들었다.

말을 타면 작은 고민 같은 건 날아가 버린다고, 말만 탄다면 답을 얻을 수 있다고, 말은 인생의 이정표라고…… 그런 순수한 믿음이 사라져버렸으니까.

말을 위하는 마음은 기껏해야 기마왕국 백성만이 지닌 것이며, 타국인에게 권해봤자 결코 이해받지 못한다고…….

"말은 우리를 더없이 먼 곳으로 데려다준다. 우리와 함께 높은 경지로 달려가는 최고의 친구…… 같은 소릴 타국인에게 말해봤자 소용없지. 말을 더럽다고, 냄새난다고 욕하는 타국인에게 말해봤자 무의미해. 내가 그 녀석에게 해줄 수 있는 일은 없었을 거야."

마롱의 가슴에 깃든 감정은 깊은 체념이었다.

세인트노엘에서 타국인에 대한 불신이 깊게 뿌리내린 마롱은 기마왕국으로 돌아간 뒤에도 여전했다.

어차피 타국인과는 서로를 이해할 수 없다. 그런 그가 이끄는 수풀 부족도 이윽고 격동의 역사에 삼켜져 거품이 되어 사라져갔다.

그것은 지국의 예지가 존재하지 않는 이야기.

달빛이 보이지 않는, 그믐밤 같은 이야기.

이어지는 비극은 피에 젖은 일기장에 기록된 이야기.

미아가 과거로 돌아가 아직 얼마 지나지 않았을 때. 여름 방학, 제국으로 돌아가는 마차 안에서.

미아는 일기장에서 그 기록을 발견했다. 얼룩진 글자로 나열된 것은 붙잡힌 미아를 구출하기 위해 분투하다가 이슬처럼 스러진 아벨의 모습…….

하지만 제국에 잠입한 아벨에게 협력자가 있었다는 건 당자사인 아벨과 협력자 말고는 아무도 몰랐다.

티어문 제국의 수도, 루나티어에서 남쪽으로 반나절 가량 내려간 장소……

달빛이 비춰주는 황야에 두 명의 청년이 있었다.

"이제 와서 물어보는 것도 꼴이 우습지만…… 진심으로 구하러 갈 생각이야?"

낮은 목소리로 물어본 청년은 기마왕국의 린 마롱이었다.

"네……."

그 물음에 렘노 왕국의 왕자 아벨은 온화한 얼굴로 고개를 끄덕였다.

티어문 제국에서 일어난 혁명. 그로 인해 붙들린 신세가 된 미아 황녀.

붙잡힌 황녀를 구출하기 위해 도와달라는 부탁을 받은 마롱은 처음엔 농담인 줄 알았으나……. 장난기라고는 일절 없는 아벨의 자세에 무심코 쓴웃음을 지었다.

──그래, 이 녀석은 확실히 이런 녀석이었지…….

처음 만났을 때부터 전혀 변하지 않은 올곧은 남자. 그것이야 말로 마롱이 아는 아벨 렘노였다.

"괜찮습니다. 마롱 선배를 위험에 빠트리는 짓은 하지 않을 테니까요. 적은 제가 책임지고 발목을 잡겠습니다. 그리고 최악의 경우라도 미아만큼은 반드시 여기에……."

조용히 제도로 시선을 던지는 아벨. 그 머리를 마롱이 가볍게 찔렀다.

"멍청아. 어깨에 힘이 너무 들어갔어. 아가씨 혼자 어떻게 이곳까지 오게 할 생각이야. 왕자 전하라면 책임을 지고 사랑하는 황녀님을 에스코트해야지."

마롱의 농담에 아벨은 난처한 얼굴로 웃었다.

"저도 가능하다면 그렇게 하고 싶은데요……."

"이럴 때를 위해 검술을 단련한 거잖아? 지금부터 불안해하면 어떡해. 그리고 나에게 폐를 끼친다거나 그런 건 신경 쓰지 마. 너는 내 소중한 동생이고 미아 아가씨는 귀여운 후배야."

그렇게 말하며 호쾌하게 웃은 뒤 마롱은 진지한 표정이 되었다.

"아무튼, 무슨 짓을 하든 괜찮아. 어떻게든 아가씨와 함께 여기에 와. 뒷일은 내가 어떻게든 할 테니까. 발목을 잡지 않아도 추격자쯤은 쉽게 뿌리쳐줄게. 국경 밖으로 나간다면 우리 승리야. 우리 일족은 오는 자를 거절하지 않거든. 미아 아가씨는 말도 탈줄 알고. 무엇보다 말의 본질을 알아. 이러니저러니 해도 잘 해낼 거야."

그리운 세인트노엘에서의 나날이 되살아났다.

마구간에 찾아온 미아가 말했다.

말은 우리를 더없이 먼 곳까지 데려다준다고.

그녀가 처형당하는 건 확실히 썩 좋은 기분이 아닐 것 같다. 마롱은 가능한 협력을 아끼지 않을 생각이었다.

"너하고 아가씨하고…… 아가씨의 종자들도 따라오는 거야?"

"그녀의 종자였던 메이드는 따라올지도 모릅니다. 그 외엔 그녀를 따르는 사람들도……."

"그러면 상당한 대식구가 되겠는데. 뭐, 전원 기마왕국에 적응할 수 있을지는 모르지만 남쪽 밀라나다 왕국 같은 곳에라도 망명해도 괜찮지. 어떻게든 될 거야."

"폐를 끼쳐서 죄송합니다."

머리를 숙이는 아벨을 향해 마롱은 입꼬리를 씩 올렸다.

"신경 쓰지 마. 동생처럼 아끼는 네 부탁인걸. 무시할 수 없지. 게다가 나는 미아 아가씨도 마음에 들어. 할 수 있는 일은 할 거야."

만약 여기까지 도망친다면 확실하게 기마왕국까지 데려갈 수 있다. 그러기 위해 기마왕국에서도 최고의 말을 데려왔다.

"그나저나, 후후……."

그때였다. 불현듯 아벨이 작게 웃었다.

"뭐야? 왜 그래?"

"아뇨……. 그냥, 생각나서요. 저희가 처음 만났을 때 기억하세요? 마롱 선배가 그랬었잖아요. 밤에 달빛에 의지하면서 초원을 달리면 기분이 최고라고……."

그건 어린 시절의 기억. 어린아이일 적에 나눴던 작은 약속.

"그로부터 몇 번 기마왕국에 가긴 했지만, 아무래도 밤에 말을 타는 일은 없었죠. 그게 설마 이런 식으로 그날의 약속이 이뤄지다니……."

"하하하, 최고로 기분 좋았지?"

웃는 마롱을 향해 아벨은 쓴웃음을 지으며 고개를 저었다.

"아니, 솔직히 즐길 여유는 없었습니다. 어디 부딪치는 게 아닌지 조마조마했죠."

"뭐야, 완전히 능숙해진 줄 알았는데 너도 아직 멀었구나?"

마롱은 한 번 더 웃은 뒤 입을 열었다.

"……아벨. 꼭 살아 돌아와. 아직 보지 못한 광경이 많아. 말은 언제나 우리를 멀리…… 더없이 먼 곳으로, 본 적 없는 장소로 데려가 줘. 그걸 다 맛보지 못하는 건 인생 손해 보는 거라고."

그리고는 장난기 어린 윙크를 날렸다.

"게다가…… 사랑하는 사람을 태우면 또 풍경이 달라 보일걸? 미아 아가씨와 함께 다양한 곳에 가 보면 분명 각별히 즐거울 거야. 돌아오면 내 비장의 추천 장소도 가르쳐줄게. 자기들만의 특별한 장소를 찾아내는 방법도 가르쳐줄게. 그러니까…… 미아 아가씨도 데리고…… 꼭 돌아와."

마롱의 말에 아벨은 천천히 고개를 끄덕이고는…….

"네. 제 검에 걸고…… 반드시."

그렇게 아벨은 밤의 어둠 속으로 사라진 뒤── 다시는 돌아오지 않았다.

미아를 구출하기 위해 그녀가 갇혀있던 성에 잠입을 시도한 아벨이었으나…… 허망하게 실패. 감시병 수십 명을 길동무 삼아 장절한 전투 끝에 죽음을 맞고 말았다.

제도 교외의 황야에서…… 마롱은 계속 기다렸다.

하루가 지나고, 이틀이 지나고, 사흘이 지나고…… 그래도 마롱은 계속 기다렸다.

동생같이 귀여워하는 아벨이, 마찬가지로 귀여운 후배인 미아를 데려오는 모습을 그저 하염없이 몽상하면서…….

그리하여 시간은 거꾸로 흐른다.

다음으로 이어지는 건 예지가 반짝이는 이야기.

기마왕국을 뒤덮은 어둠을 예지가 달처럼 비추어준 세계.

잃어버린 불꽃 일족과 제국의 예지가 만나고, 기적을 향해 걸어간 세계의 이야기이다.

"으음, 그나저나 이건 참 무슨 운명의 조화인 건지……."

마롱은 갑작스러운 전개에 무심코 뺨을 긁적였다.

수풀 일족이 머무르는 장소 근처에 기마도적이 나타났다는 소식을 들은 마롱이 전사들을 이끌고 달려가자, 어째서인지 세인트 노엘 재학 시절의 후배인 미아와 라피나를 구해주게 되었고…… 여차여차해서 잃어버린 불꽃 일족도 돕게 되었다.

"참 이상한 전개인데……."

지금은 불꽃 일족의 마을로 식량을 나르는 중이었다. 성녀 라피나를 호위하면서 미아가 이끄는 티어문 제국의 병사들과 함께 행동한다는 이 상황도 참으로 신기하다고 해야 할지, 뭐라고 할지…….

"뭐, 이것도 말이 보여주는 '아직 보지 못한 머나먼 풍경'이라고 할 수 있나……."

잠시 들른 휴식 장소에서 마롱은 멀리 초원을 바라보았다. 선명한 녹색에 녹아들듯이 펼쳐진 푸른 하늘. 구름 한 점 없이 맑게 갠 하늘에서 쏟아지는 햇빛에 마롱은 무심코 눈을 가늘게 접었다.

"비는 안 내릴 것 같고……. 이대로 불꽃 일족의 마을까지 무사히 도착하면 좋겠는데…… 응?"

그 눈이 스윽 가늘어지더니…….

"미아 아가씨와 아벨, 돌아왔나……."

초원 저편에서 미아와 아벨이 탄 말이 돌아오는 게 보였다.

누나, 발렌티나 왕녀의 이야기를 듣고 완전히 의기소침해졌던 아벨이었으나 지금은 조금 기력을 되찾은 것처럼 보였다.

"으음, 역시 미아 아가씨구나……."

무의식중에 감탄을 흘리는 마롱이었다.

"기다리게 해 드려서 면목이 없네요. 마롱 선배."

마롱 앞으로 온 미아는 작게 머리를 숙였다. 그녀와 함께 아벨도 꾸벅 고개를 숙였다.

"멋대로 굴어서 죄송합니다."

마롱은 웃으며 대답하려고 했다.

얼마든지 말을 타고 달리고 와도 괜찮다고.

더 천천히 돌아와도 괜찮았다고.

그런 말을 하려고 했으나…… 그런 그의 가슴에 불현듯 치민 감정이 있었다.

――이제야 왔냐……. 진짜, 너무 오래 기다렸다고…….

마롱은 당황했다. 지금 이건…… 대체?

"으음? 마롱 선배?"

대답이 없자 의아한 표정을 짓는 미아. 마롱은 정신을 차렸다.

"아니, 잠시 말을 타고 바람 쐬러 갔던 것뿐이잖아……. 딱히 그렇게 오래 기다리지도 않았어."

그래, 그럴 텐데……. 그런데 어째서일까. 미아와 아벨이 함께 말을 타고 돌아온 것이, 어쩐지 무척 감개무량한 기분이 들어서…….

"안 되겠네. 잃어버린 일족과 해후했다고 흥분한 모양이야……. 나답지 않아."

"어머, 그러셨군요. 마롱 선배는 늘 여유로운 인상이라 조금 의외예요."

미소를 머금은 미아에게 마롱은 어깨를 으쓱했다.

"확실히 나 같지 않았지. 휴식 시간은 조금 더 남았으니까 잠시 말을 타고 근방을 달리고 올까."

평온한 하늘 아래에서 초원을 달리는 건 무척 기분이 좋을 것 같았다.

"후후후, 좋은 생각이에요. 아. 그래요. 그렇다면 다음 휴식 때는 오랜만에 승마부 부원끼리 말을 타고 나가보는 건 어떠신가요?"

졸업한 뒤로 미아나 아벨과 함께 말을 타고 달리는 일은 없어졌다. 확실히 좋은 생각인지도 몰랐다.

게다가 오늘은 왠지 이 두 사람과 같이 말을 타고 싶은 기분이었다.

"그나저나 이렇게, 생각났을 때 바로 달리러 갈 수 있는 게 기마왕국의 장점이로군요. 제도에서는 아무래도 어려우니까요."

부드럽게 웃는 미아를 보며 마롱은 놀리듯이 웃었다.

"그럼 아예 기마왕국으로 이주할래? 우리 일족은 대환영이야. 아벨과 함께 온다면 더 바랄 게 없고."

"으음, 그도 그렇군요. ……. 확실히 기마왕국의 요리는 맛있고, 말을 타는 것도 즐거워요. 그래요, 이건 이거대로 매력적인 느낌이 들지만……."

"미아 님……."

목소리가 들린 쪽을 보자 미아의 메이드, 안느가 불안해하며 미아를 바라보고 있었다. 그런 안느를 안심시켜주듯 고개를 끄덕인 후 미아가 말했다.

"하지만 역시 그렇지는 못하겠네요. 돌아가야죠……. 제국에는 소중한 사람들이 많이 있으니까요."

"하하하. 그렇겠지……."

그렇게 웃은 뒤 마롱은 아벨 쪽으로 시선을 던졌다.

"어때? 아벨. 미아 아가씨와 말을 탄다는 염원이 이루어졌는데, 조금은 다른 풍경이 보이지 않았어?"

말한 뒤에야 '어라?' 하고 의문을 느꼈다.

예전에 아벨에게 그런 말을 한 적이 있었던가……? 기억나지 않았다. 하지만 아벨은…….

"그렇네요. 마롱 선배의 말씀대로 풍경이 달라 보였습니다. 약속대로 비장의 추천 장소를 가르쳐주세요."

당연하다는 듯이 그렇게 대답했다.

그게 마롱에게는…… 어째서일까. ……더없이 아득한, 여태껏 본 적이 없었던 광경으로 보였다. 끊어진 길 너머에 펼쳐진, 빛이 범람하는 광경으로 보였다.

"비장의 장소라……. 당연히 가르쳐줘야지. 하지만…… 아벨. 하나 기억해두도록 해."

마롱은 장난기 어린 미소를 지었다.

"너와 미아 아가씨에게 비장의 장소가 될 곳은 말에게 물어보는 게 제일이야. 왜냐하면 말은 등에 태운 인간을 더없이 멀리, 아주 근사한 풍경 속으로 데려다주거든."

제국의 예지와 그녀의 동료들이 도달한 미래.

대륙에 찾아온, 빛이 범람하는 세계. 그것이 어떠한 것이었는지…….

그리고 나이를 먹은 수풀 부족의 족장, 마롱과 국서 아벨의 우정이 과연 어떤 귀결을 맞이하였는지…….

그것을 아는 자는 아직 아무도 없다.

티어문 Tearmoon
Empire
제국 이야기 Story

Tearmoon Teikoku Monogatari 10~Dantoudai kara hazimaru hime no gyakuten story~
by Nozomu Mochitsuki

Copyright © 2022 by Nozomu Mochitsuki
Original Japanese edition published by TO Books, Inc.
Korean translation rights arranged with TO Books, Inc.
Korean translation rights © 2023 by Somy Media, Inc.

티어문 제국 이야기 10 쇼트스토리소책자
~단두대에서 시작하는 황녀님의 전생 역전 스토리~

2023년 2월 14일 1판 1쇄 발행

저   자 모치츠키 노조무
일 러 스 트 Gilse
옮 긴 이 현노을
발 행 인 유재옥
본 부 장 조병권
담 당 편 집 정영길
편 집 1 팀 김준균 김혜연
편 집 2 팀 정영길 조찬희 박치우 정지원
편 집 3 팀 오준영 이해빈 이소의
미   술 김보라 박민솔
라이츠담당 김정미 맹미영 이승희 이윤서
디 지 털 박상섭 김지연
발 행 처 ㈜소미미디어
인쇄제작처 코리아피앤피
등   록 제2015-000008호
주   소 서울 마포구 토정로 222, 403호(신수동, 한국출판콘텐츠센터)
판   매 ㈜소미미디어
마 케 팅 한민지 최정연 박종욱
물   류 허석용
전   화 편집부 (070)4164-3962, 3963 기획실 (02)567-3388
            판매 및 마케팅 (070)4165-6888, Fax (02)322-7665

ISBN 979-11-384-1625-2 04830
ISBN 979-11-6507-670-2 (세트)